U0078156

金亮 著

題獻給

一位愛狗的好媽媽

序

二零二零年，注定是不平凡的一年，新冠肺炎肆虐全球，日常生活秩序大亂，口罩成為必需品，搶米搶廁紙情況屢見不鮮，上班族不再上班，社交圈不再活躍，每個人都宅在家裡，期待疫情過去的一天來臨。

而就在這個艱難時刻，我總算勉強完成最新一部作品，說是勉強，因為在寫作過程中，總是分神觀看最新疫情進展：看看最新的確診數字，看看哪個社區疑似出現集體爆發，看看哪個國家封關……資訊既多且亂，看多了反而令自己更不能專心，就這樣寫寫斷斷，結果用了比原定長的時間，才將這本小說完成。

在寫作手法上，這部作品有別於同系列的前三部，明顯加強了動作場面和角色間的對立衝突，原因是有不少良師益友反響，希望在懸疑驚嚇的故事中，增添一些決戰的情節，除了能夠強化場面的可觀性和劇情的刺激性外，也合乎當世電影和電視劇必有的戲劇元素——動作。這個提議挺好的，我自己也很喜歡寫戰鬥場面，今次劇情到最後會雙線並行，同一時間在兩個地方，發生兩場精采的對決場面，希望大家喜歡。

另外，朋友也建議，希望我改善前三本一直存在的小毛病，就是太碎碎念，簡言之，嘮叨。例如前面在分析案情時，明明已經解釋過一次，後面隔幾章後，又再解釋一次；每次故事結尾，總會用一章篇幅來總結之前發生過的事，但其實很多情節，讀者已經記住了，再說反而累贅。

哈哈！朋友提點得相當好，這是我的老毛病，就是一直擔心讀者會迷失在閱讀過程中，又擔心他們記性不好，忘記之前提過的重要線索，所以後面又再提一次。朋友勸我改，因為真正用心閱讀你書的人，一定會記住你留下的線索，不用心讀的人，你再提幾次也沒意思，這句評語真心當頭棒喝，所以今次我不再碎碎念，結尾也沒有總結案情，只是順著故事走，順著人物角色的心路去寫，希望能為讀者帶來不一樣的感受。

容許我再次感謝秀威資訊，感謝他們一直以來對我的信任及支持，感謝責任編輯石書豪，照顧並完成整個出版流程，特別感謝幾位經常鼓勵我，並給予寶貴意見的好朋友兼忠實讀者，坦白說，沒有你們的支持，我可能沒有動力再寫下去，每次執筆想起你們，就感覺到自己原來也有粉絲，為了不辜負粉絲的期望，我會繼續努力，寫出更多更好的作品。

金亮

二零二零年　夏

緣起

踏著滿是碎石子的泥濘小路，男人一步步沿山坡往上走，清晨的陽光已經沒有炎夏時的霸道，乾爽的秋風從坡頂迎面吹來，把身上僅餘的汗水也吹乾掉，男人毫不費力爬到坡頂，然後走進前面一片竹林。

這條路，男人已經走過千百遍，但每次重來，都有一份陌生的感覺，是因為這片竹林的緣故嗎？就跟白茫茫的雪地，或一望無際的汪洋一樣，這片竹林，倘若獨個兒置身其中，往往會因周遭的環境缺乏變化，從而產生一種孤寂的疏離感。

男人穿過蒼翠的竹林繼續向前行，周圍除了毛竹，還是毛竹，既是熟路，亦是陌路，他三步併作兩步，終於走到竹林的深處。

「師傅。」

男人輕聲喚了一下，一把低沉的女聲回應。

「來了嗎，翔一郎？」

「嗯。」

「辛苦了，」女人抱歉地說，「要你大老遠從京都過來找我。」

「不，師傅多年來的教誨，弟子銘記於心。」翔一郎跪坐著，雙手緊握拳頭，左右按地，頭向前鞠了一躬，額頭貼著地面。

「只要師傅有什麼吩咐，弟子定當全力辦妥。」

「好，好孩子！」女人的聲音變得有點亢奮，「過兩天，你去香港一趟，給我把一個人帶回來。」

「誰？」翔一郎抬起頭，坐直身子，雙腿仍舊跪坐著。

「一個女孩，」女人繼續說，「她的力量愈來愈強大，若不及早把她帶回神社洗滌污穢，生與死的秩序，恐怕會被她擾亂。」

「師傅，她也是被詛咒之人嗎？」翔一郎問。

「沒錯，就跟當年來到神社，留下一雙手的那名老婦人一樣，這位女孩，正是她的外孫女。」

「這麼說來，女孩豈不是繼承了……那個詛咒？」

「這正是我今天叫你前來的原因，」女人語氣變得擔憂起來，「那個詛咒，隨著女孩一天一天的成長，威力也一日一日的壯大，她今年只有二十歲，已經能夠把死人的執念完美具現化，長此下去，她身上詛咒所帶來的惡果，恐怕比起她的外祖母，猶有過之。」

「所以……師傅吩咐我帶她回來，就是想……把她的雙手也斬下？」翔一郎猶豫地問。

「我的好孩子，」女人嘆一口氣，「坦白說，這個詛咒威力之大，我也不知道能否成功把它祛除掉……」

「可是，除了這裡，世間上再沒有任何一處地方，能夠把她身上的詛咒清除，師傅答應你，會先嘗試各種方法，但倘若仍然沒效……斬下雙手，可能亦是辦法……又或許……總之，為師一定會以最合適的方法，處理她的問題。」

翔一郎皺了下眉頭，雖然，消滅詛咒是他的本命，但他不想做出傷害人的事，況且，為了解除一個人身上的詛咒，而把那個人的雙手斬掉，詛咒跟斬手，到底哪個對當事人傷害更深？

「翔一郎，你應該明白，為師為什麼要派你去？」女人溫柔地說，「你母親在當地出生，嫁了過來，你雖在這兒長大，但懂漢語，年紀亦跟那位女孩相若，跟她談起上來，應該比較容易說服對方。」

「記住，見到她時，不需要隱瞞什麼，坦白說就行了，告訴她身上詛咒的危險性，以及袪除的必要性，然後請她來這裡作客，對她說，為師會想辦法，把她身上的詛咒清除掉。」

「假如她不從呢？」

「這樣……你就用你的方法，把她帶回來！」

的確很符合師傅的作風，但翔一郎心裡仍有問號，他將身子稍微前傾，雙手仍舊放在膝蓋上，眼神向前望。

「師傅，天下間身負詛咒的人那麼多，我們要管也管不來，以前您一直採取不聞不問的態度，由得他們自生自滅。」翔一郎戰戰兢兢地問，「但為何這次，卻偏偏要弟子去帶這個女孩回來？而且……我們不是有更重要的事情去辦嗎？」

一片沉默，翔一郎擔心自己說錯話開罪師傅，連忙低下頭來。

「好孩子，我知道你在想什麼。」女人淡淡地道，「那位女孩，一定要帶回來，因為她身上的詛咒，不單會對身邊的人造成傷害，也會賠掉她自己的性命。」

女人的語氣突然顯得哀傷。

「至於那個人……以你目前的修為，還不是他的對手，為師了解你的心情，知道你很想為神社出一分力，但對付他，不能操之過急……」

「可是……那個伊邪那的叛徒……」

「翔一郎，聽師傅說，暫時放下那個人不管，你現在要辦的事，就是把那個女孩帶回來見我。」

翔一郎應了一聲，俯身再次鞠躬。

「那個女孩，有能力看穿別人的回憶，愈藏得深的過去，愈能被她看見。」女人關切地對翔一郎說，「你面對她時，記緊要把腦子清空，什麼也不去想，一切處之泰然，千萬別被她看見你的……過去。」

「弟子知道。」

「翔一郎，你是我們年輕一輩中，資質最好，功力最深的一個，女孩的詛咒雖然厲害，但為師相信，你有能力應付……不過……以策萬全，為師贈你一樣東西，可以用來對付她，你過來。」

翔一郎站起身，走上前……

一塊用黑白二色棉織布帛包裹著的東西，他打開一看。

裡面是一條棕紅色的手繩子。

「鬼婆殺人事件」系列（一）

滅門凶案慘絕人寰
一家七口僅活兩人

前日凌晨，深水埗發生一宗駭人聽聞的凶殺案，轟動全城，案件之所以令人震驚，除了因為行凶者作案手法極度殘忍外，在案發後短短兩天，坊間竟然開始流傳，凶手是一位如鬼魅般存在的老婆婆，令這起本身已經凶殘的案件，更加添幾分恐怖及神祕感，遂成為市民茶餘飯後的話題。

先回顧案發經過，十月六日凌晨大約一時三十分，譚姓戶主一家七口，其中五人被發現倒斃在自家住所的客廳和臥室內，身中多刀，臉孔及身體均被戳至血肉模糊，地上滿是血漿及肉塊，死狀淒慘，據悉第一時間趕至現場的救護員，也因為從未見過如此恐怖的肉漿屍體，嘔吐大作，需要原車送回醫院治療。

死者為戶主譚伯成，三十歲，職業建築工人，其餘四名死者，分別為戶主的同住父母，年齡六十歲和五十五歲；戶主剛從外國回來暫住其家的弟弟，二十八歲；以及戶主的幼女，年僅三歲。

據法醫初步判斷，凶器是一把極其鋒利，刀鋒長達五十公分的大菜刀，五名死者中，三名男死者均遭割喉一擊致命，兩名女死者則被割開肚皮，失血過多致死，惟五人死後均不約而同地，被凶手瘋狂戳至血肉飛濺，原因不明，案發現場並未找到涉案凶器，目前警方正循謀殺案方向調查。

至於兩名倖存者，分別為戶主二十五歲的妻子及五歲大的長子，妻子被發現時，正反鎖自己在廁所內，抱著兒子瑟縮一角，門把還被毛巾綑綁得紮紮實實，警方費了一番功夫才能破門而入，兩人被救起時明顯受驚過度，精神恍惚，但身上並無表面傷痕，二人同時被送進醫院接受進一步觀察。

雖然案件仍在調查中，可是這兩日坊間卻突然流出，近乎怪談一樣的都市傳聞：流傳的起因，是該棟大廈不少居民，在案發前幾晚，曾經看見一位面目猙獰，如幽似鬼的老婆婆，在凶案單位附近的走廊和後樓梯徘徊。

其中一位不願透露姓名的居民表示，曾經在走廊近距離見過那位白髮稀疏，滿臉皺紋的老婆婆，她當時全身穿著一件黑色斗篷外套，弓著背，漫無目的來回行走，居民叫停她，她轉過頭，張開一張大口，露出甩掉門牙的乾裂嘴巴，對著居民咧嘴而笑，然後轉入角落，消失在後樓梯間。

到底該名老婆婆是誰？她是否跟這宗慘案有關？警方之後的調查進展又如何？基於此案已迅速引起社會廣泛關注，我特意為此撰寫一系列文章，緊貼跟進案件的最新發展，敬請各位讀者繼續留意本專欄的報導。

《時事狙擊手·陳大雲》
一九九三年十月八日

一

坐在中大醫學院圖書館一角已經四個小時，完全超出自己預計的溫習時間，可是，程詩韻一點也不覺累。

手背輕托架在鼻樑上銀色幼框圓形眼鏡，手指無意間碰到鼻尖，詩韻對自己高挺的鼻樑一向相當滿意，細長而筆直的烏黑秀髮，如瀑布般披在肩背之後，她不喜歡太過散亂的髮式，把三千煩惱絲整齊地梳在頸後，更容易令她打起精神。

只可惜，除了鼻子和秀髮，詩韻對自己的外表不甚滿意，眼睛不算大，雖然敏銳有神，但看上去總給人很凶的感覺，額頭闊下巴長，臉型呈倒三角，難聽點說就是一張小馬臉，幸好膚色夠白，長髮貼臉，加上一米七的身高，才減輕了臉型偏長下巴突出的尷尬。

詩韻明白，自己的外貌尚算合格，但略嫌正經嚴肅，加上身型偏高，看上去像個大姐姐，不是男生喜歡的類型，男生喜歡的，永遠是秀妍和昕涵這類典型的大眼美女。

哈哈！還是算了吧，她們走的是偶像派，我走的是實力派，根本不能相提並論！

秀妍……說起上來，最近半年，她跟昕涵的關係似乎愈來愈密切，自從給她們彼此介紹認識後，她倆就經常相約逛街吃飯，嗚嗚……看來秀妍很快就會把我這個童年好友忘掉了。

我在吃醋嗎？詩韻搖搖頭，當然不會啦，大家都是讀同一所大學，雖然分別在不同校舍上課，但同一校園內，要見面一定見到，只是，自己實在太忙，這段時間，確實冷落了秀妍。

詩韻修讀的是醫學院內外全科，秀妍讀的是文學院藝術系，昕涵讀的是工商管理，比起她們，讀醫要讀六年，所走的路分外辛苦，功課壓力也是前所未有的大，剛過去的第一年學期，詩韻的成績僅屬合格，嚴厲一點說，是差強人意，對於出身杏林世家的她來說，可謂非常羞恥。

正所謂知恥近乎勇，一向律己甚嚴的詩韻，下定決心第二年要來過大翻身，這之所以她今晚特意跑來醫學院圖書館溫習的原因。

中大醫學院圖書館並不位於大學校園內，而是位於鄰近威爾斯親王醫院臨床醫學大樓二樓，館藏主要涵蓋醫學和臨床科學的資料，詩韻想要找些關於臨床麻醉實例的期刊或論文，以應付下周的測驗。

本來只是想找些資料，做點筆記，然後拿回宿舍溫習，豈料自己愈找愈多，愈看愈多，愈寫愈多，完全停不下來，一晃就四個小時，直至手機在桌面上不停震動，她才抬起頭，望了螢幕一眼。

溫習歸溫習，休息還是要的，別忘了明天的早餐聚會喔，遲到貓爪伺候！

是秀妍！詩韻內心微笑一下，明早的聚會，自己怎會忘掉？就算今晚溫習得再晚，也絕不遲到！

因為，明早是我們和志美，每年一次的早餐聚會……

何志美……每次想起她，詩韻的眼眶，總會忍不住濕潤起來。

志美是我和秀妍小學時的同學，我們三人感情很要好，如果不是志美早年在巴黎意外死亡，今日在大學裡，坐在我們旁邊的，應該還有另一個人。

那場意外，我也在現場，因為正是我，當年極力慫恿志美一起去，結果兩個人一起出發，回來卻只得一個人。

詩韻低下頭，眼角悄悄流下一滴淚水，她永遠記得，當年只有十歲的志美，在一個風和日麗的下午，被街上那架突然失控的大貨車撞倒，而較志美年長一歲的自己，卻未能及時伸手把她拉住。

該宗車禍，總共死了六個人，除了志美，死者還包括幾位華裔的受害者，但詩韻當時已沒有心情理會其他人，她只顧盯著自己好朋友的屍體，血淋淋的橫躺在自己腳邊。

詩韻深呼吸，徐徐呼出一口氣，這就叫命數嗎？其實志美本不想去，她想留下來陪秀妍，只是經不起自己多番遊說，才勉強成行，這十年來，詩韻經常撫心自問，假如當時沒有硬拉志美一起去，她是否就能安然無恙，逃過一劫？

內疚夾雜哀傷，詩韻再也按捺不住自己的感情，一下子就哭出來，她伏在桌面啜泣。

一邊哭，一邊想，或許是自己不太了解志美吧，她是一個內向害羞的人，很多事都埋在心底，從外表是看不出來，不過詩韻仍然隱約察覺到，在巴黎的她，好像有心事在煩惱著……

因為，就在車禍發生前一晚，志美在酒店房間中，問了一個怪問題。

詩韻姐，妳認為，人死後……

「妳果然躲在這裡～」

詩韻的頭頂被人用手敲了一下，回憶的思緒被硬生生打斷，她稍微側著頭，從交疊的手臂中，斜眼瞄了剛剛來到，此刻就站在自己身邊的男人一眼。

謝子諾是同班同學，同是內外全科二年級生，個子只比自己高出半個額頭，身型瘦削，天生一副童顏，圓滾滾的眼睛，不高不矮的鼻子，細小而薄的嘴唇，兩邊臉頰害羞時，會不自覺地呈現粉紅色，雖然已經二十一歲，但說是高中生也會有人相信。

每次碰到他，詩韻總是潛意識地想避開，自己的外貌比起實際年齡成熟，相反眼前這位稚氣男生，卻像一個長不大的孩子，跟他走在一起，就好像兩姐弟一樣，但明明大家是同齡……不！他還比我大幾個月喔！

「我在學校自修室找了一遍，發現妳不在，就猜妳一定來這邊了！」子諾沾沾自喜，「本來以為這麼晚，妳應該回宿舍，想不到還在！不枉我專程走過來看妳。」

子諾拉開詩韻旁邊的空椅子，不哼一聲就坐下，壓低聲線說。

「其實呢，下周的測驗雖然重要，但像妳這樣緊張得每晚通宵溫習，恐怕會適得其反，應該學我，放鬆心情，不要給自己任何壓力，測驗時頭腦就會清醒得多，成績自會提升。」

「是嗎？」詩韻坐直身子，開始整理攤在桌面的資料，「上次測驗全班唯一一個不合格的人，是誰？」

子諾抓抓頭。

「上學期的研究報告，全場最低分的，又是誰？」

子諾用手摸摸下巴，雙眼望著天花板。

「子諾，不要老說我嘮嘮叨叨，讀醫是很刻苦的事，需要無比的耐力及決心，你入學的成績本來不差，為什麼一進醫學院，馬上放軟手腳？你現在已經全班墊底了，再這樣不用功下去，真不知道你還能不能畢業！」

「沒所謂啦，反正只是隨便讀讀，」子諾笑笑地說，「我不是跟妳說過嗎？讀醫只是為了應酬父母，他們想我跟哥一樣，做一個賺很多很多錢的專科醫生，但我的興趣本來就不在這裡呀……況且，我只答應他們讀醫，沒說過一定要畢業哦！」

詩韻沒好氣地站起身，把資料放回書架後，推開圖書館大門，自顧自離開，子諾馬上追出去。

「什麼？生氣了嗎？」

「我只是覺得，為什麼會有人如此不懂珍惜！」詩韻沿著走廊轉入樓梯，「很多人想讀都沒有機會，但你卻如此虛耗光陰，白白浪費一個學額，今年才第二年，以你這種學習態度，幾時才熬到畢業？」

「放心喔，一到關鍵時刻，我就會發力追上。」子諾跟她來到地下，幫她拉開大門，「來日方長，妳不用擔心我這麼多啦～」

誰擔心你！詩韻只是覺得，假如子諾能夠好好讀書……就不會整天找她一直聊一直聊，聊個沒完沒了，好煩喔！

離開臨床醫學大樓，兩人走到室外，沿著街道往巴士站方向走過去，今晚天空沒有半片積雲，黑漆漆的，偶有微風吹起，感覺很清爽。

詩韻停下腳步，抬起頭，盡情享受這股爽快的涼意，跟剛才圖書館裡的冷氣不同，這股大自然的風吹得她很舒服，最近兩個月，她只顧躲在宿舍埋首溫習，已經很久沒試過這麼夜出外，今晚竟然有這個機會，讓她……

背後突然傳來一陣寒意，直覺告訴詩韻，有東西在她身後，冷冷地盯著她。

醫院雖然人多，但大多集中在室內，晚上在外面走的人很少，詩韻轉頭望望身後，一個人影也沒有。

「什麼事了？」子諾也朝後面望了一眼。

「沒，沒什麼。」詩韻側著頭，奇怪了！明明沒人，為什麼覺得有人盯住她？

「我看妳啊，過度溫習的後遺症出現了。」子諾一本正經地說，「心神恍惚，疑神疑鬼，精神長期處於繃緊狀態，對身體是不好的，不如明晚我跟妳看場電影，讓妳放鬆放鬆？」

「不行，下周測驗，我還要溫習，時間緊迫，沒空跟你玩！」

「這樣吧，妳明晚陪我看電影，我叫哥幫妳補習。」子諾拍拍心口，「我哥當年也是中大畢業，是校內的高材生，現在更是有名的外科醫生，他給妳補習一晚，勝過妳自修十晚！」

詩韻哈哈地笑了出來。

「你有個這麼了不起的哥，為什麼之前的成績，還會這麼糟糕？」她瞪了子諾一眼，「別說我拆穿你，一定是你爸媽見你懶散，拜託你哥，要好好督促弟弟溫習，你只不過想順水推舟，叫我陪你接受哥哥的補習，好讓你沒有這麼悶，對嗎？」

子諾再一次抓抓頭，露出一個尷尬的微笑。

「我就說啊，你有這麼好的一個哥哥，又有這麼關心你的爸媽，就應該要認真一點，讀好你的書，不要辜負他們……」

身後再次傳來冰冷的目光，直教詩韻頸背一陣麻涼，她這次幾可肯定，後面正站著一個人，直勾勾地盯著她，而且，距離還很近。

詩韻猛然回頭，這次她看見了！一個瘦弱矮小的黑影，就在她轉過頭來那瞬間，跑到附近其中一幢大樓的轉角位，迅速沒入漆黑的角落裡。

「你看見嗎，子諾？」

「看見什麼？」子諾四處張望，很明顯，剛才他看不見那團黑影。

兩人都沒有作聲，詩韻側耳細聽，醫院今晚特別寧靜，就好像所有當值的醫生及護士都消失了一樣，她往左手邊移開幾步，視線盯住黑影消失的那個角落。

「喂，詩韻，妳想幹嘛？」

詩韻沒有理子諾，繼續往左走了幾步，直至她看見一個人影，距離自己大約八十米，正前方的位置，面向牆角，背對自己，站在黑暗之中。

這個站姿相當詭異啊！假如這個人一直在跟蹤自己，就算藏身暗處，也應該面向我才對啊！

可是，最令詩韻感到意外的，不是他的站姿，而是他的身高。

雖然牆角很暗，但從身影推斷，他的身高頂多只有一米二！看上去根本是個小孩子……

「妳在看什麼？」子諾走過來，低聲問。

「那裡，那個角落裡，」詩韻用下巴指了指牆角位置，「你看見有個小孩站在那裡嗎？」

「小孩？」子諾認真地瞪大雙眼，「沒有啊，哪有小孩？」

「你……看不見？」她有點驚訝，雖然角落很暗，但小孩的身影非常明顯，說看不見容貌還可以，但看不見身影……

詩韻深呼吸一口，若想知道躲在角落裡的東西是何方神聖，方法只有一個……

她提起右腳，向前踏出一步。

「等等！妳要幹嘛？」

「你在這裡等我，我一會兒便回來。」

說不害怕是騙人的！然而，對於從小立志當醫生的詩韻來說，腦子裡的科學思維，絕不允許一些怪力亂神的妄想，此刻的她對自己說，躲在暗處的東西，只是一名跟父母走散了的小孩，這裡是醫院，偶然也有小孩陪家人來看病或探病，很大機會是自己一個人走失了，所以，千萬不要自己嚇自己。

詩韻一步一步走近陰暗的角落，那個東西的身影也愈來愈清晰，是小孩沒錯，之前的身高判斷也正確，可是，小孩仍然面向牆角，背對自己，他不知道有人正走近他嗎？這個距離，沒可能不察覺呀！

還剩下大約十米距離，小孩仍然一動不動，詩韻開始感到有點不安……

就在這時，小孩突然轉過身來！

先是緩緩的，一點一點的，把身體慢慢扭轉，然後，一步一步，朝詩韻方向走過去，走得很慢，但步伐穩定，當小孩逐漸離開陰暗的角落，走到燈光充足的街道上時，詩韻驚恐得雙手掩著嘴巴。

這怎麼可能……

剛才在圖書館被打斷的思緒重新連線，詩韻再次想起十年前……志美的怪問題……

詩韻姐，妳認為，人死後……會去哪裡？

她一邊回想，一邊不敢置信地盯著眼前這個……女孩。

「我回來了。」

一把再熟悉不過的聲音，由女孩的口中，傳進詩韻的耳裡。

二

卓家彥獨自站在骨灰龕前，把帶來的鮮花插好，將水果奉在跟前，雙手合十，彎下腰，鞠躬三次，然後閉目靜思。

今年仲夏發生的慘劇，家彥至今仍歷歷在目，縱使他已盡力不去想，不去提，可是摯友兩兄妹的離世，對家彥的打擊實在太大，更何況這次事件，他亦親身參與其中，切膚之痛，離別之情，家彥感受最深，即便已經過了數個月，仍難以忘懷。

秋風瑟瑟，涼風爽爽，十月的清晨已略帶寒意，家彥身穿一件深灰色棉質長袖上衣，黑色直筒丹寧長褲，配襯一雙藍白色波鞋，站在兩兄妹面前，看著他們兩人並排的照片，兒時的回憶再一次浮現。

「你們，以後要好好在這裡生活……」

家彥強忍淚水，哽咽地吐出一句話。

「無論之前發生過什麼事，你們永遠是我的好朋友，好妹妹……」

這是他第一次來這個骨灰場拜祭，也是第一次，淚水不聽話地從眼角流了出來，家彥趕快用手背把它抹去，他早料到自己最終會忍不住哭出來，所以沒答應秀妍的要求。秀妍她，本來是想跟家彥一塊來，可是家彥不想讓她看見自己軟弱的一面，所以選了今早她沒空的時間，獨自悄悄前來。

這幾個月，秀妍的心情平復得比自己快，已經有好幾次，全靠她窩心的安慰，自己才能挺住，所謂觸景傷情，家彥心裡明白，當他看見兩兄妹的龕位時，必定勾起三人童年時的回憶，開心回憶也好，悲傷回憶也好，通通都會令他忍不住哭出來。

秀妍已經安慰過我千百篇，我不能再令她擔心，我必須自己從痛苦中，重新振作起來。

不過，也算是因禍得福，家彥跟秀妍之間的距離，經這次事件後，大幅拉近，再沒有像初相識時那份陌生感，秀妍對他的態度，也開始跟小涵看齊。

這的確是一個好開始，可是……

現在雖然有跟她單獨約會，每次出來，她也顯得十分開心樂意，只不過，家彥看得出，她仍然有所保留。

上次牽過她的手一次之後，她便不再給我牽……

約她出來見面次數多了，她便推說要陪姐夫什麼什麼的，不出來了……

即使她最後願意出來，身邊卻永遠伴著一個小涵……

總之，她對我的態度，似好朋友多於男朋友……

難道秀妍她，不想跟我再進一步？

背後傳來緩慢的腳步聲，一步一步滿懷心事，步調很輕，似女人，家彥最初以為是一位老婆婆，畢竟大清晨會來骨灰龕拜祭的，多數是老人家，他回頭一望。

女子年約二十多吧，身型適中，四肢修長，可以說有點偏瘦，但頭比較大，臉有點嬰兒肥，跟瘦削的身體不符比例。

家彥再仔細打量她的外貌，圓臉有肉，腮骨微露，樣子雖不算漂亮，但給人一種爽直清新的感覺，雙眼雖沒有秀妍或小涵的大，也沒有她們的靈秀，卻能透出幾分嫵媚迷人的目光，尤其眼下一對臥蠶，既深且厚，異常吸引，為她少女的外表加添幾分女人味，相信笑起上來一定很迷人。

她的一把頭髮染成時下最流行的灰白略帶紫藍色，長度過肩，髮尾微曲，遮掩隆出來的腮骨，看來除了是個趕潮流的達人外，也懂得利用裝扮掩飾自己的短處。

少女站在家彥旁邊，面向另一幅骨灰龕牆，跪下，把背包裡的冥紙及香燭拿出來，然後取出一個打火機。

「等等，小姐！」家彥連忙制止，「骨灰場內是不能點火的，妳想燒冥紙及香燭，便要往室外的金爐。」

「金爐？」她抬起頭，撥了一下頭髮，「對不起，先生……請問金爐在哪裡？」

這是家彥第一次面對面看她的正面，蠻有個性的一張臉，她的聲線略帶沙啞，女聲中屬於低沉那類，雖然問得很有禮貌，可是表情略為緊張。

問個路，需要這麼緊張嗎？

家彥走近門口，用手指了指門外某個方向。

「妳從這裡往前走，沿著樓梯向上爬三層，再往右拐，直行大約一百米，見到有座好像寶塔的建築物，向左轉再行五十米，便會看見一座燒得黑黑的大爐，那處就是金爐。」

「這麼遠！」少女驚訝。

「環保原因嘛，」家彥解釋，「禁止室內燒香燒紙，目的就是不想骨灰場空氣變得混濁，也避免出現火災的可能，把金爐設置得遠一點，燒起冥紙及香燭起來，也不用擔心影響其他拜祭人士。」
少女沒有作聲，低頭收拾帶來的東西，匆匆跑了出去。
家彥搖搖頭，這位少女，平時一定很少來拜祭先人，骨灰場內禁止燒香燒紙已經很多年了，她居然不知道，家彥覺得有點不可思議。
以她這個年紀，拜祭先人通常都是隨父母同來，但今日只見她一個，對規矩又如此陌生，難道是人生第一次？
孤身前來，最大可能，就是她父母住在這兒……
家彥直覺地往骨灰龕牆上掃了一眼，恰好這時少女跑回來。
「這麼快？」家彥詫異地問，從這裡徒步走到金爐，至少要十五分鐘路程，但少女離開了只有短短兩分鐘。
「嗯，完成了。」少女再次跪在那幅骨灰龕牆前，「我在外面發現一個大鐵桶，於是把所有東西全倒進去，一把火燒了，省得我跑來跑去那麼費時。」
家彥朝外面看了一眼，果然不遠處放著一個大鐵桶，裡面正冒出一絲一絲，灰白色的濃煙。
這少女真是……
「妳……怎可以隨隨便便找個鐵桶就燒……」
跟她並不認識，本來不應該開口，但家彥覺得，這樣做也太亂來了，萬一搞出火災怎麼辦？
「金爐的設置，就是要將大家焚燒的祭物集中處理，以防遺下火種。」他嘗試耐心解釋，「假如人人都自己隨便燒，燒的過程又不在旁看守，一旦發生火災，就沒人能及時知道……」
「就算知道了，便能及時制止嗎？」
少女的語氣突然一變，冷冷地吐出這句話，嚇了家彥一跳。

「就算明知結果是壞的，你就能出手阻止它發生嗎？」

少女的聲音莫名悲傷，是自己說了什麼令她不快？

家彥此時留意到少女雙眼，明顯比剛剛見她時通紅得多，是因為燒冥紙及香燭時，被火屑及煙熏成這樣子？還是，她在哭？

家彥再次望望那幅骨灰龕牆，上面安放著多位先人的龕位，有些白髮斑斑，有些中年猝死，少女對自己的說話如此大感觸，可能剛才的猜測沒錯。

她的父母就在這兒！恐怕是意外過世，而她很有可能親眼目睹事件經過，但沒能及時制止，所以才對我剛才的說話，反應如此大。

這個……雖然自己不知內情，但把一名少女弄哭了，家彥心裡還是有點過意不去。

「不好意思，我不應該這麼說的。」

「不，不關你的事。」少女搖搖頭，情緒似乎平復，「我失禮了。」

她一直保持跪坐的姿勢，面向骨灰龕牆，然後，她俯身彎腰，向前深深地鞠了一躬，然後問家彥。

「你是來拜祭父母？」她的視線仍舊瞪著前方。

「不！」家彥內心抽痛一下，「是好朋友，一對兄妹。」

「你認為……他們死後，會去哪裡？」

家彥沒料到她會問這樣一個問題，聽上來雖然有點怪，不過，老實說，他自己也很想知道答案。

「你不知道，對嗎？」她沒等家彥答覆，自言自語地說，「我告訴你，人死後，會回來……」

家彥心想，少女的意思，是投胎重新做人，所以回來了？

「人死後，會回來……」她繼續說，「然後，跟在你身後……」

開始聽不懂了，她到底想說什麼？

當家彥正想開口問時，少女突然站起身，轉過頭來，將一把灰白紫藍頭髮撥在身後，向家彥展露一個爽朗迷人的笑容。

一如所料，她的笑容……很甜、很美、很有魅力。

「我叫以婷，你呢？」

咦！自我介紹嗎？為什麼問得這麼突兀？

「我叫家彥……」

話還未說完，她突然背起背包，朝門口方向溜過去，臨離開前，回頭說了一句話。

「我會，再回來的……」

哈！這個世界真是什麼人都有！大家萍水相逢，交換名字，說不定很快就忘記了，什麼回來不回來，又有何意思！

家彥苦笑一下，聳聳肩，向兩兄妹龕位作最後道別，然後也朝門口方向走去。

可是，走到一半，他停下腳步。

不太對勁！

家彥轉身，第三次望向那幅骨灰龕牆，每個骨灰龕都會貼上死者的照片，的確，有些白髮斑斑，有些中年猝死，但亦有些……年少早逝。

那位少女，一直保持跪坐的姿勢，最初家彥以為她是遵守孝道，所以才用最傳統最莊重的姿勢坐，可是……

當她問自己問題時，她的視線卻一直瞪著前方……

那個高度……那個位置……

家彥回到剛才少女跪坐的地方，蹲下來，以同一高度向前望……

正前方的龕位，貼著一張小學生照片……

那是位小女孩，十年前過世，死時只得十歲……

女孩名字叫……何志美。

「鬼婆殺人事件」系列（二）

警方控告戶主妻子

蛇蠍美人？含冤少婦？

上星期發生的凶殺案有新進展，警方昨日正式控告死者譚伯成的妻子原美嫦五項謀殺罪，控罪指她於十月六日凌晨時間，用刀殘忍地殺害丈夫及其父母、弟弟、和自己親生女兒一共五人。

這次檢控令輿論嘩然，警方並沒理會多位目擊者的證詞，追尋那位極度可疑的「鬼婆」下落，反而一口咬定戶主的妻子就是慘案的凶手，令人質疑警方的檢控是否過於草率。

據警方發言人解釋，在案發現場的單位內，並沒發現除了戶主一家七口外，其他人的指紋、毛髮或衣服纖維的證據，而當時單位內的門窗都是從內鎖好，沒有被破壞的跡象，所以初步排除走廊外面有人入屋行凶的可能性。

發言人續說，妻子原美嫦跟丈夫譚伯成關係一向不好，對丈夫嗜賭如命，貪財好色的性格一直啞忍，直到最近丈夫再一次欠下大筆賭債，又被發現搭上一名有夫之婦後，一直默默忍受的妻子終於爆發，盛怒之下用菜刀把丈夫殺死，所以警方有理由相信，原美嫦就是真凶。

其實此案疑點甚多，若就此簡單判定原美嫦就是真凶，似有欠公允，所以我綜合目前已知的客觀證據，以及跟死者一家相熟的親戚朋友證詞，逐一點出可疑之處。

首先，原美嫦的為人。根據認識譚氏一家的鄰居、朋友和親戚所形容，原美嫦為人溫柔純樸，斯文秀氣，對鄰居及朋友都謙和友善，對親戚更加恭敬有禮，加上樣貌娟好，甚得人心，雖然經常跟丈夫吵架，但所有人心裡明白，沒道理的是她那個不爭氣的丈夫，故大部分認識譚家的人都覺得，原美嫦沒可能是殺人凶手。

第二，殺人凶器。到截稿前，警方仍未找到那把五十公分長的大菜刀，物證不在，單憑原美嫦內心怨恨作為殺人動機，證據未夠充分，況且，一般普通家庭，哪會放這麼一把又長又大的菜刀在家？五十公分長的刀，根本是一把專門屠宰豬牛的工具，普通人家絕不會放，更何況是有小孩的家！

第三，行凶手法。假如凶手是原美嫦，她憎恨的應該只有她丈夫而已，用得著把丈夫的父母也殺掉嗎？就算她恨丈夫的父母偏心自己的兒子，那為何要把剛從外國回來，暫時寄居家中的小叔子也一併殺掉，原美嫦跟他有這麼大仇嗎？而且，所有死者死後都被斬得血肉模糊，支離破碎，就算有仇，有需要費那麼大力氣，把一個人重覆又重覆地剁成肉漿嗎？

第四，原美嫦反鎖自己在廁所，門把被毛巾綑綁得紮紮實實。這個行為，不就證明了自己是無辜的嗎？她發現凶手在廳內，正拿著菜刀進行大屠殺，她驚惶失措，退無可退，趁凶手不覺，抱起兒子反鎖廁所內，但又擔心凶手最後會發現她，所以用毛巾將門把綁實，以上行為，都證明原美嫦是受害者多於加害者。

第五，也是最令人不解的，假如原美嫦是凶手，為何要把自己的親生女兒殺害，卻又保住自己的兒子？若說是不想留下活口指證自己，應該把一對子女也殺掉，若說是覺得子女年幼不會指證媽媽，應該一對子女也抱入廁所，兩個都是自己骨肉，為何會出現如此反差？又抑或，凶手根本另有其人？

以上種種疑點，都將凶手指向另一位曾經出現在現場的人——「鬼婆」，她到底是誰？她跟死者一家是認識的嗎？敬請各位留意後續報導。

《時事狙擊手・陳大雲》
一九九三年十月十五日

三

早上駕車穿過中環繁忙的街道，徐文軒打了個呵欠，雖說昨晚睡得很足，但大清晨七點整準時複診這個體驗，自己還是頭一次。

隨便穿上一件格子襯衫，腳踏一雙棕色便服鞋，頂著大肚腩，勉為其難開著車，不知怎的，叫他上班，再早也會精神奕奕，但見醫生，文軒馬上提不起勁。

明明已經痊癒了，複什麼診！秀妍也太大驚小怪了吧！

自幾個月前被某人從後襲擊，後腦勺敲穿一個洞後，秀妍便大為緊張，最後雖然在醫院縫了三針，傷勢大致無礙，但她總是過意不去，也是由那天開始，秀妍便常常以長輩口吻跟自己說話，催促自己按時吃藥、按時睡覺、按時上班、按時回家，還有……按時複診。

傻丫頭！又不是妳把姐夫弄成這樣，根本毋須介懷，亦毋須內疚，姐夫明白，妳是想代那個人賠罪，但姐夫不是已經跟妳說過，不再追究嗎？所以妳應該可以放心了吧？

「不行，萬一有後遺症怎麼辦？我可不想要一個傻姐夫！明早你去複診，我一定會先把你叫醒，休想裝睡不去！」

秀妍昨晚雙手叉腰，撅起小嘴這樣說，今早果然身體力行，未夠五時就起床，文軒知道自己逃不了，為了令她安心，也只好早點出門，駕車朝私家診所進發。

其實秀妍本身也不是一隻早起的小鳥，之不過，她今早跟詩韻有個特別的早餐聚會，所以才能這麼早爬起床。

懷念故友……很幼稚，亦很浪漫，這就是秀妍！一個非常重感情的人，對秀晶如是，對我如是，對她的朋友也如是。

文軒望望手錶，六時四十五分，他把車泊好，來到診所門口，裡面的護士姑娘已經準備營業。

「徐先生，這麼早啊！」護士替他打開門，「謝醫生剛剛在醫院做了個緊急手術，現正趕回來，你進來坐下等他吧。」

文軒嘆一口氣，我這位醫生朋友，果然保持其一貫風格──勤力、盡責、專業。

跟謝子磊結緣，可說是非常偶然的一件事，事實上，文軒是認識他的妻子在先，他的妻子是自己前妻的同校學妹，在一次朋友聚會中相識，透過她，才認識當時還在求學中的醫生男友。

文軒算一算，這應該是十年前的事吧……唉……十年人事幾番新，十年前，自己還未跟前妻離婚，還未認識秀晶，更不知道秀妍是誰，如今，竟然會跟秀妍同住，一切就好像冥冥中自有安排一樣。

對子磊而言，十年前只有二十歲，還是個學生，卻已經展露極高的醫學天賦，除了獲得很多教授的賞識，還得到很多前輩醫生的提攜，現年三十正值人生壯年，事業有成，在醫學界也有名聲，文軒有時會自嘲，自己三十歲時，仍在哪裡混呢？

本來在醫院已經拆線，傷口也癒合了，但秀妍始終不放心，在她強大的怨念驅使下，文軒只好硬著頭皮，麻煩這位名醫朋友幫手，有他的複診證明，秀妍不可能再懷疑自己傷口未完全康復。

最初擔心子磊會拒絕，畢竟人家是名醫，哪有理由替我這個傷口已癒合的傻瓜複診，但豈料他一口答應，之前幾次還很細心幫我診斷會否有後遺症，這次複診，該是最後一次。

或許，他是看在老婆大人的份上，給我面子吧！

門口傳來皮鞋的喀喀聲，文軒看看掛在牆上的鐘，七點整，他就是這麼分秒不差。

子磊個子不高，大約一米七五左右，長著一張頗為俊俏的臉，一雙深邃迷人的眼睛，掛在高挺筆直的鼻樑上，嘴唇豐厚微微外翹，很少男人的嘴唇可以這麼性感，略帶健康的古銅色皮膚，證明這位平時工作繁重的大忙人，也懂得利用空閒時間鍛鍊身體。

文軒這時在想，子磊的俊，跟家彥有得一拼，不過家彥的陽光氣息多一點，反觀子磊，眼神明顯憂鬱得多。

「你的傷口癒合情況理想。」子磊甫坐下，戴上一副平光眼鏡，仔細看著文軒的醫療報告，「前幾次複診也沒發現什麼不妥，應沒什麼大礙，等會兒幫你再檢查一次，下次不用來了。」

「子磊，你做事還是這麼一本正經，」文軒摸摸後腦勺說，「今早剛做完手術嗎？其實我的傷只是小事，用不著你專程從醫院趕回來，親自替我檢查啦！下次有急事，你忙你的好了，我改期也沒問題。」

「不行，這樣老婆會責怪我的。」子磊微笑回應，「她千叮萬囑一定要我親自替你檢查，你也不想我被老婆罰睡客廳吧？」

文軒哈哈地笑了出來。

「對了，晞萱最近好嗎？上次只在電話中拜託她複診的事，之後便沒再跟她聯絡，我實在過意不去。」

「不，你太客氣了。」子磊示意文軒走近旁邊的一張床上，「你先躺下來，讓我看看傷口。」

文軒躺下，子磊開始撥開他的頭髮。

「老婆她一切安好，」子磊邊說邊替文軒檢查，「只是……最近要注意調理一下身體……」

「咦，晞萱生病了嗎？」

「不，不是這個意思。」子磊搖頭，嘴角的笑容卻愈來愈燦爛，「她……有了身孕！」

晞萱懷孕了！文軒既驚喜又意外，這還是他們夫婦的首胎呢！晞萱比子磊小一歲，這個年紀生小孩剛剛好。

「恭喜你們，」文軒愉快地說，「幾個月了？」

「三個月。」子磊繼續耐心地檢查。

「那真的要好好調理身體，不過你們兩個都是醫生，這方面的知識比我豐富多了。」

子磊把文軒扶起，下床，把他帶回椅子上。

「檢查完畢，傷口百分百痊癒。」子磊坐回文軒的對面，「這份報告我可以抄個副本給你，這樣你就可以應付小姨子了！」

文軒雙手拍拍臉頰，一提起秀妍這個鬼靈精，真拿她沒辦法。

「我跟晞萱，做夢也沒想到，你離婚後這麼快就結識到新女友，」子磊放下筆，認真地盯住文軒，「現在還跟她的妹妹同住，進展也實在太快了！」

「唉！我不是解釋過很多次嗎？」文軒不厭其煩地再說一遍，「我跟她是姐夫和小姨子的關係，因為她姐姐過世了，我有責任去照顧她，所以才一起住。」

「行了，行了，其實你不用向我解釋。」子磊重新拿起筆，在桌面的紙上寫了幾個字，「護士姑娘等會兒會給你開藥，你出外面取便是了，至於報告，我現在列印給你，請你稍等。」

只見他打開抽屜，從裡面取出一隻ＵＳＢ，插進電腦把資料儲存起來，然後列印。

就在子磊剛打開，但未立刻關上的抽屜中，文軒注意到一件奇怪的東西……

一雙手套。

文軒之所以覺得奇怪，是因為這對手套的風格，完全跟抽屜裡的其他東西格格不入。

手套呈粉紅色，質料是棉，但十隻手指頭位置卻縫上厚厚的布料，像是臨時才補上去的，手套很小，莫說是擁有一雙大手的子磊，即使一般正常男人也穿戴不上，不過若說是女裝手套，設計及造型卻略嫌幼稚，但更奇怪的是，手套十隻手指的剪裁，好像比正常女裝手套還要短，有女人的手指這麼短嗎？

等等！難道……

「好了，這份就是你要的報告。」子磊把報告遞給文軒，然後順手把抽屜關上。

文軒取藥後離開診所，一邊步向停車場，一邊回想剛才發生的事，雖然跟子磊談了很多事情，也提起過晞萱，但最令自己介懷的，始終是那對手套。

奇怪？只是一雙手套，為什麼這麼在意？

那對手套，雖然從抽屜打開至關上，只有短短五秒時間……

但文軒肯定，那對不是男人的手套，也不是女人的手套……

那對是……小女孩的手套。

四

早上七點整，李秀妍來到一間小學校舍附近的小公園，坐在長椅上。

她今天穿了一件簡樸斯文的白色長袖襯衣，灰色冷外套，墨綠色格子及膝短裙，腰間還圍了一條同色腰帶，腳上穿上白襪子及黑鞋，乍眼一看，還以為是一名小學生。

不施脂粉的她，從包包拿出一面鏡子，照照自己一雙大眼睛，還好！雖然早起床，但沒有黑眼圈，樣子還算精神，等會兒見到詩韻姐，不怕被她笑我大熊貓！

秋日的涼風微微吹起，把樹梢上僅餘的幾片樹葉也吹掉落地，一隻乳白色小花貓像受到驚嚇，馬上跑回草叢堆去，秀妍笑了笑，伸手至耳邊，輕撥一下被微風吹亂了的秀髮，棕黑色長而微曲的頭髮，差不多到腰了，是否需要修剪一下？

她深呼吸一口，享受著早晨清新的空氣，陶醉在這片寧靜安逸的氛圍中，然後，她把帶來的飯盒打開。

裡面是自己為這次聚會而煮的早餐，腸仔煎蛋和三文治，詩韻姐喜歡吃，自己喜歡吃，志美也喜歡吃……

志美，妳聽見嗎？今日的早餐會，是我們跟妳的約定，一切，就好像以前一樣。

想到這裡，秀妍一雙戴上灰黑色毛毛手套的手，從包包裡拿出另一雙粉紅色棉質手套，把它放在飯盒上面。

志美，我知妳也喜歡手套，特別是粉紅色……

詩韻和志美，是我小學時最好的朋友，三人經常一起讀書溫習，結伴遊玩，童年的時光，永遠都是最快樂、最愉悅的，對我而言，自己兒時的回憶中，最難以忘懷的，就是跟她們之間的友誼。

因為……對於身負詛咒的我而言……她們是我的人生中，最先認識的兩個朋友。

我在六歲前，雙眼是看不見東西的，詛咒令我短暫失明，也剝奪了我童年的自由，一個失明的小孩子，自然會得到特殊的照料，我也不例外。

姐姐把我照顧得無微不至，但卻因為害怕我受到傷害，嚴格限制其他正常小朋友跟我玩耍，所以我在六歲前，並沒交到任何真正朋友，直至，六歲那年，在毫無預兆的情況下，雙眼突然康復，而我的命運，也在那個時間點正式開始。

詛咒把我的雙眼復原，不單令我重新看見這個世界，也令我……看見更多的東西……

閱讀別人的回憶，其實不是一件很有趣的事，很多時見到的回憶，都是一些傷心失落的往事，看見別人在痛苦的過去中掙扎，自己的心情也不好受，然而這個詛咒，正正就是要我感受著別人的傷悲，或者，這就是重見光明的代價。

也就在我過回正常生活，第一年上小學的同時，我認識了詩韻和志美……

可惜的是，我跟志美的友情只維持了短短四年，十歲那年，她交通意外過世，當時的我傷心得要命，詩韻姐事後也很懊悔，說不應該迫志美去，因為志美本來是想留下來陪我的！

這個我倒沒察覺出來，我只記得，志美當時的心情，時而雀躍，時而鬱結，總之就是坐立不安，滿腹心事，可惜當時年幼的我，對她這些情緒表現未有多加留意，不過……就在她們出發前兩天，也是我在學校最後一次見到志美那天，我清楚記得，她故意趁詩韻姐不在時，靜悄悄走過來，跟我說了一句：

「呼～～好想快點長大喔。」

看似跟車禍沒半點關係，但我心裡一直有個疑問，她當時為什麼要說這句話來……做小學生不好嗎……我很滿意啊……為什麼要快點長大？

不知不覺已經七時四十分，奇怪！平時詩韻姐超準時的，為什麼今天遲大到了？

秀妍馬上按下手機，正想致電她時，遠遠看見詩韻氣喘喘地跑過來，神色有點慌張。

「秀妍……」詩韻匆匆坐在旁邊，焦急地說，「志美回來了！」

秀妍最初以為自己聽錯，她眨眨眼，呆呆地望著詩韻。

「志美……她回來了……就在昨晚……」詩韻重覆。

「等等，詩韻姐，」秀妍不敢置信地問，「妳所指的志美，是我們認識的……何志美？」

「當然，還會是誰？」詩韻肯定地說，「昨晚我在圖書館溫習至深夜，離開的時候，發覺後面好像有人跟蹤，我回頭去追，就發現她躲在暗處！」

「這怎麼可能！」秀妍驚呼，把原本雙手捧著的飯盒放在一旁，「志美不是已經……死了嗎？十年前，在巴黎，被一輛貨車撞倒，當時妳也在現場啊！之後出殯、火化、安葬，妳和她的家人全程都有參與，怎麼可能……怎麼可能還在世上呢？」

「所以，當我昨晚第一眼看見她時，整個人冷汗直冒，秀妍，我當時真的嚇到腳軟了，差一點便倒在地上。」詩韻雙手掩耳，驚惶地說，「我本以為她是假冒的，畢竟容貌相似大有人在，可是，當她開口跟我說話時……那不可能是假的，絕對是志美的聲音！」

「等等！詩韻姐，妳意思是，妳見到的……志美，還是十年前，沒長大過的志美？」

「嗯！」詩韻點點頭，「不單止樣貌聲線跟十年前一模一樣，身上穿的衣服鞋襪，也是十年前她去巴黎穿的那一套，我認得她那件紅色羽絨外套，白色毛冷上衣，棕色格子針織長裙，還有……那對粉紅色手套……」

秀妍愈聽愈不安，雖然詩韻姐言之鑿鑿，但志美明明已經死了，不可能！那個人不會是志美！要嘛是認錯人，要嘛是……詩韻姐精神開始出現問題！

最近一陣子，她都以溫習功課為由，拒絕出來跟自己約會，是壓力令她慢慢產生幻覺嗎？秀妍很擔心，讀書讀到精神錯亂，古往今來都有例子，難道詩韻姐看見已過世的童年好友，是精神病的開始？

「那麼，志美……跟妳說了些什麼？」秀妍憂心地問。

「她說了一句，」詩韻回答，「我回來了。」

「然後呢？」

秀妍一邊問，一邊望著剛才帶來那對粉紅色棉質手套。

戴手套的習慣，志美和我都有，詩韻姐一直笑我們有怪癖，但她不知道的是，真正喜歡戴手套的人，是發自內心喜歡的志美，我之所以會戴，全拜那個詛咒所賜……

只有戴上手套，我才能稍微壓制自身的能力……那股詛咒帶給我的能力……那股閱讀別人回憶的能力……

對了！為何不趁現在，好好加以利用？

詩韻昨晚的遭遇，志美神祕的現身，害我全神貫注去聽，幾乎忘卻了自身的能力，只要，我用這雙手觸碰詩韻姐，可能有辦法看見昨晚的情景！

自從志美過世後，這十年來，我不斷從詩韻姐的回憶中，看見志美的影像，有些只有她們兩人，有些則是我們三人，全都是過去一些開心或傷心的片段，對詩韻姐來說，志美的離世對她打擊很大，除了因為失去好朋友外，志美的死，她或多或少，抱有一份自責的內疚感。

以上所有一切，在過去十年間，我都能夠從她的回憶中窺看出來，包括，當日車禍現場，她親眼目睹志美被貨車撞倒那一刻的影像……

雖然，根據以往經驗，時間愈久的回憶，埋得愈深的回憶，愈容易被我看見，反而數日前或數小時前的淺層記憶，我未必有把握看得清楚，不過，不試試哪會知道？

只要能夠讓我看見，我就有辦法分辨出那個小女孩是人是鬼？是志美？還是冒牌貨？

詩韻姐並不知道我身上詛咒的能力，所以才會經常笑我戴手套，不過，她是非常信任我的，我用手觸碰她，也絕不會令她起疑，暴露我的能力。

我開始把身子稍微傾向她，左手靠近她的右手，這時候先繼續問她昨晚的事，待她說得激動時，就一手抓住她，這樣應該能夠看見些什麼。

「然後呢，詩韻姐？」

秀妍見詩韻沒有即時回答，於是再問一次，與此同時，戴著手套的手往她身邊再挪近一點。

奇怪的是，詩韻仍然沒有回答，她望著秀妍。

「詩韻姐，妳怎麼了？」秀妍的手已經差不多碰到她了，「志美到底說了什麼？」

「她說，」詩韻露出一個甜美但傷感的笑容，「我幫秀妍買的手套，她收到了嗎？」

秀妍伸過去的手停止動作。

志美……她仍記得……當年在巴黎幫我買的手套……拜託詩韻姐交給我的手套……

「她在哪兒？我要見她！」秀妍激動地站起身，緊握拳頭。

與其坐在這裡，窺看詩韻姐的回憶，不如直接跟志美對質，不管她是人是鬼，我也不會懼怕！志美她，是我的好朋友，既然她昨晚沒有傷害詩韻姐，一定也不會傷害我！

更何況，假如她真的是已死去的志美，回到這個世界來，必有原因，若果是因為執念太深的緣故，或許，我可以幫她……

我身上這個詛咒……跨越生與死界限的詛咒……

「她……不在我這兒。」

詩韻的回答有點令秀妍意外。

「但是，志美不是來找妳嗎？」秀妍好奇地問，「她這次回來，應該是想跟我們三個人團聚吧！」

只見詩韻搖搖頭，眼神同樣流露出好奇及疑惑。

「秀妍，妳還記得誰是謝子諾嗎？」

「謝子諾？就是那位跟妳同班，童顏得讓妳妒忌的男同學？」

「對，就是他，」詩韻淡淡地說，「昨晚離開圖書館時，他是跟我同行的。」

「咦！那麼他也看到……」

「不，他什麼也沒看到！」詩韻雙眼望著秀妍，眼神帶點惶恐，「志美就站在我們前面，可是他什麼也沒看到！」

那麼志美果真是……

「志美她，交代完手套的事後，眼神便逐漸變得銳利。」詩韻繼續，「然後再沒有理會我，低著頭，一步一步，默默向前行，直至……站在子諾身後。」

秀妍雙手掩嘴，這麼說來……

「對，我搞錯了！她一直從後尾隨的人不是我，是子諾。」

「鬼婆殺人事件」系列（三）

為真相不惜以身犯險

新證據出現警方撤控

為了不讓支持本欄的讀者失望，我這幾日來明查暗訪，終於發現案中的嫌疑凶手——「鬼婆」，她的神祕住處，由於位置偏僻，杳無人煙，本人在附近一帶來回查探多次，才發現這間比狗屋還不如的垃圾崗，就是傳說中鬼婆的居所。

那是一間骯髒簡陋的小屋，位於一處非常隱蔽的小山坡上，用紙皮及棄置木頭臨時搭建而成，不過與其說是小屋，不如說是流浪者棲息的垃圾崗更為貼切，屋裡到處都是報紙雜誌，吃完的東西沒有清洗，最惡劣的是廁所，因為根本沒有廁所，整間小屋遍地都是屎屎尿尿，臭氣沖天，若然不是附近沒有民居，相信小屋很早就會被人發現。

屋裡沒有人，但根據地上的食物殘渣，以及廚房一些簡單的煮食用具分析，應該只有一個人住沒錯，屋內沒有任何娛樂設備，連電視機及收音機也沒有，但卻有一大疊報紙雜誌，當中包括本人對此案的深入報道及精闢分析，看來這位「鬼婆」也是我的忠實讀者。

我憋住氣，深入屋內巡查了一遍，結果在其中一個角落的地上，發現七把長度大約四十至五十公分的大菜刀，只用一張報紙覆蓋著，菜刀全是新買回來，閃閃發亮，鋒利無比，而且相當沉重。

與警方合作是每一位良好市民應盡的責任，我二話不說馬上報警，把這個新發現告訴警方，並要求他們重新審視對原美嫦女士的指控，屋子目前已交由警方看管。

基於新證據的出現，在廣大輿論壓力下，警方再沒有理由懷疑原美嫦女士是案中的唯一凶手，果不其然，警方在落案後不足七日，決定撤銷原氏所有控罪，她即日起重獲自由。

雖然這次事件，足以突顯傳媒的威力，但我陳大雲並不會因此感到驕傲，傳媒工作者的座右銘是專業求真，我將會繼續鍥而不捨，為大家追查這起案件的最新發展和最終真相，下期我會回顧五名死者的個人背景，嘗試分析凶手為何要用如此殘忍的方法殺害他們，到底「鬼婆」跟死者一家有什麼深仇大恨？敬請留意下周報導。

此外，收到很多忠實讀者來信，希望能夠訪問一下本次慘劇的最大受害者，獲釋後一直拒絕露面的原美嫦女士，由家破人亡到被控謀殺，再到撤銷控罪，她的心路歷程如何？他們母子倆今後的生活又怎麼過？對於讀者這個請求，我陳大雲定當悉力以赴，一旦成功採訪，便會在本欄刊登，敬請各位期待。

《時事狙擊手．陳大雲》

一九九三年十月二十二日

五

子諾坐在私家車前座，望著身旁駕駛座的大嫂，感覺有點不好意思。

本來一向都是自己上學，從沒要求大嫂駕車接送，只因昨晚醫學院圖書館那件怪事，被詩韻弄得晚了回家，今早居然睡過頭，幸好大嫂不用上班，自告奮勇駕車接載自己回學校去。

這次一定被大哥罵死了！

「放心喔！我今早預約到醫院檢查，本來就是要早起，送你回大學後再過去，時間剛剛好，不用不好意思。」

大嫂就是這麼善解人意，大哥能娶得這麼好的妻子，真是羨煞旁人。

黃晞萱，比大哥小一歲，同樣醫科出身，眉清目秀，心型臉蛋配襯一把柔順長髮，今早她穿上一身白色運動服，把頭髮紮成馬尾梳在身後，雖然懷胎三月，但未有改變她瘦削矮小的身型，表面來看，完全不像有了身孕。

大哥對胎兒很緊張，吩咐大嫂不要隨處亂動，大嫂笑他過分擔心，哪有人三個月身孕就禁足？因此，親自駕車接自己回學校，雖是臨時起義，但大嫂其實樂意至極。

「要妳從娘家專程駕車回來接我……真的麻煩到妳了，但大哥的車又被他駕去醫院……」

「小事一樁，不必掛心。」晞萱側著頭說，「不過我有點好奇，子諾平時蹺課乃家常便飯，為什麼這次這麼勤力，一起床便致電求我載你回大學去？」

「唉，都怪我那位麻煩同學，」子諾腦裡浮現出詩韻的容貌，「她說今早有個什麼很重要的早餐會，一定要出席，但又有課要上，於是派我替她抄筆記。」

「哈哈，你怎會這麼聽話？不像你喔！」

「大嫂妳不會明白啦，那位麻煩同學很凶的，對學業成績又非常重視，你若不按她意思做，她把你殺掉也有可能！」

「就是昨晚跟你一起那個女生？」晞萱笑咪咪問。

「正是她嘛！」子諾用手摸摸額頭，嘆一口氣，「她最近功課壓力似乎太大了，弄得精神有點緊張，終日疑神疑鬼。」

「發生什麼事呢？」

「她喔，一整晚問我有沒有見過那個女孩，就是最先躲在暗處，然後一步步向她走近的那個女孩！」

「那你見到嗎？」晞萱好奇地問。

「沒有耶，哪有什麼女孩！」子諾翹起雙手，「當時附近就只有我跟她，其餘一個人影也沒有！」

「她是否在整你啊？」晞萱笑笑地說，「說得跟鬼故事一樣，其實只是想考驗你的膽量，倘若你害怕了，就有笑柄在她手裡！」

「我最初也是這樣想，」子諾先是點點頭，然後搖搖頭，「可是，她不是一個愛開玩笑的人，而且，她當時問我的表情，很嚴肅的。」

「所以，你認為她是因為功課壓力太大，所以神經緊張？」

「還能有其他解釋嗎？」子諾肯定地說，「一定是眼花看錯了，我昨晚這樣對她說，她不以為然，之後，我便送她回宿舍了。」

「呵呵～～送人回家？」

「不要誤會，我沒法子才這樣做，她本來建議送我回家，但天底下哪有女生送男生回家的道理！我當然沒答應，所以提議由我先送她回去。」

「奇怪了，一個女孩子，為什麼想主動送你回家？」晞萱意味深長地問。

「我也不明白，不過有件事很奇怪，」子諾想了想，然後說，「我送她回去時，她不停回頭望，就好像……有什麼東西跟著我們一樣。」

「哈哈，你這位同學真有意思，」晞萱開朗地笑了出來，「做戲做全套，她真的融入角色裡去了。」

這時她故意大動作望向後座位，打趣地說。

「又或者，她說的是真話，那個東西由昨晚開始跟著你，現在就坐在後座位上！」

子諾打了個冷顫，回頭望向後座，空空的。

「不要嚇我嘛，大嫂，」子諾膽怯回應，「其實呢……妳是否也認為，她是故意裝出來的？」

「我們學醫的，只相信科學。」晞萱斜眼瞥了子諾一眼，「不過呢，有些事情，就連科學也解釋不到。」

「例如呢？」

「愛情！」晞萱再次側過頭來，對子諾露出一個曖昧的笑容，「當愛情來的時候，什麼科學公式也計算不來！」

「大嫂……妳不是想說……她送我回家……是因為……喜歡我吧？」

晞萱笑了笑，沒有回話，她把方向盤左扭，車子拐了個彎，駛入另一條馬路，繼續往大學方向前進。

子諾心裡納悶，難道給大嫂說中了？詩韻真的喜歡我？但她平時對我也不算特別好，有時甚至很冷淡，不像喜歡我喔。

但倘若是真的，這下就麻煩了，我……我……還想拜託她介紹那個人給我認識……

那個……像仙女一樣的女生……

「對了，大哥最近每天都很晚才回家，」子諾決定轉換話題，不要老想起昨晚的怪事，「診所的工作很忙嗎？」

「是啊，子磊說最近來求診的病人多了許多，」晞萱收斂剛才的笑容，神色也變得凝重起來，「真的有點擔心他的身體。」

「大哥真是的，工作也太認真了吧！」子諾吐了一口悶氣，「做人做成這樣子真辛苦，雖然說，爸媽對他的期望很大……但是……畢竟不是親生父母，大哥根本不需要對他們負責！」

「你還不明白，子諾？」晞萱感慨地說，「他就是要證明給你的父母看，即使不是親生的，他一樣會視他們為雙親，一樣不會辜負他們的期望。」

晞萱用力踏一下油門，車子加速前進。

「更何況，子磊一直很感激你的父親。」她輕聲地說，「當年若不是你父親頂住壓力，娶了他的母親，供他讀醫，他根本不會有今日的成就。」

「這件事，我略知一二。」子諾罕有地一臉正經，「大哥的生母，當年被警方指控親手殺害了包括丈夫在內的五條人命，雖然最後撤銷控罪，但事件已惹起公眾一番議論，我問過爸爸，他說警方弄錯了。大嫂！大哥有沒有跟妳提過，當年到底發生什麼事？」

「子磊沒有很認真跟我談過，」晞萱搖搖頭，眼神充滿無奈，「他只說，他的生母曾經被控殺人，但控罪最後獲撤銷，改嫁後不到兩年就死了，父親之後再娶第二任妻子，生了一個孩子，就是你。」

「我嫁給他時，他對我說，一定要視他的繼父、繼母、以及同父異母的弟弟，如親父母、親弟弟看待，因為……他的母親一生受苦，嫁給你父親那兩年，是她最幸福快樂的日子。」

子諾鼻子一酸，大哥的母親……自己雖然從未見過，但相信她一定是位溫柔和藹的好媽媽……大哥他，一定很掛念自己的生母。

「啊！到了！」晞萱把車停泊在大學附近的路邊，「還是遲了十五分鐘，子諾你快趕過去，應該還來得及上下半堂課吧？」

子諾抱起背包，正準備下車之際，突然看見遠處一個身影，正慢慢地向自己方向走過來。

那個……女生……像仙女一樣的女生……自己心儀已久的女生……

該怎麼辦好呢？上次在大學一個活動裡，見過她一面，但她應該不記得我了，我現在冒昧上前認識，會打擾她嗎？

詩韻跟她相熟，有詩韻介紹，認識她會自然一點，可是，她現在就在我面前，又是獨自一人，機會難得欸……

大家既是同校學生，我走過去跟她打聲招呼，也不算唐突吧？子諾深呼吸一口，下定決心向她自我介紹，也就在這時……

當他轉過頭來，想跟晞萱道別，眼角不經意瞥了後照鏡一眼……

一個女孩，正坐在後座位上，瞪著他。

子諾嚇得馬上彈起來，腦門啪的一聲撞向車頂，他忍著痛，回頭再望後座位，可是，一個人影也沒有。

「子諾，怎麼了？」晞萱伸手摸摸他的頭，視線同樣移向後座位。

「沒，沒什麼。」

子諾搓搓頭，一邊開門離開車廂，一邊回頭再望後照鏡及後座位置。

剛才是眼花嗎？是光線的折射影響視線嗎？那個女孩……

那個臉色慘白的女孩……

耳朵傳來腳步走近的聲音，子諾管不得那女孩了，他站直身子，笑臉對住正走過來的仙女姐姐。

「嗨，妳好啊，祝小姐！」

六

祝昕涵獨自走在百萬大道上，漫無目的向前行。

她今天一身黑色西裝套裙，白色長袖襯衫上衣的第一顆鈕扣打開，露出一條精緻銀白色吊墜項鍊，雙腳穿上一雙三寸半黑色真皮高跟鞋，令她本已修長筆直的大白腿，更加誘惑動人。

昕涵今天的裝扮，完完全全是一個專業行政人員服飾，可是，她並不欣賞。

這個樣子，真的有夠死板！

昕涵最討厭的，就是呆板，人人一樣的裝束，若非今早有一課行政管理，她需要在教授及同學面前演講，她根本不會穿成這個樣子。

她停下腳步，望望四周，發現很多人不約而同地，朝她本人望過來，當中大部分是男生，昕涵心想，不知道是因為她這身打扮關係，還是她的身分。

身為祝家的小孫女，她當然知道自己是何等人物，在家族的眾多成員中，自己的見報率沒有第一，也有第二吧？傳媒最愛就是寫八卦，讀者最愛就是看八卦，尤其是有錢家族中，年紀最輕，容貌最美的女成員，往往會成為焦點。

昕涵是家族第三代唯一女生，年紀也是最小，傳媒自然不會放過，幸好到目前為止，傳媒對她的報導都是讚美居多，例如什麼「豪門中最美的小公主」、「不煙不酒不夜遊的健康少女」、「中大歷代校花之冠」等等，當然還有這句令昕涵自己也忍俊不禁的形容：「祝家小孫女，人間小仙女」。

「祝家小孫女，人間小仙女」，不知是哪間報社，從哪時候開始改的名號，由於唸起上來押韻，馬上在坊間流傳開去，對於這個新稱謂，雖然她也覺得很有趣，但當身邊的同學，一個一個見到自己都喊「小仙女」時，昕涵真的只能露出一個尷尬的苦笑。

她心想，若論美貌，其實秀妍比我美得多，那雙如寶石般閃閃發亮，會說話的大眼睛，那把像瀑布一樣光澤柔順的長髮，細小微翹、性感迷人的嘴唇，配上白皙的膚色和完美的鵝蛋臉型，再加腿長腰細，她才是活脫脫的一個大美人啊！

不過，昕涵明白，公眾關注點不是單純的美貌，家族的身分，也為自己加了一道光環，假如秀妍是豪門出身，而自己只是一個普通人，公眾的焦點也會落在秀妍身上。

唉唉！有時真的很羨慕秀妍，長得這麼漂亮，又不怕被傳媒特別照顧，可以自由自在地去談戀愛……換作是我，肯定成為狗仔隊的跟蹤對象吧……

戀愛……該死！這幾日為了準備今早的演講，差點忘了正事！

秀妍啊！自從上次事件告一段落後，妳為什麼對表哥忽然冷淡起來？上次明明已經牽手了，為什麼之後沒有下文？

本以為讓你們兩個自由發展，雙方感情會更容易投入，誰不知幾個月來，一點進展也沒有，哼！看來……又是我這個月老出手的時候……

昕涵掩著嘴，嘰嘰嘰傻笑起來，好！反正等會兒沒課，現在就過去藝術系把妳抓出來！這個時間……妳跟詩韻姐的早餐會應該完了吧？

她提起雙腳，正打算往秀妍上課的地點衝過去時，眼前突然閃出一個人影。

「嗨，妳好啊，祝小姐！」

咦？誰？

「祝小姐，我們見過的……」男生吞吞吐吐地說，「上次學生會有個慈善活動，妳也在場，我……呵！對不起，忘了自我介紹，我叫謝子諾，醫學院二年級生。」

醫學院二年級生？那麼……

「你跟程詩韻學姐是同學嗎？」

雖然詩韻只比自己大幾個月，大家同是二年級生，不過，昕涵叫慣她做學姐了，一時改不了口。

「是啊！」子諾興奮地說，「她常常在我面前提起妳的，說有機會要介紹妳給我認識。」

昕涵定睛望著眼前這位童顏男生，喔！想起來了！

「謝子諾……」她用右手食指點了點下巴，「學姐之前跟我提過，說什麼班裡有個樣子很年輕，就像小孩子一樣的男生，就是你吧！」

「哈哈哈，是啊，就是我！」他摸摸自己的頭頂，露出少許疼痛的表情，「詩韻該不會說我壞話吧？」

昕涵心想，雖不是什麼壞話，也不是什麼好話。

「對了，妳今日穿得這麼正式，是要出席什麼重要會議嗎？」

「不是啦！只是今早有份功課，需要當著教授及同學面前演講，計學分的，包括談吐、儀表、衣著……」

「明白，所以就穿得跟上班一樣。」子諾後退一步，再望昕涵全身一遍，「但妳今日穿得真心漂亮，很好看。」

昕涵禮貌地報以一笑，然後眼珠一轉，問子諾。

「學姐回來了嗎？她今早應該有課要上，對吧？」

「這個嘛……」子諾面有難色，「她應該還沒回來，如果趕得及，也不用叫我代她上課抄筆記……糟糕！」

昕涵被他的大叫嚇了一跳，只見他望望手錶，非常焦急。

「對不起，我要上課了，要不然詩韻肯定把我罵死！」子諾邊走邊說，「祝小姐，下次有機會再詳談。」

子諾連跑帶碰離開了，看見他這副滑稽的樣子，昕涵笑了出來。

學姐果然沒形容錯，這個叫子諾的，樣貌和行為，根本就是一個大小孩。

好吧！學姐還沒回來，那是否代表秀妍也沒回來呢？她們今早的早餐會神神祕祕的，又不讓我參加，不知道在搞什麼鬼？

「請問……」

背後傳來聲音，這次是女的，呵呵~看來我今天真的挺受歡迎。

昕涵轉身，眼前是一位二十來歲的少女，一把灰白略帶紫藍的長髮最引人注目，不過昕涵反而被她那雙臥蠶吸引，因為自己眼下亦有一對，但她的臥蠶比自己的還要厚還要深，望上去倍感迷人。

「請問……妳知道家彥在哪裡嗎？」

家彥？是我家那位爛表哥嗎？

「這位小姐，請問妳找的家彥，貴姓？」

昕涵心想，叫家彥的可能有很多個，但姓卓的比較罕有，如果她能夠講出姓氏，那就肯定是表哥了。

「噢！這個嘛……我忘記問他了！」

「這樣，我也幫不上忙，」昕涵搖搖頭，「單靠名字，實在很難幫妳找到妳要找的人。」

「是嗎，名字沒用嗎？」少女自言自語，「可是我跟著他來到這裡，他應該就在附近，妳有見過他嗎？」

昕涵開始覺得，眼前這位少女，腦筋有些呆呆的，都不知妳要找的人是誰，何來見過呢？除非那個人碰巧就是表哥，但倘若真的是表哥，我更加不會告訴妳囉，呵呵～

連對方的姓氏也說不上來，很明顯，是新相識，她不像表哥律師行的同事，親戚更不用說，沒見過她！餘下就只有朋友一個可能，但朋友會從後跟蹤嗎？這是何等沒禮貌的行徑！這位少女，看似對表哥不懷好意！

即便，我從好的方向去想啦，假如這位少女是被我表哥迷住，從後跟蹤是出於一分愛慕之心，那就更加不能透露表哥半點行蹤囉！雖然，我並不懷疑表哥對秀妍的真心，而眼前這位少女，也明顯沒有秀妍美，不過呢，小心為上，特別是他們兩個正處於不穩定期，這段期間，豈容妳這個外人介入！

「咳咳，」昕涵裝作若無其事，滿臉認真地回應，「這位小姐，既然我不知道妳要找的人是誰，又談何見過他呢？妳可以隨便在這裡走走，看看能不能碰見他，反正妳都跟他來了，有緣的話或許會相逢呢？」

少女沒有回話，神情失落地一個人走開了，昕涵望著她漸漸遠去，心想，她跟蹤的那個人，應該不是表哥，表哥這個時間，哪會來大學這兒？

對了！剛才被她打擾一輪，是時候做回正事，昕涵望望附近，確認再沒有其他人走近自己後，拿出手機，直接致電秀妍。

豈有此理！這麼晚還不回來，早餐會也變午餐會了！

電話鈴聲響起，沒人接聽，昕涵抬起頭，把披散在胸前的一把波浪捲曲長髮，撥向身後，也就在此時，她瞥見遠處一位高大英俊，翩翩瀟灑的帥哥，正向自己跑過來。

這位帥哥，昕涵再熟悉不過。

表……哥！

七

家彥遠遠望見小涵，心想運氣真好，這樣就省下找她的時間！

剛離開骨灰場，便接到秀妍電話，說有很重要的事，想跟他和昕涵商量一下，拜託他先往大學找小涵，她隨後就到。

雖然不清楚發生什麼事，但家彥還是很開心，一來這是秀妍自上次事件後，第一次主動約自己，二來她這次不去找一直信任的文軒大叔，反而求助於自己和小涵，證明我們和她之間的關係，已經提升至可以信賴的程度。

只是，上次秀妍主動來電，便帶出那起悲傷詭異的恐怖事件，這次又主動來電，會否……是另一個恐怖事件的開端？

「霍爾大法師，什麼風吹你來的？」

昕涵毫不客氣劈頭第一句就問，手上仍拿著電話放在耳邊。

「喲，小涵妳今日穿得很好看耶！」家彥上下打量一番，「想不到妳穿起辦公室套裝會這麼醒目漂亮，仍未畢業，就這麼心急去面試了嗎？」

「當然不是，」昕涵放下電話，沒好氣地說，「今早有一份計學分的功課，需要站出來在教授及同學面前演講，自然要穿得醒目一點，你在大學讀法律時，不是也有這類課堂嗎？」

噢！被小涵說中了！家彥記得當時自己也是西裝筆挺，打扮得跟專業律師一模一樣。

「總之，今日見到妳這身打扮，真有點高層的氣勢。」家彥欣賞地說，「我們家的小公主長大了，長得婷婷玉立，不再是昔日的稚氣女孩。」

「呵呵，小女子怎及得上在美國學成歸來，高大威猛英俊瀟灑的律師大人呢？」昕涵瞇起雙眼，「我們祝家頭腦最靈活、最聰明、最偉大的魔法師！」

「哪裡，哪裡！」家彥笑笑還擊，「即使是頭腦最靈活、最聰明、最偉大的魔法師，恐怕也比不上那位祝家小孫女，人間小仙女吧？她最近的風頭，可真一時無兩啊！」

「唉，不要提了，」昕涵口氣突然一轉，鼓起腮子，「不知是哪間傳媒先傳開去，害得我快尷尬死了。」

「小孫女……小孫女……小仙女……小仙女……」家彥唸唸有詞起來，「讀起上來很好聽耶！為什麼不喜歡呢？用小仙女來形容妳也很貼切啊！」

「哼！還在說風涼話！你不知我有多煩……」昕涵突然像驚醒似的，眼神銳利的盯著家彥，「等等！我有問題問你，你好從實招來。」

咦？小涵幹嘛認真起來？

「你最近是否結識了一名新女友？」

「哪來的新女友！」家彥大驚，「妳不要胡說，好嗎？」

「是嗎？」昕涵眼神繼續盯住家彥，「那你是否認識一名少女，她留著一把灰白略帶紫藍的長髮，眼下有一對臥蠶？」

家彥驚愣了，小涵口中的少女，不就是今早才在骨灰場碰面，叫以婷的少女？但小涵為什麼會知道？

「呵呵，原來是真的！」昕涵冷冷地笑了兩下，「枉我還這麼用心想撮合你跟秀妍，看來我這份月老的差事，也可以卸下了。」

家彥很清楚小涵想歪了，但比起解釋，知道發生什麼一回事更為重要。

「小涵，認真的，不要胡鬧。」他問，「妳見過她？就在這兒？」

「對啊，大約十分鐘前，她走過來問我，知不知道家彥在哪裡？」昕涵露出一副曖昧的微笑，「還叫得很親切呢？」

「她有留下名字嗎？」

「哎呀，沒有問喲。」昕涵雙手交疊在胸前，「重要嗎？」

一定是以婷！那把頭髮，那對臥蠶，不會錯的，但她為什麼會到這裡來？如果我腳步快一點，真的有可能碰上她。

「她啊，蠻有心的，說是跟著你來到這裡，」昕涵笑笑地說，「你是不是對人家做了些什麼，令她依依不捨，千里尋情郎？」

「妳誤會了，」家彥開始講述今早情況，「那名少女叫以婷，是我今早在骨灰場上碰見的，但她這個人，感覺怪怪的。」

「咦，原來你也這麼覺得，」昕涵同意地點點頭，「她說話時總是自顧自說，問題也很奇特。」

「嗯，但她為什麼會來這兒呢？」家彥摸摸下巴，思考地說，「我沒向她透露過會來大學喔，駕車過來時，也沒發現被人跟蹤。」

「那你又為什麼來這兒呢？」昕涵反問一句，「不要說來探我，我不會信的。」

「是秀妍叫我來的！」家彥一本正經地說，「她說有件很重要的事，想跟我們商量，叫我先來找妳。」

「早知你不會這麼好心，」昕涵扁扁嘴，舉起手上的手機，「我剛剛打電話給她，但她沒接，你知道是什麼重要事嗎？」

「不知道，」家彥搖搖頭，「她在電話裡沒交代。」

這時一個婀娜纖瘦的女性身影，漸漸向兩人靠近，家彥最初未加留意，直至他看見昕涵一手掩著嘴巴，一手指著該名身影，哈哈哈大笑起來時，他才有意識地轉過頭來。

家彥望著秀妍今日一身的打扮……為什麼穿得像個小學生！

秀妍跑到他們面前，先是跟家彥打聲招呼，然後望著昕涵，吃驚地說。

「昕涵，妳今日穿得很漂亮喔，就像那些辦公室女郎一樣，以前從未見過妳這樣穿喔！」

「我也從未見過妳這樣穿喔，秀妍。」昕涵笑笑回應，「妳今日幹嘛扮成小學生？懷舊派對嗎？」

「不是，還記得我跟妳提過，今早跟詩韻姐有個約會嗎？」秀妍收斂剛才的驚訝，正經地說，「那個約會……其實是三個人的約會，是我們三個在小學時的約定！」

「三個？還有誰？」家彥好奇地問。

「這正是我今日找你們的原因，」秀妍望著家彥，面露擔憂神色，「另外一個……十年前已經死了。」

家彥看見昕涵瞪大雙眼，明顯感到意外，相信她也跟自己一樣，頭一次聽到這回事。

「妳跟學姐今早的約會，」昕涵問，「是去招魂嗎？」
「不！不是這樣！」秀妍有點氣急了，她先是用腳跟蹬了蹬地下，然後撥撥額前凌亂了的頭髮。
「秀妍，妳該不會想說，那位亡友，突然出現在聚會吧？」家彥問。
「不，但也差不多了，」秀妍神情再一次顯得有點擔心，「詩韻姐說昨晚見到她，樣貌仍是十年前，沒有長大的她。」
家彥跟昕涵對望一眼。
「但奇怪的是，她回來了，卻不是來找我們兩人，她……反而一直跟在子諾身後！」
「子諾?!」昕涵驚呼。
「子諾是誰？」家彥望著小涵充滿問號的表情，知道事件極不尋常。
「妳都覺得奇怪，對嗎？」秀妍點點頭，「假如……假如她真的是死後回來的鬼魂……為什麼要跟著子諾？他們兩人根本不認識啊！」
「我剛剛才見過他，」昕涵指指身後，子諾離開的方向，「但他看起來沒什麼不妥喔，還是那張傻臉！我也看不見有什麼東西尾隨他啊！」
「其實我最擔心的，是詩韻姐。」秀妍嘆了一聲，「本來剛才是一起回校的，但詩韻姐中途突然想起什麼似的，說要馬上回家一趟，她自從搬進大學宿舍後，已經很久沒回家了。」
「學姐好像跟父母關係不太好吧？」昕涵同情地道，「有幾次她跟我說，父母逼得她太緊了，令她不想回家面對他們，秀妍妳是擔心這個嗎？」
秀妍搖頭。
「我擔心的是另一件事。」秀妍輕聲地說，「我大約猜到她回家想做什麼，她想取一樣東西……因為只有這個方法，才能真正確認那個女孩是否志美！」

志美?!

家彥整個身子震了一下，馬上回想起今早見過，那個死時只得十歲的女孩子照片……

她的名字叫何志美……

是同一個人嗎？正當家彥想問秀姸時，昕涵搶先一步。

「學姐回家取的，到底是什麼東西？」

「一條繩子，」秀姸幽幽地說，「一條黑色花繩子。」

專欄作家陳大雲不幸離世
《時事狙擊手》停刊

警方昨晚接獲市民報案，在一處隱蔽的小山坡上，發現一具男屍，死者證實為本報專欄作家陳大雲。

死者被發現倒斃在據稱「鬼婆」的藏身地方，喉嚨被割破，死後還遭凶手殘忍地連刺多刀，臉孔及身體均被戳至血肉模糊，幾無法辨識，本報編輯部對陳大雲慘遭毒手深表憤怒，呼籲警方儘快緝拿凶手歸案。

陳大雲，一九五八年生，死時年僅三十五歲，遺下妻子、兒子、以及妻子懷胎三月的遺腹子，本報承諾定當竭盡全力，協助死者的遺孀和兒子渡過難關，也呼籲善心人士作出捐獻，以幫助死者的家屬。

由於作者突然離世，編輯部經過慎重商議後，決定將《時事狙擊手．陳大雲》專欄停刊，以示對作者的尊重及悼念，「鬼婆殺人事件」的連載也會告一段落，感謝過去數周一直支持這個專欄的讀者，也期待你們繼續支持本報其他專欄，謝謝！

××日報編輯部全體員工敬輓
一九九三年十月二十九日

八

奇怪，那條花繩子，到底藏哪兒去了？

趁父母上班不在家，詩韻翻開床底下的紙皮箱，掀起抽屜裡所有東西，甚至連衣櫃也不放過，可是，仍然遍尋不獲。

不要急，慢慢想！詩韻坐在自己房間的床上，盤著腿，集中精神，開始仔細回想童年的事。

小時候，詩韻一直覺得，志美跟秀妍比較親近，因為她們兩人都喜歡戴手套，經常討論哪個手套的款式比較漂亮，但她後來發現，自己和志美也有一項志趣相投的興趣，就是翻花繩子。

雖然是一項古老兼老土的遊戲，但詩韻從小到大都喜歡玩，碰巧志美也很擅長這玩意兒，兩人一拍即合，下課後的空餘時間，她們就留在課室裡不停地玩，直至校工趕她們走為止。

至於秀妍，她不是不會玩，只是每次玩的時候，仍然堅持戴手套，志美雖然也經常戴，但翻花繩子一定脫掉，原因是玩的時候，繩子與繩子之間，有時會糾纏在一起，戴上手套的手要把它們勾出來，既不靈活，亦很費勁，可是秀妍就是堅持不脫，結果很多時候翻不出圖案來，久而久之，她便很少參與了。

三個人中，以志美玩得最好，幾乎所有圖案她都能翻出來：心形、星形、花形、梯形、三角形、六角形，有些複雜得叫你想像不出來的圖案，她都能翻。

也正因如此，詩韻剛才靈機一觸，決定返老家，找回那條小時候的花繩子，因為只有那條繩子，才能替她證明一件事。

昨晚見到的女孩，真的是志美嗎？

詩韻有時也覺得自己很矛盾，基本上，她是相信的，因為不論外型和聲線，以至身上的衣著，女孩都跟十年前的志美一模一樣，所以今早跟秀妍商量時，詩韻也以肯定的語氣，確認昨晚見到的女孩就是志美。

但一向理性的她，卻無時無刻告訴自己，這件事絕不可能，而且，事有蹊蹺。

首先，志美確實已經死了，十年前自己親眼目睹，遺體也已經火化，根本沒可能復活。

第二，那個女孩……不太像鬼魂……雖然自己跟她保持一段距離，但詩韻彷彿聽到她的微弱呼吸聲，說話時胸口也起伏有序，鬼魂會呼吸嗎？詩韻不知道，至少她未遇過真實意義上的鬼魂，但倘若女孩真的有呼吸，那麼除了鬼魂之外，便多了一個是人假扮的可能性。

第三，子諾看不見志美，詩韻其實有個想法：雖然子諾不是那種重度惡作劇的人，但他喜歡纏著自己卻是事實，偶然也愛向自己開開玩笑，這次會否是他聯同一個外人來戲弄自己呢？雖然這個可能性是存在的，但子諾又是從哪裡聽到志美的故事？

詩韻想到這裡，嘆一口氣，思緒重新回到那條花繩子上。

繩子是一條表面光滑的花繩子，但顏色卻是罕見的黑色，因為一般人玩花繩子，都喜用白色或較鮮艷的顏色，黑色倒是少見。

繩子本是志美的，當年她過世後，她家人整理遺物時，詩韻自告奮勇要求把繩子留著，當作是對好朋友的一項紀念，想不到一留就十年。

可是，這條黑黑的繩子，其實也蠻古怪的……

首先，沒人知道志美是從哪裡得來，就連她的家人也不知道，詩韻只記得，當志美第一天展示繩子在我和秀妍面前時，那份滿足及喜悅之情，全部寫在她那張稚嫩的臉上，我和秀妍當時也很驚訝，只是一條花繩子而已，用得著這麼興奮嗎？

其次，她對這條繩子非常珍而重之，每次玩的時候，不許我和秀妍單獨碰，只能有她在場時，跟她玩雙人才可以用，儼如她的私家花繩子，這點對我們來說，簡直無法置信，志美為人一向大方無私，玩的東西都願意和朋友分享，唯獨這條繩子例外，難道這條繩子……很貴？

想太多了！現在不是追究志美，為何這麼自私獨佔繩子的時候，當務之急，要先找到那條繩子。

詩韻的計畫是，找到繩子後，把它拋到女孩面前，看看她會不會玩，玩得又是否跟志美一樣神，因為詩韻相信，假冒志美的人，縱使面容相似，聲線相近，但玩花繩子的技術是騙不了人，能夠翻得跟志美一樣出色的，不是那麼輕易找到第二個。

那條花繩子，詩韻肯定沒有扔掉，除了因為那是最能代表志美存在過的東西外，也因為……那是一條繩子……

對了！廚房！

詩韻第一時間衝過去，在廚房連續翻開幾個大小抽屜，先把放在前面的碗碟拿出來，看看裡面有沒有放了些一捆一捆，用繩子及舊報紙綁起來的東西。

找到了！詩韻拉開最後一個大抽屜，在裡面發現其中一個被報紙及繩子包住的東西，她把東西拿出來，盯住那條捆得牢牢的黑色繩子。

對不起，志美，這就是我家的作風：務實，理性，不浪漫。

詩韻把那條繩子拆出來，慶幸它並沒有因為捆綁而受損，她馬上打個結，把繩子放在雙手圈了圈，不錯！繩子狀態跟以前一樣！

她把之前翻過的東西全收拾好，然後跑到門前，穿上鞋，把繩子小心翼翼放在包包裡。

是時候回去跟秀妍會合！剛才因為太心急，來不及向她解釋，秀妍這個傻妹子一定擔心死了，跟她會面後就直接找子諾，看看那個女孩——志美，是否仍跟在他身後。

打開大門，步出走廊，詩韻按下電梯按扭，看著燈號慢慢跳動，一……二……三……四……自己家住二十七樓，看來要等它上來，還需一段時間。

她再次望望包包裡那條花繩子，心想等會兒應該怎樣交給志美呢？就這樣遞給她嗎？但假如她真的是……鬼魂，可以玩到這條實物花繩子嗎？

秀妍她，剛才一直堅持要見志美，這難怪，她跟志美的感情，其實比我還要好，既然我能夠看見，秀妍也一定能夠看見，只要她看見，便能夠多一個人去分辨志美是真是假，這也是好事。

詩韻用手撥撥頭髮，抬起頭，搓搓有點酸痛的後頸背，順便看看電梯到了沒有……但當她瞥見燈號時，整個人傻眼了。

燈號仍然是一……二……三……四……

這怎麼可能！五分鐘前才是一……二……三……四……，當時電梯正穩定上升中，依此推斷，這個時間老早到了，怎麼仍徘徊在低樓層中？

她望望其餘兩部電梯，兩部都停在十五字，沒有再升降。

奇怪，難道壞掉了？詩韻決定不去想其他東西，定睛望著唯一一部仍在運作中的電梯，一……二……三……四……五！終於上來了，她不敢鬆懈，繼續望著燈號，電梯也一直向上升，十一……十二……十三……十四……十五，然後停住了。

三部電梯都停在十五樓！這下可氣死詩韻，她正一心趕回大學去，三部竟同一時間壞掉了？

不，不對！不是壞掉，看似是有人在十五樓，把電梯停住了，就是小孩子很喜歡玩的，用某個東西插在門隙上，阻止其關上。

這真是的！十五樓誰家孩子這麼頑皮？詩韻怒氣沖沖推開後樓梯防火門，開始從二十七樓往下走，目前除了跑樓梯外，也沒有其他辦法，不過詩韻只是打算走到十五樓，轉乘電梯回到地面，同時看看能否當場捉住那個頑皮的小孩子！

後樓梯空氣雖然有點悶熱，但清潔狀況還好，二十六……二十五……二十四……詩韻一級級慢慢往下走，二十三……二十二……二十一……突然感覺空氣沒有那麼悶熱，是心理作用嗎？二十……十九……十八……奇怪了？竟然開始有點冷！不是應該愈走愈熱嗎？

不！不止冷！燈光也明顯暗了，每往下一層，燈光便暗了一圈，她抬頭望望天花板上的光管，一閃一閃的，是時候換了，管理處在幹什麼！白吃糧不做事？

雖然周遭有點昏暗，但詩韻也沒有其他路可選，她硬著頭皮，扶著欄杆繼續往下走，十七……十六……十五……終於來到十五樓，現在只要轉乘電梯就行了，不用再走這條又暗又冷的……

詩韻停住了，不單思緒突然中止，整個人的動作，也像急凍一樣僵住了。

她瞧見樓梯口的角落，靠近防火門位置，燈光幽暗之處……

一位白髮稀疏，弓著背，身穿黑色斗篷的老婆婆，正一動不動地站著。

九

晞萱到醫院為胎兒進行例行檢查後，便聽老公吩咐，趕快回家。

其實懷孕三個月仍然可以工作的，不明白子磊為何這麼緊張，之不過，他這樣做也是疼愛自己的表現，畢竟是第一胎，多嘮叨幾句也可以體諒，想到這裡，晞萱心裡一陣甜絲絲的。

自己是二十四歲那年嫁給子磊，五年來兩夫婦雖然很努力，但始終無所出，令晞萱一度懷疑到底是自己不孕，還是子磊……但他們到醫院檢查後，證實兩人生育能力完全正常，這情況下仍無所出，就只能歸咎運氣了。

幸好，皇天不負有心人，五年後的今天，終於迎來兩夫婦的第一個小生命，晞萱很開心，但最高興的卻是子磊，千叮萬囑自己以後一切要格外小心，起居飲食必須節制，傻瓜！只有你一個緊張嗎？孩子也是我的，我豈會掉以輕心！

回到家，晞萱脫掉一身白色運動服，把馬尾鬆了，放下一把柔順長髮，走進浴室洗了個澡，然後赤著身子，從臥室衣櫃中，拿出一件暗紅色低胸連身短裙。

這是子磊最喜歡的裙子，每次只要穿上，他便會情不自禁馬上把我擁入懷中，熱情地跟我深吻，雙手更會不自覺地撫摸我豐滿的胸脯、幼細的纖腰、白滑的大腿……穿上這條裙子跟他做愛，不知有多少次了，每次他做得也特別起勁……咦？突然想起來，這次懷孕的時間點，好像正是三個月前那個晚上……那晚舊同學聚會，我剛好穿上這條裙子，回家後便跟他在大廳中瘋狂地……

她先把裙子穿上，然後在鞋櫃裡拿出一雙桃紅色高跟鞋，穿上它，站在鏡子前面，側著身，欣賞自己由胸至腿的曲線身型，還好！肚子沒突出來，身材仍然嬌小苗條，高跟鞋穿上後，雙腿也不感到酸軟，不過再過幾個月，肚子再大一點，恐怕這件性感的貼身裙便不合身，高跟鞋也不能穿了。

晞萱一直擔心，自己分娩後身材會走樣，因為她有幾個朋友，生完孩子後，身型發脹得一發不可收拾，變成名副其實的大媽，她不知道自己將來會變成怎樣，但一想到發胖後，再也不能穿上這條子磊最心愛的裙子，心裡就會難過。

因為她想討子磊開心，只要老公開心，她就開心。

可是，子磊最近明顯不開心……

是第一次當爸爸，壓力太大，所以情緒過分緊張嗎？抑或是工作太過辛勞，公立醫院私家診所兩邊走，忙得面容也繃緊了？

假如我今晚穿上這條裙子，哄哄他歡喜，他的心情會好轉過來嗎？

她繼續穿著裙子和高跟鞋，對鏡子擺出幾個不同的姿勢，笑了笑，然後拿起吹風機，開始吹她半濕的頭髮。

子磊昨晚完成通宵手術，今早便趕回診所替文軒複診，晞萱知道，他是因為自己，才會這麼悉心照料文軒，說實話，雖然文軒是自己好友，但始終老公第一，晞萱始料不到的，是子磊竟然這麼認真看待此事。

子磊這個人，樣樣性格都好，唯獨過於執著。

晞萱不怪他，這個性格，可能跟他童年的遭遇有關，自幼家逢巨變，兩母子相依為命，在成長過程中，一方面鍛鍊出他的沉默忍耐，但同時也催生他過於拘泥執著的性格，其實這些晞萱都可以坦然接受，畢竟她深愛子磊，但唯獨一件事，她一直悶在心裡，從來不敢對人說。

她發現，沉默寡言的子磊，在他的心坎裡，好像……插著一條永遠不能拔掉的刺。

當然不是指真實的刺，這條心理上的刺，晞萱覺得，跟子磊結婚以前便已經存在，或者準確點說，是從他孩童時代便遺留下來，他似乎對過去的某件事，或者某個人，一直耿耿於懷，悶悶不樂，問他發生什麼事，他只說不是什麼大事，但看在晞萱眼裡，老公不開心就是大事啊！

子磊不說，晞萱也不敢追問，不過據她推測，還是跟童年的事扯上關係吧？而且極大可能跟他母親有關，能夠刺進子磊心裡二十多年，仍拔不出來的刺，也只可能是他媽媽。

想到這裡，晞萱開始有點不安，她把吹風機放下，然後拿起手機，向子磊撥了個電話。

電話沒人接，晞萱再撥一次，還是沒人接，奇怪了！平時除非做手術，否則他總是很快接自己的來電，難道出什麼事了？

她先發了一個短訊給子磊，然後躺在床上，不停叫自己冷靜，可能碰巧有重要事情，才未能及時回覆，不要杞人憂天！

就這樣過了三十分鐘，子磊仍然沒回，不安感愈來愈強烈，晞萱馬上撥電到診所，接聽的護士姑娘說，謝醫生在文軒離開後不到十分鐘，一個人匆匆忙忙跑了出去，之後再沒有回來診所。

子磊一個人跑了出去？難道是醫院又有緊急手術？但是……按以往慣例，每次手術前，他都會發一個短訊通知自己，以免掛心，這次為何沒有？

這下晞萱可急了，她開始在手機中搜尋跟子磊相關的人，希望能打聽到老公的消息，突然看見一個眼熟名字，二話不說馬上按下去。

徐文軒，今早才跟自己老公見過面，對話內容應該還記得吧？子磊很有可能跟他提過下午要去哪裡，問問文軒不就一清二楚。

電話不到兩秒便接通，對面傳來一把厚重溫暖的聲音。

「嗨！晞萱，最近還好吧？上午剛見完妳老公，下午就接到妳的電話，有事嗎？」

文軒這個人雖然身型矮胖，長相平平，但聲音卻極富男性魅力，單聽他的聲音，往往會遐想是一位高大威猛的英俊男子。

「前輩，有件重要事想問你，」晞萱開門見山，「你知道子磊去哪裡嗎？」

「謝醫生？他不是在診所嗎？」一把老實的聲音回答，「哎喲！都叫妳別老是前輩前輩叫我，大家都這麼熟，直接叫我文軒好了。」

「子磊不在診所，我幾次聯絡他，他也沒回覆。」晞萱擔心地說，「他有沒有跟你提過，下午會去什麼地方？」

「那倒沒有，我拿了檢查報告後便走了，走的時候，他還在診所跟護士傾談。」

「這就奇怪，子磊到底去哪裡了？」

「晞萱，不要焦急，可能他回醫院去了，他今早不是剛做完一個緊急手術嗎？子磊是個盡責的醫生，回去看看病人的狀況也是理所當然。」

「但是，平時他回醫院，一定會跟我說的。」晞萱急得拿著手機，圍著客廳中央，不停來回轉圈。

「晞萱，妳先放鬆心情，不要胡思亂想，可能他剛好有要事去辦，來不及通知妳而已。」

「對不起，前輩，我知道這樣很失禮，但我實在擔心得要死，我怕……我怕他是不是出了什麼意外！」

「千萬別這樣想，」老實聲音繼續安慰，「妳試試聯絡他的朋友吧，我再幫妳問問診所及醫院那邊，看看謝醫生是否……」

門外突然傳來鑰匙聲，晞萱馬上轉身跑到大門前。

「他回來了，前輩。」晞萱興奮地說，「對不起！給你添麻煩，不如你改日上來，我親自……」

大門打開，晞萱的說話停住了，剛才興奮期待的心情瞬間冷卻，取而代之，是詫異和困惑的表情。

進來的不是子磊……

進來的是一位小女孩。

十

「哈哈哈哈，花繩子？秀妍，原來妳跟學姐也會玩這個！哈哈哈哈～～」

昕涵的笑聲總是那麼清脆動聽，跟她仙氣的外表相當匹配，秀妍總覺得，能聽到她的笑聲是一份福氣，因為那是能夠治癒一切悲傷的笑聲。

在善衡書院餐廳一角，三人繼續討論志美的事，由於剛才站在外面談得太久緣故，秀妍及昕涵雙腳都酸了，家彥遂建議到附近地方邊吃邊講，很自然，兩人便帶家彥來到她們最愛的大學餐廳。

「所以，詩韻回家就是為了花繩子？」

家彥溫柔地問秀妍，她點點頭。

「那條花繩子有什麼特別嗎？」昕涵好奇地問，「為什麼學姐要特意把它找出來？」

「花繩子是志美的，她生前一直用它翻出多個高難度圖案。」秀妍望向昕涵，「我相信詩韻姐是想來個最後確認，假如是真志美，對花繩子一定很熟悉，冒牌貨自然一臉茫然。」

「可是，假如那個志美真的翻起花繩子來，」家彥接著問，「不就證明她真的是……妳們已死去多年的好朋友嗎？鬼魂真相一旦被揭露，妳們該如何處理後續的事？」

「這正是我找你們的原因，」秀妍輕聲地道，「我們三個，還有姐夫，之前一起經歷過許多荒誕怪異事件，大家應該都對這類事情很有看法，我想聽聽你們的意見。」

「而且，你們兩個完全不認識志美，相對來說，可能比我和詩韻姐，更能客觀分析整件事，我們……對志美感情太深了，有時看法未免過於主觀。」

「好，我明白了！」家彥突然喊了一聲，然後若有所思地問秀妍，「首先，有一件事我想弄清楚，那個叫志美的女孩子……她目前葬在何處？」

秀妍瞪起一雙大眼睛，不解地望著家彥，志美葬在哪裡，跟這件事有關嗎？

「喂！霍爾大法師，你該不會想說，她被埋葬的地方，就跟某部電影情節一樣，能令死人復生吧？」

家彥沒有理會表妹的嘲諷，一臉認真地望著秀妍。

「秀妍，妳先答我，她葬在何處？」
雖然問題有點古怪，但秀妍深信家彥的頭腦，他這樣問，必有原因。
「她不是土葬的，是火化，火化後的骨灰龕位就放在……」
「柴灣天主教墳場。」家彥馬上接著說，「裡面其中一個位置比較低的骨灰龕位，需要跪在地上才能看見，對嗎？」
秀妍張大嘴巴，吃驚得不懂反應過來，他怎麼會知道？
「秀妍，妳可記得，志美生前除了妳和詩韻外，還有沒有另一位要好的女性朋友？這個朋友，妳未必見過，但志美可能曾經跟妳提過？」
秀妍努力回想，自己跟志美同齡，六歲那年彼此認識，到十歲她逝世為止，四年時間內，志美大部分時間都是跟自己和詩韻呆在一塊，三人一起讀書，一起玩耍，如果說她當時最要好的女性朋友，就是自己和詩韻了！
不過，志美性格內向，害羞寡言，很多事都藏在心裡，我們曾經打趣地說，三人中最能夠保守祕密的，一定是志美，倘若將來有誰祕密結婚，也一定是志美。
難道當年志美已經隱瞞了一些事？雖然不能抹殺這個可能，但至少在我跟她相處的那段日子中，志美她……
「呼～～好想快點長大喔。」
秀妍再次想起這句說話，為什麼她當時要這樣說？雖然到目前為止，仍理不出個頭緒來，但秀妍漸漸覺得，志美臨走前的行為，愈來愈可疑。
「不知道。」秀妍搖搖頭，「除了我跟詩韻姐外，沒見過她跟其他同齡女生玩，可是……志美一向是很內斂的人，她若有事隱瞞，相信我和詩韻姐也未必察覺。」

「那親戚呢？有沒有同年紀的堂姊妹或表姊妹？」

「志美只有一個弟弟，同年紀的親戚全是男性，她曾經向我們抱怨，自己身邊全是堂哥表弟，沒一個願意陪她玩花繩子……」

「秀妍等等，不要答他。」

昕涵一隻手放在秀妍嘴邊，示意她不要說話，另一隻手指住家彥。

「你最好快點交代，為什麼知道志美骨灰龕的事！」她一雙大眼睛盯著家彥，「是否跟你今早的豔遇有關？」

家彥的……豔遇？

秀妍內心突然掀起一陣波瀾，為什麼會有這種感覺？

「都說過了，不是妳所想那樣。」家彥把昕涵的手拍回去，然後開始解釋。

「我今早去了骨灰場，本來是想拜祭……我那對好朋友兄妹。」家彥偷望了秀妍一眼，「可是卻被我無意中發現何志美的龕位。」

「什麼！」秀妍驚呼一聲，「原來他們安放在那裡，跟志美同一個地方！為什麼你不叫我一起去？我早說過，我也要拜祭他們喔！」

「等等，秀妍，重點錯了。」昕涵以懷疑目光掃視家彥，「骨灰場這麼多龕位，為什麼偏偏只見到何志美？還對她這麼印象深刻？」

「這全拜那位叫以婷的少女所賜，她……不知什麼原因，跪在何志美龕位前拜祭。」

秀妍和昕涵的好奇心完全被撩起，她們同時把身子俯前。

「照你所說，」昕涵分析，「她今早去拜祭何志美，被你發現了，所以你剛才問秀妍，志美生前有沒有另一位要好的女性朋友，就是指她？」

「是的。」

「可是，你為什麼會留意這位少女？」秀妍有點好奇，家彥從來不是八卦的人。

「因為她問了我一個怪問題，」家彥一臉疑惑，「她問我，人死後會去哪裡？」

「這的確是個怪問題，」昕涵點頭，「那你怎樣回答？」

「我還未反應過來，她自己解答了。」家彥皺了一下眉頭，「她說，人死後，會回來……然後，跟在你身後……」

秀妍全身打了個哆嗦，冷汗直冒，這句說話，不正好跟詩韻姐昨晚見到的情景吻合嗎？

志美她，回來了……然後，跟在子諾身後……

這個叫以婷的人，於這個時間點出現，又碰巧說了些不謀而合的說話，跟志美事件關聯性極大，單單憑她去拜祭這點，已經有足夠理由相信，她跟志美是相識的，但問題還是回到原點，秀妍在想，志美生前的所有朋友，我都認識，但從沒聽過叫以婷的，她到底是何時認識志美？志美為何要隱瞞這個朋友的存在，連我和詩韻姐也不說？

「家彥，我想見見這個叫以婷的人，可以嗎？」

「秀妍，其實我跟她完全不熟，」家彥努力解釋，「只不過今早見過一次，然後她下午好像來找我……」

「找你？」秀妍眨了眨眼。

「這個由我來說明吧。」昕涵瞥了家彥一眼，故作姿態地說，「剛才你們來之前，有位少女走過來，問我家彥在哪裡，然後又說她跟著家彥來到這兒，但找不到他人，這位少女就是以婷喔。」

「可是，昕涵妳見到她時，家彥不在場吧？」細心的秀妍聽出漏洞，「妳憑什麼肯定，她就是家彥今早碰見的人？」

「這是因為，」家彥替昕涵解答，「以婷有兩項很明顯的外貌特徵：一把灰白略帶紫藍的長髮，和眼下一對非常深的臥蠶。」

灰紫藍長髮？非常深的臥蠶？難怪昕涵這麼肯定，的確很容易辨識。

「霍爾大法師，你可要小心了！」昕涵半開玩笑的警告，「那個以婷，現在真的跟著你了！那句說話明顯就是說給你聽，她喔，可能就是……」

「胡說！」家彥制止她說下去，「現在是大白天耶！哪有鬼魂這麼猛？而且看她的言行舉止，也只是一個傻裡傻氣，喜歡問些怪問題的少女而已。」

先有志美，後有以婷，事情變得愈來愈複雜了。

「你們認為，我接下來該怎麼做？」秀姸問。

家彥閉起眼睛，想了一會，徐徐地說。

「這個以婷……我總覺得她的出現不是偶然……昨晚詩韻見到已死去的志美，今早她就出現在志美的骨灰龕前，而且她很明顯是第一次來，對骨灰場的環境及規矩完全陌生，我認為可以循這位少女方向查，看看她跟志美是什麼關係。」

「至於我的看法是，」昕涵咳了兩聲，認真地說，「假如志美真的是死後回來，她不去找自己家人，不去找妳跟學姐，卻去找那個笨蛋子諾，這點已經非常非常可疑！我假設志美當年是含冤受屈而死，這次回來是為了報仇，那子諾很明顯曾經開罪於她，我認為……循子諾這條線去查，可能會發現一些端倪。」

「既然以婷正在找我，那就讓她找到吧！我等會兒在這裡逛逛，看看能否碰見她，如碰見便當面問問她，到時就一清二楚。」家彥淡定地說。

「至於我，就幫你探探子諾口風吧，其實跟他最熟的是學姐，可是她現在應該自顧不暇，而秀姸妳比起我，跟子諾更加不熟，他這邊就交給我吧！」

「謝謝你們，那麼，詩韻姐就由我來負責吧，」秀妍心情有點激動，「我等會兒會跟她見面，這時候她應該已經把繩子拿到手了。」

「那個……秀妍妳真的不打算跟文軒大叔商量嗎？」家彥疑惑，「以前每逢遇到這類怪事，妳第一時間就告知他的。」

「不，這次不了。」秀妍搖搖頭，「上次事件令姐夫受傷，他到現在仍休養中，我不想打擾他，而且，我不想他再次受傷。」

「好吧，就這樣決定。」昕涵看看手機時間，然後站起來，「下午我還有課，要先走了，我會嘗試聯絡子諾的，放心。」

「那我也隨意在這裡走走，看看能否碰見以婷。」家彥把最後一口奶茶喝光，也站起來。

秀妍只見昕涵斜眼瞪了家彥一眼，示意他坐下，但家彥卻把手搭在她的肩膀上，兩人拉拉扯扯走出餐廳門口。

秀妍先來個深呼吸，然後徐徐呼出一口氣，她檢查手機，詩韻沒有來電，已經幾個小時了，為什麼還沒有消息？她撥了個電話給詩韻，接不通，奇怪了！到底跑哪兒去會連接不上？

與其坐著等，不如邊走邊等，反正詩韻老家的地址，秀妍是知道的，一邊過去一邊等詩韻的來電，可能會更快碰上她。

秀妍收拾東西，挽起包包，離開大學，慢慢走到附近的巴士站，她低下頭，一邊想著志美的事，一邊從腦海中搜尋詩韻老家的位置，假如我乘巴士前去，應該要在哪個站下車呢……

前面突然站著一個人，剛好擋住自己的去路，街上行人本來就不多，但這個人卻硬要站在自己前面，秀妍心裡納悶一下，難道是熟人？她抬起頭。

一張陌生的臉孔。

男人年約二十多歲，方型臉，輪廓粗獷，濃眉細眼，鼻子高挺，厚唇闊嘴，兩邊耳朵略顯細小，頭髮修剪得很短，像軍人，也像僧侶，外貌給人一份陽剛味，就是那種硬派男子漢的形象，雖然面無表情，眼神亦有點嚴肅，但給人感覺是穩重可靠，正氣凜然的老實人。

他個子不高，頂多一米七多點，腰長腳短，但身型相當結實，灰色短袖襯衣下，可以見到手臂的肌肉線條，雖然穿著一條黑色便服長褲，然而仍可隱約看出，他的雙腿較平常人為之粗壯有力，這個男人身體素質一流，不是運動家，就是習武之人。

「李秀妍小姐，」男人的中文口音雖然有點怪，但相當流利，「在下森木翔一郎，麻煩請妳跟我回日本一趟。」

作家：原女士，非常感激妳願意接受訪問，我謹代表敝報，和《時事狙擊手》專欄所有讀者，向妳致以衷心的慰問，也謝謝妳讓我們成為第一間成功採訪妳的報社。

少婦：嗯～

作家：我實在非常高興，這段時間，想必有很多報社爭相邀請妳，可是妳仍然優先選擇我們，還願意作獨家訪問，我的心情實在太興奮了，只不過……為什麼要選擇這兒接受訪問呢？還要在半夜時分？這兒可是那位「鬼婆」住過的地方！

少婦：我覺得這裡挺清靜的……

作家：其實對我而言，在哪裡訪問都是一樣，只是這裡警方才剛剛解封，雖然臭氣消散了，但還是一片凌亂，加上地處偏僻……

少婦：……而且，不會有人打擾。

作家：地點我倒是無所謂，不過下次如果妳接受訪問，還是透過報社聯絡我比較好……妳突然私下約我出來……雖然本人非常高興，可是不太合規矩。

少婦：那走吧！我現在就去找其他報社。

作家：等等，原女士，恕我說錯話了，現在妳是紅人，能夠成功訪問妳，去哪裡也行，原女士，可以開始了嗎？

少婦：嗯～

作家：那就開始了……或者先容許我問妳一個私心問題，為什麼這麼多大報社妳不理睬，偏偏選擇我們這家小報社？是否因為我的專欄最近大受歡迎，妳覺得在我這邊出新聞，可以得到更多和更大的迴響？

少婦：我有看你的專欄……

作家：啊！原來是我的忠實讀者，這難怪……好吧！言歸正傳，此時很多市民，包括我自己，都很擔心妳和兒子今後的生活，所以第一個問題，妳對未來的生活有何計畫？對兒子的將來又有何打算？

少婦：走一步算一步吧，其實說什麼計畫也是徒然，命運不允許你做的，想太多也無濟於事。

作家：不要說這些洩氣的話，其實有很多市民支持妳，對於妳能夠重獲自由，他們都感到很欣慰。

少婦：是嗎？

作家：更何況，妳還有一個兒子，就算妳不為自己打算，也要為他打算，他的將來，才是最重要的。

少婦：他的將來？如果還有將來的話，我只希望，他能夠健健康康地成長。

作家：原女士太悲觀了，令郎看上去精神奕奕，健康活潑，一定能夠長命百歲。

少婦：不，他有病。

作家：有病？什麼病？

少婦：不治之症。

作家：這個……之前完全沒收到風，應該算是獨家爆料吧！這下可好了……原女士，到底是什麼不治之症，會令妳這麼擔心？

少婦：我不想回答這條問題。

作家：好吧……那就下一條問題……其實這次妳能夠撤銷控罪，除了因為證據不足外，很大程度是因為那位「鬼婆」的出現，請說說妳對這位「鬼婆」的看法？

少婦：……

作家：或者……我換個方式來問……妳是否覺得，她的出現，剛好替妳洗脫嫌疑，把妳從水深火少婦：……熱中救出來？這位在其他人眼中既神祕又恐怖的婆婆，在妳眼中，反倒是救命恩人，妳同意嗎？

作家：原諒我提問尖銳，我之所以這樣問，是因為如果她沒被其他鄰居見到，妳很大可能會繼續被當作嫌疑犯，這樣一來……

少婦：是我殺的！

作家：對不起，妳說什麼？

少婦：是我殺的！

作家：這個……這個可不能拿來開玩笑……

少婦：我沒開玩笑，它們全是我殺的！！

作家：可是……妳給警方的口供……否認殺害譚氏一家五口……

少婦：我的確沒有殺害我先生及其家人……

作家：那……原女士，恕我愚笨，我完全聽不懂妳的意思？

少婦：搞錯了！方法搞錯了！它們全都變成另一樣東西！變成怪物！我殺的是怪物！！

作家：……

少婦：我實在沒有辦法，那一晚，它們已經喪失理智，我必須先下手為強，因為小磊仍未變……我只能殺……

作家：是因為病的緣故嗎？還是它們下手遲了？但我已經沒有時間思考，它們正打算對付小磊，

作家：原女士，妳剛才是否變相承認，妳先生一家五口，全都是妳殺的？

少婦：它們已經不是人……

作家：五名死者中，其中一個是妳的女兒，妳為何如此狠心？

少婦：我遲了一步，以為它們不會對兩歲的女兒……該死的無良父親，該死的邪惡叔子……我別無他法，只能把所有怪物幹掉……否則下一個輪到小磊。

作家：不得了，這下可真是大新聞，妳這樣基本上就是自認殺人，肯定做頭條！我這次發了……可是，我還有個疑問，妳一個女人，哪有力氣把他們全部幹掉？其中兩個還是成年男人！

少婦：你很快便會知道。

作家：咦？

少婦：我拜讀過你的專欄……寫得太詳細了……分析得太精闢了……之後還找到這裡來……這裡可是我練習的地方……

作家：練……習？

少婦：在我被警方拘留那段時間，你居然找上門了，還把這裡所有一切曝光，這下我別無選擇，因為你知道得太多……

作家：等等！先放下妳手上那把刀，有話慢慢說！

少婦：沒時間了。

作家：妳應該知道，我若死在這兒，警方一定會查出今晚約我的人就是妳，到時妳一樣逃不掉！

少婦：不會的，因為殺你的人，不是我。

作家：……

少婦：放心，你應該是最後一個了，我不是惡魔，這樣做是逼不得已，本來也想放你一馬，但你調查得太仔細了，我怕……最終你會把那個可怕的詛咒也查出來，到時便麻煩了。

作家：不會……不會……我答應妳……不會……

少婦：這裡，是我練習的地方，買了這麼多把新菜刀，本來是想選一把合適的，不過最後發現，還是古老的好用。

作家：妳……在這裡練習刀法？

少婦：不是刀法，是練習……

作家：妳……妳幹什麼……為什麼妳的臉……我一定是在做夢……哪有這麼荒謬的事……等等……妳是誰……妳不是原美嫦……妳是……不要……不要過來……我不想死……求求妳……別殺……呀～～～

被遺忘的訪問．陳大雲

××年××月××日

十一

老婆婆一動不動，站在陰暗角落，面向牆壁，似未察覺有人在她身後。

詩韻先是嚇了一跳，然後回過神來，定睛細看眼前這位古怪婆婆，光線很暗，加上她身穿黑色長身斗篷，驟眼一看，真的有點像電影裡面的變態殺手，但看她白髮弓背，骨瘦嶙峋，應該……是一位高齡的老婆婆沒錯。

詩韻站在十五樓後樓梯位置，從這裡推開防火門出去，便是電梯走廊，難道這位老婆婆跟自己一樣，沿樓梯走下來，想轉乘電梯？

都怪那些惡作劇！婆婆一個人走後樓梯有多危險！這裡光線又暗，一個不小心踏錯腳，滾下樓梯，後果不堪設想！想到這裡，詩韻馬上提起腳步。

「婆婆，讓我扶妳。」

婆婆好像被詩韻的叫聲喚醒，她慢慢轉過身來，緩緩地向聲音發出的方向走去，逐漸離開剛才躲藏的陰暗角落，詩韻的心跳得很快，後退一步，繼續望著婆婆，雖然後樓梯光線仍然微弱，但已足夠讓詩韻看清楚她的模樣。

滿是皺紋的一張臉！婆婆的眼睛小得瞇成一線，就好像沒有睜眼一樣，嘴巴乾裂，兩隻門牙已經甩掉，只露出兩個黑黑的空洞，偶然還會在空洞中吐出舌頭，舔舔上唇，然後咧嘴而笑，詩韻這時才發現，她的嘴巴比正常人闊大，兩邊嘴角幾乎向橫伸展至近腮骨位置，是天生這樣嗎？

「妳……來得正好……」婆婆聲音非常低沉，「省卻我找妳的工夫。」

「婆婆，妳……認識我？」詩韻開始感到不安，「但我好像沒見過妳。」

「妳……跟她……是什麼關係？」婆婆問。

詩韻給弄糊塗了！什麼我跟她？她是誰？

「很辛苦……很難受……控制不住……」婆婆稍為停下腳步，搖搖頭，「眼睛看不清楚……但我感受得到……妳包包裡的東西……」

婆婆繼續走近，開始吃吃地笑起上來，詩韻本能地沿樓梯往後退，退至十六樓，這時她注意到一件很奇怪的事。

雖然被黑色斗篷罩住全身，但婆婆走路時，雙手是軟弱無力地左右垂直，肩膀以下完全沒擺動過，這個走路姿勢相當奇怪，因為正常人走路，雙手一定會左右搖擺，她這樣走，就好像兩隻手不屬於自己的，又或者雙手被人打斷一樣。

正當詩韻懷疑婆婆雙手是否廢掉時，答案就出來了。

婆婆的右手從斗篷裡慢慢伸出來，拿著一把五十公分長的大菜刀，原來她手裡一直握著這把刀！刀鋒向下，藏在斗篷裡，手之所以垂直沒有擺動，是因為怕鋒利的刀誤傷自己，難怪走路姿勢這麼不自然！

這把刀也很奇特，它不是打磨得發亮，銀光閃閃那種新刀，反而刀面鐵鏽斑斑，刀柄黑黝黝，感覺很骯髒似的，看上去已用了一段長時間，但刀刃卻仍然鋒利無比，詩韻絕對相信，這把刀能瞬間割破人的喉嚨。

既然拿得起這把刀，一定不是鬼，是人！還是個神經病人！她到底是這棟大廈哪層的住戶？還是從外面跑來的？

這時候還想這些東西幹嘛？逃命要緊！詩韻馬上轉身，死命直奔十六樓防火門，打算推門後直接找居民求救，按鐘也好，拍門也好，一定要儘快找人報警！

可是當她接近防火門時，一時情急，左腳踩右腳，整個人跌趴在地上，頭砰一聲，撞在門上。

也就在這時，她聽到走廊外面傳來腳步聲……

詩韻忍著痛，先回頭望望恐怖婆婆有沒有追上來，確定沒有後，再嘗試透過防火門的磨砂玻璃望出去，走廊外面一片漆黑，燈好像壞了，但腳步聲很清晰……

有個東西，正緩慢地，一步一步，從外面的電梯走廊，往防火門這邊走過來，她試圖爬起身逃跑，才發覺左腳腳踝扭傷了。

她再次回頭望向後樓梯，奇怪了！恐怖婆婆沒有追上來，就算有，也只會出現在自己後方，而不是前方……

那前面隔著防火門的是誰？

腳步聲停下來，因為那個東西已經站在門前，詩韻拖著身體往後退，心想來不及逃了……

防火門被推開……

十二

小女孩大搖大擺的走進來，正眼也沒望晞萱，反倒是晞萱仔細打量她。

女孩身穿紅色羽絨外套，白色毛冷上衣，棕色格子針織長裙，雙手還戴上一雙粉紅色棉質手套，現在雖已入秋，但未算嚴寒，她為什麼穿成一副冬裝？

晞萱繼續觀察她，女孩年約十歲，身高一米二左右，外貌清純，臉圓圓，鼻尖尖，眼睛細長，眉毛幼直，一把瀏海長髮剛好及肩，髮尾修剪得非常整齊，完全是一副小學生的髮型。
她坐在客廳沙發，翹起腿，左手按在膝蓋上，姿勢倒是相當女人，她望望四周，然後抬起頭，第一次跟晞萱眼神接觸。
「喂！喂！晞萱！妳沒事吧？為什麼不回話？」
電話另一端傳來焦急的聲音，這時晞萱才醒覺，自己仍未掛斷。
「啊！對不起，前輩，有位奇怪的客人來了，我想……我要暫時掛斷。」
「奇怪的客人？」老實聲音再一次響起，「不是子磊嗎？是誰？需要報警嗎？」
「不，不用。」晞萱低聲地道，「只是一個小女孩，我應付得來。」
「喂！晞萱！妳真的應付得來？不如我過來……」
沒等文軒把話說完，晞萱已掛斷電話，以嚴肅的眼神望著小女孩。
「妳……為什麼會有我家鑰匙？」
女孩輕蔑地笑了一下，右手撥了撥前額的瀏海。
「是子磊給我的。」一把稚氣的女聲回答。
她居然直呼老公的名字！還叫得那麼自然，到底發生什麼事？
「妳是誰？」晞萱生氣地道，「我老公哪有可能把鑰匙交給妳？」
女孩先是笑了笑，然後信心十足地，從口袋裡拿出剛才開門的鑰匙，鑰匙扣是兩個一大一小紅色心形，裡面分別放著子磊及晞萱的相片。
晞萱啞然，這是她特意買給老公的情侶扣，她自己也有一個，沒可能是假冒的。
「怎麼樣，信了吧？」女孩收起鑰匙，正經八百地說，「我跟子磊沒有什麼祕密可言，他的就是我的，我的也是他的。」

「妳到底是誰？」晞萱氣憤地質問，換來是女孩愉快的笑聲。

「哈哈哈哈，原來子磊一直沒跟妳說，難怪給我擺出這張臭臉。」

女孩收起笑聲，平靜而莊重地說。

「我叫何志美，是子磊的妻子。」

晞萱以為自己聽錯了，她默默地盯著眼前這位小女孩，不作聲，靜候女孩的補充。

她期待女孩會糾正剛才的說法，無論說是仰慕子磊的女病人，前任女友的私生女，甚至是變態戀童癖的受害者，她都能夠接受，除了一個……子磊的妻子，這五個字，只有我黃晞萱，才有資格說出來！

「聽見了嗎？我是子磊的妻子。」志美的聲音再一次響起，粉碎了晞萱的美夢，「我今天來，是要了斷我們之間的事。」

「小妹妹，妳搞錯了吧？」晞萱望著這位小姑娘，儘量壓抑心中的怒火，「妳看上去頂多十歲，還是一名小學生吧？距離成年還有很長的路，怎可以隨隨便便說，我是別人的妻子這類說話？」

「不是別人的妻子，是子磊的妻子。」志美第三次強調，「妳這條可憐蟲，看來真的什麼也不知道！」

晞萱已經忍無可忍，她走到志美面前，厲聲喝斥。

「我不知道妳胡說什麼！也不想知道！」她指了指大門，「請妳馬上離開，否則我立刻報警！」

「呵呵呵，這叫惱羞成怒嗎？」志美一隻手掩著嘴，面露嘲諷表情，「所以子磊放棄妳是正確的，脾氣這麼大怎配做人妻子？」

晞萱真的不敢相信，眼前這個外貌清純的小女孩，說話之狠毒，完全跟她的外表不相匹配。

如果她年紀再大一點，那怕只有十六、十七歲，晞萱或許會相信，她是子磊在外面搞過的女生，可是，她只是一個小學生……身體根本未完全發育……這個年代女孩子的心智，會這麼早熟嗎？

晞萱逐漸恢復冷靜，剛才被女孩激怒了，其實回心一想，她根本在胡言亂語，子磊哪有可能喜歡一個小學生？自己是他的合法妻子，結婚五年，到現在懷有孩子，這些都是實實在在，跟子磊一起經歷過的事，不是這個女孩三言兩語可以挑撥離間。

「妳叫志美，對嗎？」晞萱氣定神閒地問，「妳說妳是子磊的妻子，可有結婚證明？」

「沒有這個必要，」志美冷冷地說，「我是子磊的人，子磊是我的人，我要他永永遠遠陪在我身邊。」

晞萱雙手握拳，情緒再一次被牽動。

子磊……剛才四處找不到他……難道……

「哈哈哈哈～～哈哈哈哈～～」

志美突然發出極其誇張的笑聲，響遍整個客廳。

「十年，我等了足足十年，終於能夠和子磊一起了。」她邪魅一笑，「不枉我……千辛萬苦……從陰間回來。」

我出生在一個不幸的家庭。

所謂不幸，並不是單純指運氣不濟，又或者厄運連連，終日碰著倒楣事，我所指的不幸，是因為人的愚蠢和貪婪，造成日後不可磨滅的惡果，正因為人類這種自私的行為，為不幸的降臨創造了機會，結果把一個大好家庭，弄得家破人亡。

這群愚蠢和貪婪的人，包括爸爸、叔叔、爺爺、奶奶……除了媽媽。

我一直深信，媽媽是這個家庭裡唯一的清泉，至少，在媽媽離我而去之前，我從沒懷疑過她的行為，對於小時候的我來說，媽媽就是不一樣。

因此，從小到大，我都很喜歡媽媽。

媽媽不單長得漂亮，人也溫柔賢淑，從不發脾氣，亦從不抱怨，對家人總是擺出一副和睦謙遜的樣子，還經常面帶笑容，有時我想，她會否本是天上的仙子，只是不幸地跌落在我家？

我自幼一向體弱多病，幼稚園時期已經常常因病告假，當家人開始嫌我麻煩時，只有媽媽以無比耐性，把我照顧得無微不至，有病帶我看醫生，沒病陪我做運動，慢慢地，抵抗力漸漸增強，身體便一天一天好起來了。

當然，當時的我並不知道，我身體上的「病」，並不是那麼簡單，這個祕密一直只有媽媽知道，也只有她知道該如何醫治我這個「病」，現在回想起來，實在非常感激媽媽當時的照料，這份感激，永埋心裡。

爸爸是個大混蛋！他對媽媽不好，這個我很早就察覺到，他喜歡喝酒，每次醉了便會無理取鬧，指著媽媽不停地罵，他喜歡在外面搞女人，有幾次見到他摟著一個濃妝豔抹的女子回家，吩咐我叫她做阿姨，小時候的我不明白怎麼一回事，都聽話叫了，現在每次回想，每次都想吐！

爺爺奶奶偏心兒子，對媽媽老是呼呼喝喝，要她做東做西，就像傭人一樣，或許在他們老一輩的思維中，媳婦等於傭人，做多一點是應分的，不過媽媽似乎不太在意這些事情，完全沒有反抗的意思，樣子看上去也和顏悅色，這是我當時的理解。

不過最壞的是叔叔，他在澳洲工作，每隔兩年回來一次，每次總是大包小包的，把一些稀奇古怪的東西帶過來，當中有些看上去很陳舊，很骯髒，像出土文物，我最初以為叔叔是古董販賣商，但很可惜，我只猜對一半。

古董是古董了，但不是販賣商，是走私商。

這個是我長大後才知悉的，當時的我只覺得，叔叔每次來，總帶著一些古舊乏味，有時還傳來陣陣異味的東西，一點也不好玩，而且，他每次來，爸爸便會和他關在房內，一關幾個小時，什麼也不理，不知道在商量些什麼，現在看來，他們極有可能在商量如何出貨，以及分贓等問題，爸爸跟叔叔，根本是合夥人。

這樣的生活維持了幾年，之後，媽媽生下妹妹，由於要照料她的緣故，加上我開始進幼稚園，爺爺奶奶便減少了媽媽的工作量，這段時間，我和媽媽的關係比之前更親密，我覺得，媽媽是為了我們兩兄妹，才忍氣吞聲，逆來順受，媽媽性格一向不擅爭論，不好權鬥，或許像她這樣隨遇而安，才是最符合當時現況的生存之道。

可惜，我錯了，媽媽也有自己的祕密，而且，是一個大祕密。

媽媽平常做完家務，總愛一個人躲在房內，鎖上門，如果爺爺奶奶叫她，她便出來繼續幹活，如果不叫，她可以一直窩在房內直至晚飯時間。

三歲以前，我不太記得這回事，三歲入讀幼稚園，下午大段時間都在學校，更加不知道媽媽在家裡幹什麼，只是因為爺爺奶奶對此頗有微言，直接向爸爸投訴，本著保護媽媽的心，我才開始好奇媽媽躲在房裡在做什麼。

媽媽有一個飾物盒，用來安放她僅有的幾件項鍊耳環手鐲等，平時是放在抽屜最深處，要把抽屜全拉出來才能看見，媽媽的抽屜我也經常開的，我發現，每次這個小盒子的位置，都會跟上次的位置不同，這次在左邊，下次變成中間，這次在中間，下次變成右邊，有時甚至放在前面最淺處，一拉開就看見。

很明顯，媽媽是經常把這個盒子拿出來，頻繁得連她自己也忘了原先放的位置，假使她每次把自己鎖在房內，目的只是看裡面的項鍊耳環手鐲，我覺得也很合理，爸爸從來沒有送過什麼給媽媽，裡面的東西全是她的嫁妝，她拿出來緬懷一下也是情有可原，鎖門自然就是不想讓爺爺奶奶發現，一旦發現，恐怕又要捱罵。

當時的我很好奇，很想趁媽媽不在時，偷偷打開飾物盒看看，結果有一天，機會來了，原本是幼稚園生日會，但我又病了，悶在家中不能出外，媽媽陪奶奶出外買菜，爺爺睡懶覺，所以是最好的下手時候。

我打開小盒子，一如所料，內裡只有幾條銀項鍊、一對珍珠耳環、和一隻足金手鐲，可是，我發現一樣東西，跟以上的珠寶首飾明顯格格不入。

一條黑色的繩子。

這條繩子……只是一條極普通的繩子……沒什麼特別之處，只因為它放在金銀閃爍的飾物盒中，才會引起強烈的反差感。

我把本來圈成一團的繩子拿出來，發現它非常長，應該超過兩米半，表面光滑，手感極佳，拿上手會有種捨不得放下來的感覺，我隨便把它圍著我的手指，繞了兩圈，很奇怪，這條繩子像不會打結一樣，毋論我如何粗暴地亂繞一通，它最終還是有條不紊地，在我的手指間展示出來。

我玩得太入神了，連背後傳來開門聲也不知道，直至媽媽蹲在我身後，輕輕喚了一聲，我才驚愕地轉過頭來，手裡還纏著那條繩子。

「媽媽……」

像所有小孩子做錯事一樣，我瞪著媽媽，懇求她的原諒。

意外的是，媽媽並沒有責怪我，她以極快速度，把纏著我雙手的繩子解開，然後溫柔地說了一句，將來改變我一生的說話。

「這條……是花繩子，」媽媽晃晃手上的繩子，微笑地說，「媽媽教小磊玩，好嗎？」

十三

「你……你說什麼？」

秀妍望著眼前這個濃眉男人，完全搞不清狀況。

「我說，請妳跟在下回日本一趟，」翔一郎依舊面無表情，「去見師傅。」

秀妍眨了兩下眼，然後又眨兩下，嘟起小嘴，皺皺眉頭。

這個男人，傻的嗎？

「你師傅是誰？我認識嗎？」

「去了便認識，請跟我來。」

說完他伸出右手，想一把拉住秀妍，被她閃身避開。

「你現在的行為叫擄人綁架！」秀妍把手縮在背後，以防被他抓住，「完全不說個理由便要我跟你走，是恐怖分子嗎？我又不認識你，你這樣做是否過分了點？我只要在這裡大叫一聲，警察馬上就過來抓你！」

翔一郎沒有回答，他閉上雙眼，筆直的佇立在原處，秀妍見他沒反應，決定不理他，從旁邊繞過離開。

「在下要帶妳回伊邪那神社，」他突然開口，「只有那裡，才能把妳身上的詛咒袪除。」

秀妍停下腳步，一臉詫異的望著他。

這個男人……知道我身上的詛咒?!

「妳的閱讀別人回憶能力，一天比一天強大，」翔一郎續說，「若不及早袪除，生與死的秩序恐怕將會大亂，而站在妳本人角度來說，隨著能力愈來愈強，妳的身體，終有一天會無法負荷，到時候，妳的能力反而會傷害妳，這類主人反被自身詛咒能力所傷的例子，在下屢見不鮮。」

秀妍吃驚得沒能反應過來，這個男人，不單非常了解我詛咒能力的特點，而且還知道那個謎一樣的伊邪那神社……

姐姐正是為了幫我解咒，前去伊邪那神社，結果客死異鄉……

能夠一口氣說出這些只有我和姐夫知道的祕密，這個男人……絕不簡單……

等等！秀妍腦海突然閃過一個念頭，自己不是跟姐夫，一直追尋身上詛咒的起源和解除方法嗎？眼前這個男人，似乎知道很多這方面的知識，透過他，或許可以打聽多一點關於詛咒的事……甚至……他有可能認識姐姐，知道姐姐前往神社的經過，以及那幾天發生在雪山上的事。

姐姐……

「你到底是誰？」明白到眼前的人對自己多麼重要，秀妍立即打起精神。

「說過了，在下名叫森木翔一郎，」翔一郎不厭其煩重覆一次，「母親是華人，所以會說中文。」

「你剛才提到師傅……還有伊邪那神社……你……到底知道些什麼？」

秀妍也不知道自己想問什麼，資訊來得太快太突然，她又心急想問出個所以然，結果就是想到什麼問什麼。

「李小姐，妳是懷疑在下的身分吧？」翔一郎看穿秀妍所想，「為了能釋除妳的疑慮，在下還是先作個自我介紹，好讓妳安心。」

秀妍點點頭，翔一郎開始說起來。

「吾乃高野山伊邪那神社，第四十九代守護僧，破咒流第十八代弟子，以守護神社，消滅邪惡詛咒為己任。」

秀妍感覺一下子好像回到古代似的，這個日本人漢語雖然說得不錯，但部分用字古派，語氣也過於嚴肅沉重，跟他年紀完全不符。

「吾乃……」翔一郎察覺秀妍神色有異，禮貌地說，「呵！抱歉，我習慣用古語介紹自己，我們守護僧之間也是這樣溝通，一時改不了。」

「守護……僧？你是和尚？」

「是的，雖然不用剃頭，但也是修行之人。」

秀妍上下打量這個打扮樸素，但渾身力量的男人。

「你……不像和尚。」

翔一郎低下頭，望望自己，向秀妍露出一副疑惑的表情。

「我見過在街上化緣的和尚，他們不是長得肥肥白白，就是營養不良，而你身型非常健壯，反倒像接受過嚴格體能訓練的紀律人員，又或者經常參加比賽的運動員。」秀妍質疑地說。

「啊！原來如此，這個在下……」翔一郎停頓一下，「我……可以解釋。」

「伊邪那的守護僧，由於經常面對強大的詛咒力量，所以對心智及體能的要求相當高，其中在體能方面，我們有一套非常嚴格的鍛鍊準則，所以身體狀態往往比一般人強壯，這是很合理的事。」

「此外，跟其他派別和尚不同，我們不化緣，不吃素，不絕女色，不斷子嗣，生活就跟正常人一樣，我們的使命只有一個：但凡世間上，有詛咒強大得破壞萬象森羅，擾亂天地循環，守護僧就要出手制止。」

「那麼……我身上的詛咒，正是如此？」

秀姸輕聲地問，只見翔一郎低下頭，閉上眼，不作聲。

「可是，我不覺得自己有什麼問題喔！」秀姸見他不開口，唯有自我辯護，「由我第一天看見別人回憶開始，到現在已經有十幾年了，每次看見，每次都能掌握當中的竅門，一點一滴累積經驗，如今的我，已大致能夠控制這股能力。」

「今天妳能控制，不代表明天也能。」翔一郎終於開口，但仍閉上雙眼，「我剛剛說過了，妳的能力只會一天比一天強，若不趁現在把它袪除，將來必成後患。」

「所以，你有辦法把我身上的詛咒驅除？」

秀姸想起去年姐姐千里迢迢跑到高野山，目的就是幫自己解咒，想不到一年後，居然有人主動上門，說要替自己解咒……

假如，眼前這個男人早一年來到，姐姐便不用因此送命……

「不是，」翔一郎的回答，令秀姸有點意外，「我是破咒流弟子，不懂袪除之法。」

「破咒流是什麼東東？」秀姸問。

「破咒流，伊邪那四大流派之一，所學之道盡皆破咒之用，簡言之，就是為破滅詛咒而生，但凡詛咒極其邪惡霸道，既不能降伏亦不能袪除，就要破咒流把它消滅。」

「簡單來說，你即是不懂。」秀姸聽完翔一郎一番解釋後，心裡納悶，「既然不懂，為什麼還要帶我回去？」

「我師傅懂，」翔一郎解釋，「事實上，是師傅叫我來找妳，吩咐我一定要把妳帶回去，好讓她替妳袪除身上的詛咒。」

「你師傅為什麼這麼熱心？」秀姸雙手抱胸，側著頭問，「她又不認識我，無論我變成怎樣，也不關她的事嘛！為了我，居然大老遠派自己的徒弟接我過去，很可疑耶！」

「關於師傅為什麼會留意妳，說實話，我也不太清楚。」翔一郎坦白地說，「我只能說，妳身上的詛咒非常罕有，而且異常強大，或許這就是師傅派我來的原因，她要我確保妳平平安安到達神社。」

「那你師傅為什麼不親自來？」秀妍問，「來了一樣可以幫我解咒啊！」

「不行！」翔一郎否定地說，「所有身負詛咒之人，必須親身來到神社進行袪除之法，否則沒法將詛咒驅除。」

是這樣嗎？那麼姐姐……用錯方法了？她代替我親自前去，卻因此白白犧牲……

這個男人想帶我去的伊邪那神社，就是姐姐當年想去，卻沒去到的地方……

秀妍心裡暗自感嘆，這是姐姐的心願，她臨死前仍希望把我從詛咒的噩夢中拯救出來，為了完成姐姐的遺願，我其實是非常樂意去的，尤其是，我也很想去她殞命的地點，親自憑弔一番。

可是，現在不行……現在我有更重要的事去辦。

而且，這件重要的事……可能需要我的能力幫手！

「對不起，翔太郎先生，」秀妍禮貌地回應，「我本人是很樂意跟你回神社，但不是現在，現在我有很重要的事，必須趕去辦，請恕我失陪。」

秀妍說畢，試圖從他身邊溜過，但卻被他移身擋住去路。

「你！你這是什麼意思！」秀妍有點驚訝。

「師傅有命，要馬上帶妳回去，弟子不敢抗命。」

他向秀妍作九十度鞠躬，以示抱歉，然後說。

「還有，我的名字叫翔一郎，不是翔太郎，請妳記住。」

氣死人了！這個時候還執著於名字的叫法？根本不是重點啊！這個男人也真夠死板！

「好吧！翔一郎先生，我現在真的有很重要的事去做，完成後你再來找我吧，到時我們……還有姐夫，一起商量去神社的事，我不會騙你的！」

秀妍打算從另一邊繞過去，但又被翔一郎回身擋住。

「喂！你這個人很無恥欸！」秀妍真的生氣了，「我也不是好欺負的，你信不信我……」

本來秀妍是想說「信不信我馬上報警」，可是翔一郎卻突然打斷她的說話。

「妳的能力，對我是沒用的。」

咦！什麼！

「我是說，妳閱讀回憶的能力，對我是沒用的！」

秀妍其實從沒想過用能力對付他，但經他提醒，對啊！假如自己能夠看穿他的過去，找出他的弱點，從而逼使他不要堅持立刻帶自己回去，那就可以先處理好這邊的事。

她開始暗中脫下右手手套……

「我自五歲起開始修行，至今將近二十載，身心控制比正常人強，妳想從我腦海中偷窺我的回憶，絕對不可能。」

是機會了！秀妍趁他嘰嘰咕咕自言自語時，把已經脫下手套的右手，一把伸過去，試圖觸碰翔一郎的手臂。

也就在這時候……縱使秀妍的手仍未碰到他的手臂，但光脫脫的右手暴露在空氣中，已足以令秀妍清楚看見！

影像來得既急且快，但非常清晰，視角在漆黑的環境向前走，左手微微舉起……好像是拖著旁邊的人，前面沿路一片漆黑，僅靠旁邊那個人手上的光照明，光線很弱，不像電筒或照明燈之類的東西，是什麼呢？

視角突然停下來，向左手邊稍稍轉身，原本站在旁邊拖著視角的人，突然蹲下身，正面望向視角……

啊！很美啊！蹲在視角前面的是一名少婦，年齡大約接近三十吧！面容端莊秀麗，長髮貼耳，皮膚白皙，瓜子臉配上心形嘴唇，看上去相當迷人，眼睛雖不算大，但卻透著絲絲關懷及憐惜之情，她對住視角笑了笑，笑容相當善良，也夾雜著幾分期待。

她摸摸視角的頭，對視角說了一句話，視角搖搖頭，她再次露出善良的笑容，然後右手拉著視角的左手，站起來，此時視角視線向她左手一瞄……

她左手拿著一個燭台，上面插著一根點燃的蠟燭，剛才微弱的光，就是來自這根蠟燭……

視角和她繼續向前行，直至來到一處地方才停下，視角開始焦急地四處張望，由於燭光實在太微弱，四周仍是黑漆漆的，視角看了一遍，發覺沒東西可看，於是抬頭一望，只見滿天繁星。

原本拖著視角的少婦，慢慢地獨個兒向前走，走了三步，突然跪下，舉起手上的蠟燭，然後用右手撥開擋在前面的東西，這時視角終於清楚看見，這裡是什麼地方！

少婦正撥開一堆雜草，在雜草叢堆中間的位置，有一個半圓拱起的東西……

一座墳墓……

從那一天開始，我便跟媽媽學玩花繩子。

這玩意我是第一次玩，據媽媽說，翻花繩子最重要是一雙巧手，快且靈活，這樣才能翻出多個複雜但美麗的圖案，而我這雙大手，剛好遺傳了媽媽的優良基因：靈敏、細膩、快速、花巧，結果，我很快便上手，把媽媽教我的圖案通通學會，那一年我只有五歲。

媽媽也很詫異我的領悟力，她笑笑的說，可惜你是男孩子，如果是女孩子，就可以回學校和其他女生一起玩。

我的心思，媽媽並不明白，其實我之所以玩花繩子，完全是因為媽媽的緣故，我喜歡媽媽，她會玩的，我一定要學會，而這條黑色花繩子，媽媽這麼珍而重之的收藏在飾物盒裡，必定非常重視它，媽媽重視的東西，就是我重視的東西，這所以我比平常更用心地學習，我並不是想回學校跟其他女生玩，我要的，是和媽媽玩。

由開始學習，到完全純熟地掌握花繩子的奧祕，大約用了一個多月時間，這期間，只要一有空，我就會躲進房間和媽媽一起翻，媽媽讚我天分高，但我覺得是媽媽教得好而已，不過其實還有另一個原因，令我玩起上來如有神助。

不知怎的，我總覺得這條黑色花繩子，會自動配合你的手型及動作，每次只要心裡面想著要翻什麼圖案，它就會很自然地朝那個圖案方向去改變……聽上來很不可思議，亦很無稽，但至少對當時的我來說，這份奇妙的感覺一直揮之不去。

媽媽沒有向我講述繩子的來歷，每次玩的時候，她只會耐心教我翻圖案，其他的事絕口不提，故此我一直不敢開口問她，直至有一天，大約是玩了一個多月後，她突然語重心長地對我說。

「這條花繩子，一定要兩個人一起玩，千萬不能自己一個人玩，知道嗎？」

我玩花繩子，完全是因為媽媽，從來沒想過自己一個人玩，甚至沒考慮過同媽媽以外的人一起玩，所以我覺得，媽媽的說話根本是廢話，倘若媽媽不玩，我碰也不會碰它。

就在這一個多月，當我廢寢忘食，學習媽媽教我的花繩子技術時，我們家也出現了一些狀況。

首先是傳聞，然後陸續有街坊說看見了，之後輪到住在我們旁邊的鄰居，異口同聲地說，在我們家門口的走廊上，或者後樓梯附近，曾經見過一位形跡可疑的老婆婆。

爸爸哈哈大笑，笑得連嘴裡的飯粒也噴出來，爺爺奶奶一邊搖頭一邊罵，罵鄰居為什麼要造謠生事，說得這位老婆婆好像盯上我們家似的，至於我，因為太專心玩花繩子了，所以對這件事比較後知後覺，反倒是媽媽，一如既往的默不作聲。

不過，有一件事很奇怪，這段時間內，縱使附近的鄰居聲稱多次看見那位老婆婆，但我們家卻沒一個人見過，假設她真的是在家門口徘徊，我們總會有人見過吧？爸爸說鄰居根本在胡言亂語，叫我們不用理會，也好！其實我對老婆婆興趣不大，當時我的所有心思，都落在花繩子上。

直至，慘劇發生前一晚……

我永遠記得，那是一九九三年十月四日的晚上，叔叔剛從澳洲回來，循例帶了很多古董，他把它們全部放在桌面上，好讓爸爸仔細觀看，我看著看著這些古老陳舊的東西，打了個呵欠，拉拉媽媽的衣袖，想叫她進房一起玩花繩子，平時媽媽早就抱我進房了，可是當晚，她卻沒有理睬我。

她正全神貫注望著叔叔，眼神充滿惶恐，充滿不安。

奇怪！叔叔也不是第一次回家了，媽媽為什麼這麼害怕？我再留意媽媽，發覺她除了望著叔叔外，還盯住桌面上其中一樣東西……當時的我雖然覺得有點古怪，但沒有想太多，因為花繩子才是最重要的，就這樣，我硬拉著媽媽進房，陪我一直玩至深夜，然後摟著媽媽一起入睡。

由於家裡沒有多餘臥室，所以叔叔每次寄居我家時，都會跟爸爸同房，而媽媽則會搬去旁邊的雜物房暫睡，其實這樣安排也好，我和爸媽三個人睡在一張床太擠了，雜物房雖小，但整理過後，睡兩個人綽綽有餘，妹妹又睡在爺爺奶奶房間，這下好了！我終於可以整個身子貼著媽媽！

睡至深夜，我突然驚醒，一陣寒風從腳底吹上來，吹得我全身打了個冷顫，望望身旁，媽媽不見了，她上廁所嗎？

平時的我，應該會倒頭再睡，不會多疑，可是當晚，不知怎的，心裡竟有點忐忑不安，於是心血來潮，跳下床，穿上拖鞋，開門去找媽媽。

媽媽不在廁所，她站在爸爸房門前，把耳朵貼著木門，側耳細聽。

我跑過去，正想問媽媽幹嘛時，她馬上轉過身，掩著我的嘴，迅速把我抱回房內。

「我想聽聽爸爸跟叔叔談些什麼，小磊不要出聲，在房裡等我！」

說畢，她馬上掉頭跑出去，關上房門，把我留在房間。

房間很黑，我坐在床上，等著媽媽回來，我已經忘記等了多久，半小時？一小時？可能沒這麼久，但一個人坐在黑暗中呆呆地等，對時間判斷的準確性，一定大打折扣，我只記得，最後我還是忍不住了，跳下床，再次打開門出去。

這次媽媽不在爸爸房門外，我四處張望，發現客廳好像站著一個人，我馬上跑過去……

那個人……我以為是媽媽……但不是……

她是一個身穿黑色斗篷，滿臉皺紋，眼睛瞇成一線的老太婆……

她望著我，咧嘴而笑……

十四

當防火門被推開時，詩韻心想，這次完蛋了！

她拖著扭傷的腳，趕快爬起身，忍著痛往後退，可惜太遲了，門已經被推開，有東西在門扉與門扉之間，探了出來……

是一張男人的臉，詩韻馬上鬆一口氣。

男子年約三十，個子不高，大約一米七二左右，但長得頗為俊俏，一對雙眼皮略帶藝術家氣質的眼睛，盯著妳時總有份濃濃情深的感覺，鼻子不高，嘴小唇薄，皮膚白皙，但臉色相當紅潤，眉毛像一彎明月修長幼細，棕黑色的短髮蓬鬆微曲，很明顯曾經漫染過，左邊耳垂戴上一隻深紅色圓型耳釘，男生來說相當少見。

他穿了一件短袖白色襯衣，灰色寬闊短褲，搭上一雙淺綠色便服鞋，打扮時尚，不過入秋後天氣明顯涼了，他不覺冷嗎？

男子推開防火門，踏前一步。

「小姐，妳一個人站在後樓梯幹什麼？」

「我打算外出，但電梯壞了，只好沿樓梯下去。」詩韻腳踝仍在痛，她挨著牆，試圖令自己站穩。

「咦！妳腳受傷了！」男子望著她不自然的站姿，「是扭傷吧？這裡太暗了，不小心很容易踩錯腳，不如我先送妳回家，妳住幾樓？」

「不！我有要事……」詩韻突然想起剛才那位老婆婆，連忙說，「這位先生，樓下十五樓的樓梯間，有個拿著大菜刀的老婆婆，好恐怖，請幫忙報警，千萬不能下去。」

「老婆婆？十五樓？」男子向後樓梯望了一眼，「讓我看看！」

「不行！」詩韻立馬叫停，「那個婆婆手上有刀的，你一個人下去很危險！」

「哈哈哈，我會怕一個老婆婆？不要開玩笑了。」他邊說邊走，「來吧，如果妳想外出，也要到十五樓搭電梯才行啊！」

男子說得對，詩韻目前扭傷腳，已經不可能再走樓梯，現在離開這棟大廈唯一方法，就是先到十五樓，再轉乘電梯。

他細心扶著詩韻，由十六樓沿後樓梯下去，很快便到達十五樓，詩韻火眼金睛望了四周一遍，卻沒發現老婆婆蹤影。

「我住十六樓，」男子微笑，「剛剛乘電梯來到十五樓便卡住了，於是我從後樓梯往上走，如果真的有老婆婆在梯間，我一定會見到。」

原來剛才唯一一部運作的電梯，就是把他載到十五樓。

「你真的……沒碰見任何可疑的人？」想起剛才被老婆婆追殺的情景，詩韻仍然猶有餘悸。

「碰見就沒有，聽見就有。」男子指指詩韻，「正當我開門準備回家時，防火門突然傳來砰的一聲，我以為是誰發生了意外，害我半隻腳踏進家門，也回頭看看！」

詩韻尷尬地笑了，心想，或許是他的出現，把老婆婆嚇跑了吧，這樣也好，現在可以安心趕去跟秀妍見面。

男子推開防火門，扶著詩韻來到走廊，這裡燈火通明，電梯全停在這兒。

「到了，讓我看看，」男子把停在十五樓的三部電梯，仔細地檢查一番，「咦！真奇怪！剛才還沒反應的，但現在好像能動了。」

他進入其中一部電梯，按了一下G字，然後扶詩韻進內，詩韻此時腳痛已經好點了，可以勉強用兩隻腳站穩。

「你不一起走嗎？」

「不！我本來是要回家的，」男子指指樓上，「我沿後樓梯往回走便是了。」

「謝謝你，對了！還不知道你叫什麼名字？」

「嚴書捷，妳呢？」男子笑容很燦爛。

「程詩韻。」

話剛說完，電梯門徐徐關上，詩韻趁門還未完全合上時，拼了命在隙縫中向書捷揮手，感激他一路護送自己來到電梯前，書捷微笑著，也同樣在隙縫中向詩韻揮手。

詩韻心想，書捷說話時聲音非常溫柔，而且彬彬有禮，態度誠懇，看得出是個有教養的人，家庭背景應該不俗。

她瞧瞧自己的腳踝，其實傷得不算嚴重，休息兩天應該沒大礙，但倘若受傷期間，關節位繼續勞損，傷勢則有可能會惡化。

唉，沒辦法，看來只好叫秀妍過來了！本來計畫是回大學先找子諾，再找志美，然後把那條黑色花繩子遞給她，現在看來，只能先跟秀妍會合。

詩韻嘆一口氣，抬頭望向電梯燈號，這時候應該到地面吧……

她愣了！

電梯一直停在十五樓，動也沒動過！

什麼回事?!電梯剛才不是動了麼？為什麼會……

不對！這個狀況，就跟之前等電梯時，它一直徘徊在一……二……三……四……一樣！看似有東西纏繞著它，令它不能正常運作……

愈想愈不對勁，汗毛全都豎起來了，詩韻拼命按G字，希望能儘快啟動電梯，可是，她發覺這裡的燈光，好像比剛進來時暗了許多，她正想抬頭望望電燈出了什麼問題時，燈全滅了……

就在這時，在她頸後，突然傳來一股極恐怖的寒意……

說是恐怖，因為詩韻感覺到，有一張臉，正貼著自己的後腦袋，用嘴輕輕地向她後頸吹氣……

那是一股來自陰間的寒氣，直透入骨，五臟六腑全被凍結……

而在寒氣襲來的同時，詩韻雙眼，漸漸適應周遭的黑暗，從四邊玻璃的反映中，她看見電梯內，一幅極其恐怖的畫面……

一個東西，從電梯頂倒吊下來，頭髮全部垂下，其中幾條髮絲剛好散落在詩韻的頸後，輕輕撫摸她的臉頰及粉頸……

東西的雙手也垂下，其中一隻手，握著一把大菜刀……

然後，一張乾裂的嘴巴湊過來，正好貼著詩韻耳邊，輕聲地說……

「去死吧……」

十五

晞萱真不敢相信自己的耳朵。

從陰間回來？她在說什麼！

晞萱搖搖頭，不可能，理智一點，這個自稱志美的小女孩，自進屋後一直在唬嚇我，似乎是想用氣勢令我知難而退，絕不能被她牽著鼻子走。

「對不起，我不想再跟妳糾纏下去，妳到底把我老公藏在哪裡？」

志美突然脫了鞋，把兩條腿提起，雙膝並攏放在沙發上，姿勢相當有女人味，完全想不到是由一位小學生做出來。

「十年前，」志美一隻手指捲起髮尾，嘴角微微上翹，「我跟子磊邂逅，彼此一見鍾情，雖然當時年紀還小，但雙方已許下承諾，相伴終生，所以即使我之後死了，但承諾依舊，因為我的心始終屬於子磊。」

「胡說！」晞萱的忍耐力已經去到極限，「十年前妳還未出生吧！子磊也只是個二十歲的大學生，他哪有可能認識妳！」

晞萱怒氣未消，繼續說。

「還有，十年前，才是我跟子磊相識的日子，我們是大學同學，他是我學長，我們拍拖五年，結婚五年，一切都是實實在在的，絕不是妳這個不知天高地厚的小女孩，說幾句就能改變的事實。」

「看來子磊沒有將我的事，坦白告訴妳。」志美不慌不忙地說，「我和妳一樣，同是十年前認識子磊，但我跟他邂逅是年初，妳跟他相遇是年中，算起上來，我還比妳早幾個月認識子磊呢！」

什麼！我和子磊之間的事，她竟然知道得那麼清楚？

「我說過了，子磊和我，沒有什麼祕密，他把身邊的所有事情，通通說給我聽，包括妳在內。」

「可是，妳仍未解釋清楚，」晞萱不甘心地問，「十年前妳還未出生，子磊怎麼可能認識妳！」

志美的眼神不知什麼原因，突然變得陰沉起來，臉色也逐漸蒼白，她望著晞萱。

「我認識子磊時，剛好十歲……可惜之後死了……」她撥了一下額前的瀏海，「十年前是十歲，現在仍是十歲……」

晞萱愣在一旁，完全不懂反應過來。

「技術上而言，我是一個死人，」志美向晞萱，露出一個詭異的笑容，「但又活過來了！」

晞萱感到非常荒謬，身為醫生的她，實在很難接受一個活生生的人，會把自己詛咒成死人，說自己什麼十年前已經死了，但現在又活過來，太假了！太荒唐了！這樣說只會令晞萱覺得，小女孩由始至終都是謊話連篇。

「如果妳是死人，心臟應該停頓，脈搏也會停止，介意給我檢查一下嗎？」

晞萱放下手機，大膽地走過去，伸手按她脈搏，本以為她會縮手避開，這樣她假裝死人的詭計便會敗露，豈料志美面不改色，任由晞萱抓起她的手按下去。

手很小，又軟又滑，是小孩子幼嫩的肌膚沒錯，晞萱為她把脈……

脈搏正常……

晞萱再近距離觀察她的胸口，雖然還是小孩子，胸脯仍未發育，但明顯看得出，她在呼吸時，胸脯一起一伏秩序井然的顫動。

「嘿嘿，看！妳有脈搏，有呼吸，還在說什麼大話！」晞萱心想這次還不給自己逮個正著，「妳一直在故弄玄虛，說什麼活人死人，其實只是想讓我害怕，覺得妳很厲害，很深不可測，增加討價還價的本錢。」

說畢，晞萱趕快站起身，拿起放在桌面的手機。

「對不起，我這個人一向不迷信，也不會怕妳這個心腸歹毒的小女孩，妳最好馬上說出子磊在哪裡，否則我立刻報警！」

晞萱本以為自己這次扳回一城，但很快她就知道錯了。

志美從沙發跳下，雙腳站地，但沒有穿上鞋子，只見她脫下粉紅色手套，然後從羽絨外套的口袋中，拿出一條黑色的繩子。
晞萱細看，那是一條翻花繩用的繩子。
只見志美純熟地在手上左穿右插，很快就把花繩子做出一個圖案。
「這是蝴蝶，我最喜歡的圖案，要翻出雙翅膀難度有點大，所以一般人只能翻出單翅膀，不過對我來說，翻出雙翅膀是輕而易舉的事。」
她舉起給晞萱看，果然，是雙翅膀蝴蝶。
志美把圖案打散，再一次將繩子翻來覆去，這次時間有點長，幾乎用盡繩子每寸長度，最後終於完成另一個新圖案，她再次舉起，自信地展示在晞萱面前。
「這是少女的側臉，屬不對稱圖案，前面是臉，後面是頭髮，就好像從側面偷看少女的樣子，要翻出來難度非常之高。」
一張少女的側臉，活靈活現展示在繩子上，晞萱心想，小女孩翻花繩子果然有一手，可是，跟今次事件，又有什麼關係？
「知道我為什麼玩花繩子，玩得這麼厲害？」志美突然問。
「我哪知道！」晞萱抗議。
「是子磊教我的！」
志美漫不經心的一句話，把晞萱嚇呆了。
「胡說！子磊根本不懂玩花繩子！」
「妳連子磊小時候最愛玩的玩意兒也不知道，試問妳怎會明白，他由童年開始一直背負的痛苦？妳！根本不配當他的妻子！」
這時志美突然停手，花繩子一鬆，整個散落在志美手上，她一臉慘白，目光凌厲地盯著晞萱。

「妳知道嗎？我找妳找得很辛苦，子磊一直不肯說，又用方法阻撓我去找妳，害我一直不能上來。」

「幸好，我跟蹤子諾，終於給我上了妳的車，這下可好了！我終於可以把我們之間的關係，作一個了斷。」

志美一邊說，一邊走近晞萱，雙手仍然綑著那團花繩子，但沒有弄任何圖案。

「妳想幹什麼？」晞萱惶恐地後退。

「我很喜歡妳這件暗紅色低胸短裙，」志美微笑，但笑得很恐怖，「還有妳腳上這雙桃紅色高跟鞋，子磊最喜歡紅色，對嗎？」

晞萱退到牆角，拿著手機的手，不停地抖。

「很好，那就穿上子磊最心愛的衣服……」她舉高雙手，瞪大雙眼，「……去死吧！」

十六

「所以……妳想從我腦海中，偷窺我的回憶，絕對不可能。」

翔一郎繼續重覆剛才的說話，看見他自信滿滿的表情，秀妍只能無奈地站在一旁苦笑。

他……真是傻的……

對於翔一郎的身分，秀妍雖然不敢完全肯定，但能夠說出伊邪那神社和自己身上詛咒的事，想必也不是一個普通人，加上他體格強壯，說是因為苦行修練而鍛鍊出來的僧人，也說得通，只不過……

他一直堅持，我是無論如何也沒法看見他的回憶，但結果卻剛好相反，全部被我看見了！像他這樣多番強調自己法力高強，卻偏偏未能守住自己的回憶，難道他剛才說什麼守護僧的身分，全是亂說一通？

又或者……嘻嘻……他只是一個喜歡吹牛的小僧人！

「喂！李小姐，妳在聽嗎？」翔一郎看見秀妍竊竊偷笑，不悅地問，「妳好像沒聽我似的？」

剛才在翔一郎的回憶中，秀妍看見一幅頗為詭異的圖畫，那位神祕的少婦，那座黑夜中的墳墓，滿天繁星下的郊外，還有……和少婦手拖手的翔一郎，從片段來看，翔一郎當時還是個小孩子，為什麼他會對這段回憶如此執著？

秀妍很好奇，本想問問翔一郎，不過他好像還沒察覺，自己的童年往事已被我看光光！唉，還是算了吧！就讓他以為我拿他沒辦法，或許這樣，他會對我稍微鬆懈，不會強行拉我跟他回日本去。

她望望手機上的時間，糟了！被這個男人耽誤了正事，必須趕快去找詩韻姐才行。

「好吧好吧，高僧，我現在可以走了嗎？」秀妍催促地說，「我真的有件很重要事情去辦，不如你遲些再來找我，我答應你，事情一辦妥，我便跟你回日本。」

秀妍沒再理會翔一郎，她側身快步從旁邊閃過，打算儘快離開這個地方，但就在她以為已經擺脫翔一郎時，他突然從後追上，再一次擋在秀妍面前，然後……

他拿出一條棕紅色的手繩子，以迅雷不及掩耳的速度，把秀妍雙手綁了起來！

「這……什麼東西？」秀妍望著自己雙手，就像犯人被鎖上手銬一樣，「你這是什麼意思！！」

「封之印，能夠暫時壓制妳的詛咒力量，」翔一郎淡淡地說，「既然妳不願意跟我走，我只好暫時把妳的力量困住，以免傷及無辜。」

豈有此理！從沒見過這麼橫蠻無理的男人！

「快解開我！」秀妍生氣地瞪著他，「我的能力，這麼多年來都控制得很好，從沒試過傷及無辜，你根本多此一舉！」

「我只是以防萬一，」翔一郎依舊淡淡地說，「在妳願意跟我回去之前，這條繩子會一直綁住妳雙手，以防妳再度使用能力。」

糟了！秀妍心想，我現在正要去解決志美的事，而這雙手，正是我能夠發揮自身能力的觸發點，現在被封印了，那我如何判別志美的真偽？

更何況，在過去幾次險些送掉性命的怪異事件中，全憑我這雙手，發揮出詛咒的威力，結果每次都能逢凶化吉，化險為夷，詛咒不單拯救了我，還拯救了我的朋友，倘若失去這項能力，那我就缺乏一樣對付志美的利器……假使她是不懷好意的話。

「我沒時間跟你解釋，」秀妍開始挪動雙手，試圖把繩子掙脫，「我就不信我弄不開這條繩子。」

「沒用的，」翔一郎搖搖頭，「詛咒之人一旦被繩子束縛，自己是沒法解開，只有把繩子套在妳手上的人，才能解開。」

「那你就快點幫我解開吧！」秀妍把雙手舉高，遞在翔一郎面前，「你看，我現在就好像罪犯被鎖上手銬一樣，你這樣綁住我，叫我這幾天如何生活？上課呢？吃飯呢？上廁所呢？全世界不用奇怪的眼光望住我才怪！」

翔一郎沒有回應，默默地望著秀妍一雙手。

秀妍等不及了，她開始用牙咬繩子，繩子其實很細很幼，但不知怎的，任憑她如何拼命咬，如何用力扯，繩子還是牢牢地繫著她。

她急得哭了，雙眼痛紅的望著翔一郎，心想還是先離開這裡，找姐夫或者家彥昕涵，再想辦法。

就在她轉身想離開之際，翔一郎突然伸手過來，把她手上的繩子鬆開，然後，用極快的速度，把繩子綁在她剛才脫下手套的右手腕上。

「你……」

「妳說得對，」翔一郎別過臉去，沒有正視秀妍，「把妳雙手綁住，的確會影響日常生活，這點我疏忽了，請見諒。」

「我現在只綁住妳的右手，封印妳一半力量，這樣對妳來說，日常生活便沒問題，但由於還有一半力量存在，我擔心它威力仍然過大，所以這段日子，我會暫時跟在妳身邊，直至妳願意和我回去為止。」

秀妍不敢置信地望著翔一郎，當他鬆開繩子那一刻，還以為他醒覺了，知道我根本不會對任何人構成威脅，誰不知他只是由綁雙手改為綁單手，還說要跟在我身邊？這怎麼可能！

「你……不要太過分！快把繩子……」

影像說來就來，完全沒有先兆，但跟上次不同，秀妍今次看見的，是一段頗為模糊的片段，就像眼前架了一副老花眼鏡一樣，非常不清晰。

視角一直向前走，周遭灰灰暗暗的，似是沒有亮燈的室內，也有可能是大陰天的戶外，只見視角走到一半，迎面而來一個人影，臉容雖然看不清楚，但仍能辨別出是蓄短髮的男性輪廓，身型中等，個子不高，看上去只比視角略高。

他對視角說了些什麼，視角先是點點頭，然後搖搖頭，接著繼續向前行，那位男子則跟在視角身後。

視角再走了一會，來到一處好像是牆壁的地方停下，把左手伸向前，短袖衫下露出雪白而幼小的手臂，這時前面突然開出一條新的路……不！其實只是視角伸手把門打開，進入前面一個很大的房間，由於影像極不清晰，才會把房門誤認牆壁。

視角兩人進入房間，裡面比剛才還要漆黑，完全看不見東西……等等，視角右手邊突然傳來微弱的光，原來是那個中等身型的男人，點起一支蠟燭，漸漸照亮整個房間。

這時開始隱約見到，在視角前面，大約一米距離的地上，坐著一個人影，可惜光線實在太暗，加上影像本身模糊，故只能依稀見到，人影好像是盤膝而坐，垂下頭，雙手舉起，好像拿著些什麼……

視角走近，那個盤坐的人影也慢慢抬起頭來，是長頭髮的！雖然看不清楚樣子，但這個距離，足以令秀妍看見，人影為什麼要舉起雙手……

人影的雙手，正在翻花繩子……

影像悄然終止，秀妍整個人僵住了，這段回憶，是誰的？

她望望翔一郎，他是自己首要懷疑對象，除了因為之前曾經看過他的回憶外，他也是目前距離自己最近的一個人。

可是，影像中見到視角的手臂，也太白太幼了吧！絕對不屬於眼前這個強壯男人。

如無意外，視角應該是一名女子沒錯，而我之所以能夠見到她的回憶，是因為她剛才離我很近，甚至在我身邊擦過……

秀妍馬上回頭，剛好看見一位少女在自己身後經過，她盯著少女的後背，仔細打量。

少女四肢修長，身型適中，一把灰白略帶紫藍色的長髮過肩，髮尾微曲，從背後看過去，頭好像有點大……

以婷！

秀妍驚訝得掩著嘴巴，她不正是家彥和昕涵今日先後碰見過的那位少女！想不到遠在天邊，近在眼前！！

原來她還沒離開，是因為一直在找家彥嗎？如果此刻追上去，或許還來得及把她叫停，她可能是這次事件中，最神祕和最重要的關鍵人物。

「等等！」

正當秀妍想衝上去時，翔一郎突然叫了一聲，秀妍回頭，發現他的視線，不約而同落在以婷身上。

奇怪了，他為什麼會注意以婷？他們彼此應該不認識才對啊！難道跟我一樣，他剛才看見了以婷的回憶？

「妳說妳有要事去辦，跟詛咒有關嗎？」

翔一郎輕聲地問，秀妍心想，雖然不知道志美的出現，是否跟詛咒扯上關係，但畢竟一個已死之人能夠復活，也算是怪事，他既為修行僧人，比起我們，在這個範疇上，或許會有更深一層的見識，坦白告訴他，他可能會幫忙找出答案。

秀妍點點頭。

「那麼，我們出發吧。」翔一郎表情有點困惑，「做妳原本該做的事，其他的事，暫時先別管。」

其他的事先別管，什麼意思？

秀妍望著他，發現他雖然一直跟自己講話，但視線仍然緊盯著一個人。

那個漸漸遠去的少女。

當我醒來時，發現媽媽在我旁邊，用手輕輕撫摸我的胸口。

我馬上望望四周，是雜物房，我和媽媽正睡在那張不算舒服，但尚算寬敞的帆布床上，我望著媽媽，只見她也溫柔地回望我，露出一個關心的笑容。

「怎麼了？做惡夢嗎？」媽媽親切地問。

我當下有點猶豫了，難道剛才發生的一切，都是一場夢？我用力摟著媽媽，把頭埋在媽媽的胸口裡，感受著她暖暖的體溫，很舒服，很實在的感覺，可是，當我閉起雙眼，想再次入睡時，剛才所見到的景象，卻像錄影機一樣，馬上在我腦海裡重播出來。

那個老太婆，她對著我笑，笑得很恐怖，我很怕，馬上後退一步，但這舉動反而令她往我方向踏前一步，她想來抓我嗎？我下意識的轉身，想逃回房間去，可是……我好像絆倒些什麼……可能是客廳的茶几，或者沙發……然後……然後什麼也不記得了。

我想我是暈過去了！被絆倒後倒在地上，不省人事，醒來卻發現自己躺在床上，一定是媽媽救了我！那麼媽媽也見到那個老太婆才對，可是她為什麼表現得這麼輕鬆，她沒被嚇怕嗎？

「媽媽，我見到個老太婆。」

「老太婆？」

「就是鄰居也見到那個，我剛才在客廳碰見她，她很恐怖，媽媽，怎麼辦？她從走廊外面跑進我們家了，剛才還想抓我呢！」

「傻孩子，你剛才做惡夢而已，」媽媽一臉慈祥地說，「媽媽上了廁所，回來就看見你冒冷汗了，這個惡夢一定很可怕。」

真的只是一場夢？可是那個老太婆……她的笑容……是多麼的真實……

「對了，媽媽，」我突然想起一件事，「妳剛才在爸爸房門外偷聽，聽到些什麼？」

本來只是小孩子好奇問問，豈料媽媽的答案，出乎意料之外。

「傻孩子，媽媽除了上過廁所外，就一直陪在你身邊，哪有跑到爸爸房門外偷聽？」

我整個人傻眼了，老太婆一事還可以說是惡夢，但媽媽抱我回房，以免妨礙她偷聽一事，感覺比老太婆還要實在，因為我永遠不會忘記，媽媽抱起我時，身上散發出來的體溫和香氣。

「你一定又是做夢了！」媽媽繼續說，「小磊，乖，快點睡吧，有媽媽在你身邊，不會再做惡夢的。」

我抱著疑問閉起雙眼，很快便睡著了，當晚果然沒有再做夢，第二天醒來時，媽媽已經外出了。

這一天，是一九九三年十月五日的早上，就在該晚……或者正確點說，是翌日凌晨，慘劇降臨。

媽媽一大清早便外出，之後一整天都沒有回來，就連上幼稚園也是奶奶送我去的，這是我自出生以來，第一次媽媽沒有守在我身邊，我記得我哭得很厲害，以為媽媽被昨晚的老太婆擄走了，幼稚園老師不知花了多少唇舌，才勉強制止我繼續暴哭。

當媽媽回來時，已經是晚上九時左右，一進屋，馬上受到爸爸及爺爺奶奶輪流苛責，指她不守婦道，拋下家庭不管，自己出外尋開心，媽媽的反應一如既往的謙卑，她解釋，由於自己娘家一位親戚進了醫院，她必須留院加以照顧，所以才晚了回家。

說畢，她馬上拉我入房，摸摸我的頭，和藹地說。

「小磊乖，等會兒早點睡，明天一早，媽媽帶你去一處新地方玩，好嗎？」

「好哇！」我開心地回應，「可是明天要上課，怎麼去呢？」

「明天開始，小磊會有一段時間不用上課。」

小孩子一聽到不用上課，高興得什麼都忘記了，管它什麼理由！反正我相信媽媽就行了，所以，當晚我便聽媽媽的吩咐，很早就洗澡上床了。

由於叔叔仍然留宿關係，我和媽媽依舊睡在雜物房，妹妹則繼續和爺爺奶奶睡，我並沒有想太多，摟著媽媽很快就睡著了。

然而，那一夜，寒風再次從我腳底吹上來，把我弄醒。

我睜開眼，房間很黑，原本摟著的媽媽又不見了，令我馬上回想起昨晚的事，我望望床頭的鐘，凌晨一時三十分。

突然，我聽到門外傳來聲響，像兩個人在說話，嘰嘰喳喳的，但不像媽媽的聲音，正當我還在猶豫應否如昨晚一樣，開門出去時，門竟然打開了。

是爸爸！尾隨還有另一個人，我很怕這個人是昨晚見過的恐怖老太婆，故馬上裝睡躺在床上，半瞇著眼盯著他們，當兩人的身影，慢慢經過床邊時，雖然房內仍然很暗，但我認得叔叔的身型和高度，後面那個人，原來不是老太婆，只是叔叔而已！

奇怪了！爸爸和叔叔為何半夜三更，鬼鬼祟祟走進我房間？進來後還不開燈，兩個人只顧四處探頭張望，在找媽媽嗎？

一股不安感從心底湧上來，我決定保持原狀，在黑暗中繼續觀察他們，只見他們在房內望了幾眼，好像想確認什麼似的，然後，兩對眼睛的視線，落在床上的我身上！

他們原來是找我！剛才四處張望，是想確認媽媽不在房間嗎？

我繼續緊閉雙眼，一動不動，深怕他們發現我裝睡，然後，我感覺到有東西正爬上床，是兩隻手按壓在床墊上的動作，緊接著膝蓋也上來了。

他們其中一個，正爬上床接近我！

與此同時，我眼前好像閃過一絲亮光似的，但不是電燈，因為即使緊閉雙眼，有人把電燈亮了，那個光度，你仍然能感覺得到，可是當時閃過的一絲亮光，很微弱，很柔和，而且，有一股溫暖的熱度……

他們另一個，似乎點燃起蠟燭！

這時候，爬上床那個人已經來到我面前，他輕輕拍了我臉頰一下，喚了聲「小磊」。是爸爸！雖然他跟叔叔的行為很古怪，但到了這個時候，再裝下去也沒意思，於是我睜開眼，假裝被吵醒，朝爸爸方向望過去……

天啊！他……他是誰！他根本不是爸爸！他的臉……

像溶掉一樣……眼耳口鼻幾乎不成形……

我嚇得馬上把他推開，跳下床，試圖逃出房間，但卻被站在床邊，手上拿著一根蠟燭的叔叔擋著去路。

燭光照在他的臉上……

一股噁心的本能反應，從胃裡幾乎吐出來！他的臉，跟爸爸一樣……不！比爸爸更糟！整張臉不單止溶掉，還長出一粒一粒的膿瘡，眼耳口鼻完全沒了，只留下六個空洞的大孔在原來位置上，而這六個大孔……正不停地流出似血非血，帶有腥臭味的暗黑色液體，一滴一滴，滴在白色的床墊上！

爸爸和叔叔，為什麼會變成這樣？

歪曲的臉容

子磊回憶事件簿（三）

十七

老婆婆舉起手上的大菜刀，朝詩韻刺過去。

電梯空間狹窄，詩韻無處可逃，心想這次必死無疑之際，突然想起斜背在肩上的包包……

她舉起包包，往刀鋒口擋過去。

上天庇佑！刀刺入包包，成功被卡住了，可是，刀始終有五十公分長，刀身雖插進包包，但刀尖依舊刺了出來，把詩韻舉起的雙手割破，她感到一陣刺痛，手一鬆，袋子也拿不穩了。

老婆婆用力向後一拉，把詩韻的包包給扯脫，連帶刀也順利重新拔出來，詩韻忍著痛，在地上爬近門口位置，背著坐，這時她仰高頭，望向電梯頂……

純粹是因為好奇，因為詩韻不明白，為何老婆婆可以倒吊在電梯頂？頭頂的空間有這麼大嗎？而且，她進去電梯時，明明沒看見有人在裡面啊！老婆婆到底藏在哪裡？

可是她這一望，嚇得眼球瞬間充血，她後悔了。

老婆婆只有半個身子，腰以上倒吊在電梯頂，腰以下的部分，完全隱沒在電梯外面！

這……這怎麼可能！她是鬼魂嗎？是怪物嗎？為什麼身體可以穿透實物，倒吊起來？

老婆婆調整一下刀鋒位置，然後慢慢向詩韻走過去……不！是飄過去……她的下半身仍然在電梯槽外，上半身卻浮在電梯頂，她愈飄愈近，愈飄愈快，轉眼間飄到詩韻眼前不到一尺的位置。

「那個邪惡的孩子……在哪裡……」

低沉粗糙的聲音再一次響起，老婆婆瞇成一線的眼睛，死盯著惶恐不安，全身發抖的詩韻。

「我不知道！」詩韻別過臉去，不敢直視這位恐怖的老婆婆，「我根本不知道妳說的是誰！」
「妳知道的……妳知道的……」她再次舉起手上的刀。
「不！不！」詩韻近乎歇斯底里尖叫，「不要！」
老婆婆張開咧嘴大口，一滴口水滴在詩韻大腿上。
「去死吧！」
已經沒有任何退路，詩韻閉上雙眼，默默等待死亡一刻的來臨。
她從沒想過自己會這麼年輕死去，還要死得如此不明不白，自己有很多事情想做，有很多心願想達成，但都不重要了，對於即將離開這個世界的人，雖不甘心，但亦無奈，一切都是命！
詩韻在估算婆婆的刀，會落在自己身體那個位置，最方便的，應該是肚子吧！她自己學醫的，必須學習如何幫人施手術，腹部是其中一個重要兼頻繁的開刀位置，只是萬萬想不到，自己還未替人開刀，反過來肚子就先被人割開，這對醫生來說，是個諷刺吧……
奇怪？過了十秒有多，刀還沒落下，發生什麼事了？難道婆婆仍未決定，從哪個位置落刀嗎？
詩韻睜開半隻眼睛，電梯裡仍然一片漆黑，可是，剛才倒吊在自己眼前，面目猙獰的老婆婆，消失了！
不到半秒，燈重新亮起來，然後，詩韻身後的門，打開了！
「詩韻姐！」
背後傳來一把熟悉的聲音，詩韻轉過頭來，看見自己最好的朋友——秀妍，正蹲下身望著自己。
「發生什麼事了，詩韻姐？」秀妍擔心地問，「妳在哭耶，還有……妳雙手……流很多血！」
積累已久的恐懼和無助，在此刻終於不能自控，一次過爆發出來，詩韻鼻頭一酸，把頭埋在秀妍懷中，馬上喪哭出來。

的。」

「好了好了，沒事沒事，」雖然不知道發生什麼事，但秀妍盡力安慰，「我在這裡，妳不會有事

詩韻稍稍振作，抹去眼淚，擦乾鼻子，正想告訴秀妍剛才那段恐怖經歷時，才發覺她旁邊站著一個濃眉細眼的男人。

他是誰？他跟秀妍一塊來嗎？

男人沒理會她們，自己一個走進電梯，他先是望向地下，地下放著一個被割破的包包、一地散開的物品、以及一灘鮮血。

然後，他抬頭望向電梯頂……

他不停來回踱步，不停轉圈，視線卻一直望著電梯頂，望了很久很久，最後，他終於離開電梯，對秀妍皺了一下眉頭。

「看來，我要先回去一趟。」他表情嚴肅地說，「有件事，我必須請教師傅。」

十八

「只要妳一死，子磊就永遠屬於我的。」

志美再踏前一步，把晞萱逼得無路可退，明明只是個小孩，為什麼我會害怕成這樣？晞萱一邊盯住志美的動靜，一邊開始撥打手機報警。

也就在這時，志美停下腳步，低下頭，再次翻起花繩子，晞萱心想是機會了，馬上沿著牆壁從旁竄出去，奇怪的是，志美沒有追上來，繼續玩她的花繩子。

晞萱拼了命直奔大門，同時間電話接通了，她馬上舉起貼近耳門。

「喂，警局嗎？快派人來我家，地址是……」

先是感到脖子有東西纏繞住，還來不及辨認是什麼，這東西突然向上一拉，勒住晞萱脖子，她手一鬆，手機掉落地上，然後整個人被扯高至天花板位置，雙腳離地。

晞萱雙手摸摸勒住自己脖子的東西，一、二、三、四，一共四條，很細，很堅韌，是尼龍繩子！

「本來想用花繩子的，但怕不夠力，又擔心一條不夠，所以用上四條。」志美慢慢走過來，抬起頭，「妳好像比預期中重，是因為有身孕麼？這樣也好，不消五分鐘，應該會斷氣吧？」

晞萱想講話，但繩子深深勒住她的脖子，她開始有窒息的感覺。

「本來不想殺妳，但子磊明顯對妳動了真情，三番四次阻撓我來找妳。」志美繼續翻著手上的花繩子，「妳若不死，永遠是我和他之間的障礙。」

繩子愈陷愈深，近喉嚨位置的皮膚好像撕裂一樣，氣管及食道被深深套住，呼吸愈來愈困難，同時有種反胃作嘔的感覺，晞萱不停搖擺身體，希望能夠用重量把繩子弄斷，可是無論她如何努力，繩子依舊牢牢地套在她的脖子上，絲毫沒有斷裂跡象。

天花板明明沒有地方可以勾起繩子，為什麼會被吊起來？晞萱很想抬頭找出答案，可是現在的她，根本就在生死邊緣上徘徊，只要一抬頭，她的脖子馬上折斷。

「為了令妳死得瞑目，告訴妳一個祕密。」志美站在晞萱的高跟鞋尖前面，冷冷地說，「子磊他，患了一種病，需要至愛的人為他犧牲，才能保住性命。」

「子磊一生至愛的人有三個，他母親、妳、我。他母親已經死了，而我，自十歲認識子磊開始，已經為他犧牲過無數次，奪去我性命的那宗交通意外，也是因為這個緣故，但我從沒後悔過，因為我愛他，所以願意這樣做，可是妳……」

「我發覺妳跟我們不同，妳從沒為子磊犧牲過，我和他媽媽做過的事，妳竟然完全沒做過，本來我以為是因為妳不愛子磊，拒絕為他犧牲，但後來慢慢發現，根本就是子磊存心保護妳！寧願自己受苦也不願妳替他犧牲！情願自己受盡折磨也不告訴妳真相！我為了他，連命都沒了，但妳呢？妳憑什麼獲得子磊如此優待！！」

「幸好，我回來了，因為我愛子磊，願意為他繼續犧牲，現在的我已經不同往日，我不會死，可以一生一世減輕他身上的痛苦。可是，他居然對我說，返回屬於我的地方，他的病，以後不用我管！為什麼？為什麼？我千辛萬苦回來，換來的竟然是這麼冷淡的一句？」

「一定是妳！一定是妳！為了妳，他連自己的病都不顧，即使會死他也不怕！可是我不會袖手旁觀，我不會讓子磊死去，只要把妳從這個世界上永遠消失，他就會接受我的好意。」

志美這麼長篇的說話，晞萱其實已經聽不太清楚，她開始感到意識模糊，眼前漸漸一片空白，剛才還不停踢腿擺腰的她，已經再沒有力氣，做這麼大的動作。

以前聽說上吊死的人，脖子會被自己身體的重量拉長，有時甚至會比正常長一倍以上，晞萱現在也有這種感覺，覺得自己的身體正往下沉，脖子不斷拉長，人的頸骨其實很脆弱，絕不能承受一個正常人的重量，更何況是兩個生命的重量……

兩個生命……

晞萱想到這裡，瞬間燃起她求生的最後意志，她不能死！她一死，就是一屍兩命，子磊最珍而重之的孩子就會沒了，為了孩子，為了子磊，她不能……

晞萱此刻已感覺到，自己的雙眼及鼻孔開始流出液體，她嗅到一陣血腥味，舌頭也因為長期缺氧向外吐出，全身不由自主地抽搐，肌肉也開始痙攣，她知道自己距離死亡不遠了，但她仍要作最後一擊……

她用盡全身最後力氣，企圖用雙腳左右夾住站在她前面的志美，借力把自己拉下來，只可惜她缺氧已久，眼和鼻被血水塞滿了，視線一片模糊，根本看不清楚志美的位置，加上力氣已經耗盡，結果腳上的高跟鞋，只是稍微碰到志美的臉，被她輕易退後躲開。

「呵呵！還有這招，看來我太低估妳了。」

志美一邊說，一邊快速地把手上的花繩子翻了幾下，然後，向晞萱展示新圖案。

「這是我為妳做的最後圖案，」她笑了，笑得相當邪惡，「一個墳墓，墓頂還插著十字架，像嗎？其實像不像不重要，最重要是……它有重量！」

這時志美突然鬆開雙手，花繩子像有生命般，撲向晞萱雙足，綑了一圈，晞萱立時覺得腳下如有千斤重，然後……

對晞萱而言，她從未想過自己短暫的二十九年生命，會以這種方式結束，她不甘心，她掙扎，她反抗，可是站在命運面前，她只是一個渺小的女人，她很想知道自己做錯了什麼，是否得罪了什麼邪靈，又或者交上什麼惡運，至少，知道自己為何要死，總比現在死得不明不白好。

可惜，她永遠不會知道答案。

隨著頸骨清脆的發出啪一聲，晞萱雙手無力垂下，身體也不在掙扎，眼耳口鼻不停地淌血，一滴一滴，滴在身上暗紅色低胸短裙上，長髮散亂地向下垂，遮蓋了扭曲變型的臉部，室內雖然無風，但氣流仍足以令她嬌小的身軀微微晃蕩，纖瘦筆直的雙腿亦隨之擺動，雙腳仍穿著高跟鞋，彷彿為掛在半空的她，刻意添上幾分濃豔妖魅色彩。

志美伸一伸手，原本纏著晞萱雙腳的花繩子，馬上跑回自己手裡，她小心翼翼袋好，然後拿回手套，穿上鞋子，打開大門……

就在準備離開那一刻，她再次回頭，以勝利者姿態，望著這具吊在半空的屍體。

室內氣流因大門打開而變得急促，屍體開始左右搖晃，一隻桃紅色高跟鞋從屍體左腳滑落，露出雪白但開始僵硬的素足……

我嚇得大聲尖叫，希望媽媽能夠聽見，可是媽媽並沒有出現，我馬上轉身，躲在一個衣櫃和牆角之間的小空隙中，是我玩捉迷藏最喜歡躲的地方，空間剛好放得進一個小孩，大人要把小孩扯出來，須費一番力氣。

爸爸和叔叔朝我躲的地方走過來，爸爸走在前面，對著我微笑……我感到非常噁心，他的臉溶成這個樣子，還算是微笑嗎？

「小磊，不用怕，爸爸很快就會回復以前的樣子，其他人也是，你快出來，有好東西當然要一家人分享。」

「對啊，小磊！」站在後面的叔叔開口，「這法寶真是個好東西喔！我們很快就會成為富翁，全家一共七個人，七個人就能製造七箱金子，雖然其中兩個是小孩，數量可能比正常的少……但多一個人總好過少一個人，你也想爸爸媽媽以後的生活過得好一點吧？」

很奇怪，明明整張臉都溶了，但聲音卻很清晰，就跟平常一樣，我留意到他們說話時，聲音是從嘴部……即是現在臉部最下方，那個空空的小洞傳出來，難道聲帶沒有溶掉？

爸爸伸手想抓我，我拼命往牆角裡鑽，不想被他抓出來，他抓了兩下發覺不是辦法，於是跟身後的叔叔商量一會，兩人同時退後，消失在我狹窄的視線範圍內。

我鬆一口氣，以為他們放棄了，心裡急著媽媽到底去了哪裡之際，旁邊的衣櫃突然傳來幾下拖曳聲，並且整個開始挪動起來，像是有人用力想把它移開一樣。

爸爸和叔叔並沒有走！他們在另一旁嘗試把櫃子搬開，好讓我不能再躲進角落裡！

我當時真的慌了，沒有櫃子掩護，我一定會被他們抓住，但光站在這裡等也不是辦法，情急之下，我做了一個錯誤的決定……

我馬上衝出去，希望能在他們抓住我之前，開門逃走。

我高估了自己的速度，也低估了他們的力氣，還未走到門口，爸爸已經一手把我整個抱起，然後把那張溶溶爛爛，歪歪斜斜的臉龐貼近我，對我說。

「小磊，不痛的，很快你就會跟我們一樣。」

說畢，他指示身後的叔叔走過來，我不知他們想幹什麼，只見叔叔把手上的蠟燭舉起，令我再次瞧見他那張空空洞洞，滿是膿瘡的臉，很想吐，真的很想吐。

突然，我瞥見叔叔頭頂的天花板位置，有個東西，正慢慢吊下來……

一切只在幾秒間發生。

吊下來那個東西，以迅雷不及掩耳速度，在叔叔頸上割了一下，我還未看清楚是什麼一回事，叔叔脖子已經鮮血直流，他勉強按住傷口，然後整個人倒在地上，原本手持的蠟燭，也順勢跌在地上。那個東西，這時也從天花板跳下來，剛好一腳踏熄地上的燭光，室內瞬間回復漆黑，爸爸不知什麼原因，竟然全身發抖起來，至少當時被他抱入懷中的我，完全感受得到他的戰慄。

東西向爸爸走過去，這次輪到爸爸慌了，他頭也不回，拋下我轉身開門就逃，我趴在地上，本想跟爸爸一起逃出去，但這時東西已經走到門前，門外客廳的燈光照進房間，那東西轉過頭來，燈光剛好照在臉上……

恐怖的老太婆！

她這次只是望了我一眼，然後自己走了出去，我望望身旁一動不動的叔叔，血不停從脖子滲出，我很怕，不想跟他呆在房裡，我要找媽媽，於是也跑了出去。

首先見到的，是倒在客廳地上的爺爺和奶奶，他們一個仰臥面朝天花板，一個俯身趴在地上，我走過去想扶起他們，馬上被嚇得退後三步。

他們的臉，跟爸爸和叔叔一樣，全溶掉了……

爺爺的脖子上，有一條仍在淌血的血痕，跟剛才叔叔脖子上的一模一樣，奶奶雖然趴在地上，但肚子位置正不斷滲出鮮血，沿著地板一直流至飯廳，而在飯廳的地上，我看見妹妹姿勢扭曲地側臥著……

她的臉，也跟其他人一樣，溶掉了！只留下六個空空的洞，肚子附近，鮮血卻早已乾涸。

她是第一個死的嗎？我別過頭，不忍心再看下去，這時候才發現，飯廳旁邊近大門口位置，還站著一個人。

爸爸慌慌張張的想打開大門逃出去，但手忙腳亂的他，扭了幾次門把，還是沒能把門打開，我望著他的背影，望著他不停抖動的手，他的手，正開始溶掉！

這時一個黑色人影從我身旁閃過，分毫無差地，刀鋒對準爸爸的脖子割下去，血如噴泉般濺射四周，頭顱幾乎整個被割掉，九十度斜歪在頸上，爸爸軟攤在大門前，喉嚨發出一聲悲鳴，然後，再也沒有動過。

老太婆轉過頭來，再一次望著我，她擋在大門前，我根本無路可逃，加上親眼看見她殺死全家人，我被嚇得全身僵硬，雙腿乏力，當時的我，已經放棄求生。

媽媽應該早已被她殺死吧？那麼全屋就只剩我一個，也罷！媽媽死了，家人也死了，留下我自己一個人活著也沒意思，來吧，老太婆！

「小磊……」

是媽媽的聲音！奇怪，一直沒見過她，她藏哪裡了？

「小磊，聽媽媽的說話，躲進廁所，不要出來。」

第二次聽見了！我朝發出聲音的方向望過去……可是，沒可能的！

媽媽的聲音，是由老太婆站著的位置傳過來。

「小磊，你先躲進廁所，媽媽還有些善後工作要做，等會兒我也會進去，和小磊一起，直至天亮！」

我張開口，不敢置信地盯著眼前的老太婆。

她在說話……她一直對著我說話……這個滿臉皺紋，外貌恐怖的老太婆……竟然擁有跟媽媽一樣的聲音！

慘了！她一定是把媽媽吃掉！所以才能發出媽媽的聲音！我……我要……替媽媽報仇！

一股怒火瞬間燃燒，我衝過去，用兩隻小拳頭捶打老太婆，心想反正都要死了，打兩下洩憤也好。

可是，當我跑到老太婆的跟前時……

她身上這股……香氣，縱使淡薄了許多，但……絕對是媽媽的香氣沒錯！

為什麼會這樣？我不知所措的抬起頭，望著眼前這位白髮蒼蒼的老太婆，灰白斑斑的頭髮肆意披散在肩上，歲月的皺紋雖把臉上的五官埋葬掉，卻沒法把內心豐富的感情掩藏著，咧嘴大口微微向上翹起，展露的笑容不再恐怖，反而是一張之前從未見過，最誠懇，最真摯，最憐愛的笑容。

「明天開始，媽媽陪你去新地方玩，過新的生活，好嗎？」

十九

悲劇驟然降臨，令所有人都驚惶失措，瞠目結舌，家彥覺得，即使對自己和小涵兩個局外人而言，當聽到昨天下午發生的兩起事故後，也不禁替所有被牽涉的人感到難過及懊惱。

黃晞萱死了，死因是頸骨折斷，看來是有東西在她被吊起時，用力把她往下拉，不過就算不這樣做，她頂不過幾分鐘也會窒息斷氣，兇手用上四條尼龍繩子，勒住她脖子，皮肉幾乎陷進一大半，根本就是毫無保留，存心致她於死地。

那四條繩子，說來奇怪，好像是從天花板混凝土中，直接生出來的，因為根本沒有勾子把它們吊起來，天花板中間有一個小孔，繩子全部由那裡鑽出來，而繩子末端則是埋在混凝土中，就好像有人藏在天花板裡，操控繩子殺人一樣。

至於案中另一關鍵人物——謝子磊，卻在這個時候失蹤了。

由於最後跟謝醫生夫婦見過面和通過話的人，除診所護士外，就是文軒大叔，故他難免成為警方主要問話對象，大叔堅持有一位女孩曾經到訪謝醫生家，但到底是誰，大叔說不清楚。

至於子諾，他必定是最痛苦的一個，親愛的大哥失蹤了，敬愛的嫂子死了，沒有什麼比這更難受，他昨晚在醫院住了一晚，說是因為身心受到重創，出現嘔吐和休克症狀，精神也非常疲憊，留院觀察，對他也是好事。

其實家彥最擔心的還是秀妍，昨天發生兩起事故所牽涉的人，一個是她的好友，另一個是她的姐夫，昨晚看見她一臉憂心地望著大叔，同一時間又要安慰詩韻，一下子好像全世界所有不幸的事，都衝著自己身邊的人而來，秀妍她一定累壞了。

這兩件事，雖然跟我和小涵沒有直接關係，可是既然秀妍跟大叔被牽扯入內，我們也不能袖手旁觀，更何況，那個志美的事，秀妍昨天已經拜託我們去幫忙調查，沒有中途放棄的理由。

我有一個想法，若單獨分析謝醫生夫婦案件，的確很難理出個頭緒來，可是若將同一時間，發生在詩韻那邊的怪事合併來看，反而能夠看出一絲端倪。

因為，我發現，兩邊發生的怪事，都被一個人串連起來。

何志美……

我說得對嗎，小涵？

二十

對極了，我的好表哥！

想不到昨天在餐廳跟秀妍道別後，便發生這麼多事，都怪你！已經打眼色叫你留下來陪她，硬要跟我一起離開幹嘛？

學姐……真的很可憐，被嚇到魂不附體，整晚抱著秀妍不停顫抖，叫她進醫院又不聽，好不容易才願意跟家人回去，看來那位手執大菜刀，身披黑斗篷的咧嘴婆婆，真的很恐怖！

這個婆婆究竟是誰？從哪裡冒出來的？為什麼想殺學姐？學姐跟她有仇嗎？實在想不通，之不過我有理由相信，她的出現，跟志美絕對有關，學姐前晚才碰見死去多年的志美，昨早跟秀妍會面後，下午便被這位婆婆追殺，若說巧合也太巧了吧？

我跟表哥商量過，有個大膽假設，這兩件匪夷所思的怪事，相互是關聯的，而當中把它們串連起來的人，就是志美。

學姐是拿完花繩子，出門後，分別在樓梯及電梯，兩次碰見婆婆，花繩子既為志美之物，那婆婆的出現，會否就是衝著志美而來呢？若推論正確，志美—花繩子—婆婆，一條關係線就此成立。

學姐不是說過，前晚發現志美時，她是一直跟著子諾嗎？而之後在文軒大叔的證詞中，也提到有位小女孩曾經登門拜訪子諾的大嫂，由於女死者跟子諾兄弟同住，合理推斷，那位造訪女死者的小女孩，和尾隨子諾的志美，是同一個人！

那麼，是志美把子諾的大嫂殺死嗎？有這個可能，尤其是，到目前為止，仍沒人知道，志美是人是鬼？但表哥叫我暫時不要在秀妍面前提及這個假設，畢竟她跟志美情同姊妹，加上昨晚實在累透了，暫且不要將這個可能性告訴秀妍，對她目前狀態來說，是件好事。

有時我會想，這兩件怪事……就彷彿有一條繩子，把所有牽涉的人，包括我和表哥，全部綑綁在一起……

我躲進廁所，抱著膝蓋坐在馬桶上等，至少等了一個小時，可能更久，但這次我沒有再開門跑出去，因為我知道，只要小磊聽話，上天一定會把媽媽還給我。

那個老太婆，她的聲音，她的體香，不會錯的！但為什麼媽媽會變成這個樣子，我不知道，但我深信，媽媽最後一定會變回原來的模樣。

果然！過了不知多少時候，媽媽終於來了，是原本漂亮慈祥，溫柔和藹的媽媽！她先是用力抱緊我，在我的額上親了一下，然後用毛巾將門把綁得紮紮實實。

「記住，小磊，」她摟著我坐在地上，輕聲地說，「任何人問起你今晚發生什麼事，你都說睡著了，睜開眼時，只見到和媽媽一起反鎖在廁所內，明白嗎？」

我拼命點頭，上天已經把媽媽變回原形，我不想她再次變回老太婆，所以我一定聽媽媽的！

但我仍然有少許擔心。

「媽媽，妳……會不會再次變回老太婆？」

「除非，有需要對付的人，」媽媽神情顯得無奈，「否則，媽媽不會再變老太婆。」

「那媽媽妳剛才在外面做什麼？為什麼這麼久才進來？」

「我要把它們剁成肉漿！」媽媽雙眼泛起淚光，「臉和身體都是，不然警察一來，就會發現它們已變成怪物，到時媽媽便麻煩了。」

「爸爸和叔叔，還有爺爺奶奶和妹妹……為什麼會變得這麼噁心？」

「方法弄錯了，」媽媽一滴淚水滴在我的衣領上，「它們以為是生金蛋的法寶，但其實是可怕的陷阱……我沒能及時制止，是我的錯，但我實在想不出其他辦法。」

我無言，擁著媽媽一起等至天亮，等至鄰居發現我們家滿屋都是腐爛的屍臭味，等至警察破門而入把我們兩母子「救出」，等至所有報章都以此作為頭條新聞，故事才進入下一個階段。

警方的查問和檢控，完全在媽媽預期之內，她信心滿滿的對我說，她一定會無罪釋放，因為「殺人者」不是她，不會留下任何犯罪證據，而且，輿論的壓力也令警方寸步難行，結果，一如所料，媽媽自由了。

事後回想起來，媽媽當年是否早有部署？很大可能，只不過當時的我仍然年幼，根本不會去想這麼複雜的事，我只知道，媽媽對我很好，我想和媽媽一起生活，就算她真的早有預謀，有計畫地去殺人，我一樣會替她掩飾。

慘劇發生後不到一個月，一名報刊專欄作家死了，我當時之所以留意這宗新聞，是因為他死的當晚，媽媽碰巧也不在家，而他的死法，亦跟媽媽善後處理屍體的手法一模一樣，我很好奇是不是媽媽幹的？所以過兩天，我抓著一次機會，問媽媽。

「媽媽，老太婆是否回來了？」

媽媽先是詫異地瞪起雙眼，然後溫柔地撫摸我的頭髮，平靜回應。

「媽媽答應你，不會再有下次。」

「可是，為什麼還要殺人？小磊不想媽媽繼續殺人！」

「我也不想，但他知道太多了。」媽媽嘆一口氣，「若他繼續查下去，詛咒的事，遲早會曝光。」

「詛咒？」

「嗯，」媽媽唏噓地說，「包括爸爸他們為何變成怪物的詛咒，包括我為何有能力變成老太婆的詛咒，以及……小磊身上的詛咒！」

我當時才知道，原來我身上的不是病，是詛咒！但坦白說，詛咒這兩個字，對於五歲的我來說，並不太懂，所以當媽媽告訴我時，我沒有特別感到恐懼和擔憂，還反問媽媽，這個詛咒厲害嗎？她笑了兩聲，然後掐一下我的臉頰，說待我再大幾年，就會告訴我到底是什麼一回事。

可是，媽媽並沒有遵守承諾，三年後，我八歲那年，她意外死了。

這三年間，可以說是媽媽一生人中，過得最開心快樂的時刻，首先她跟謝叔叔拍拖，不到一年就結婚，婚後兩年，我見到的是她滿臉幸福的笑容，看來媽媽已經漸漸忘記過去的悲傷，開始迎來她的新生活。

然而，一九九六年的暑假，當我們一家三口，遠赴日本箱根，乘遊覽船觀賞蘆之湖優美景色之時，在毫無預兆情況下，媽媽意外失足跌落湖中，客死異鄉之餘，連屍骸也撈不到，從此長眠湖底。

所有人都很震驚，我亦不例外，雖然只得八歲，但我心裡面非常清楚，媽媽這次是不會再回來！可是，我卻比其他人想像中堅強，尤其是爸爸，他本以為媽媽一死，我要崩潰了，但我卻以堅定的眼神告訴他，我會站起來，我不會倒下的，因為，媽媽不會想看到我軟弱，我要開開心心，把媽媽那份也一併活下去。

從那一天開始，我變得沉默寡言，把所有心思都放在課堂上，我之後選擇讀醫，除了因為想濟弱扶傾之外，也希望媽媽知道，她的孩子非常懂事，醫生的路不易走，但我相信媽媽在天之靈，一定會保佑孩子。

爸爸之後再婚，生下子諾，這個我倒沒有太大意見，現實點說，爸爸還年輕，沒道理要他為了媽媽，終身不娶。我視爸爸繼母如雙親，視子諾如親弟，他們對我也非常好，在之後的十二年，爸爸一直試圖建立一個新的家庭秩序，我明白他的苦心，但他不懂的是，我和媽媽之間，並不止是骨肉相連這麼簡單，我們之間，還存在著另一種旁人無從知曉，也無法解釋的關係。

詛咒的關係……

那條黑色花繩子，在臨出發去箱根前，媽媽親手把它交給我，她說，找一個會玩花繩子的人一起玩，男生也好，女生也好，幾個人玩也可以，但絕不能一個人玩！

這個忠告再一次在我耳邊響起，我含糊地答應了，事實上，跟三年前的我一樣，我從未想過會和媽媽以外的人玩，所以當知道她永遠不會回來時，我用她留下來的飾物盒，把花繩子收好，放在抽屜最深處，心想從此以後，它就跟媽媽一樣，永遠長眠。

可是，命運就是喜歡捉弄人……

就在我二十歲那年，一次偶然機會下，我遇見了她……

一個玩花繩子相當出色的十歲女孩……

詛咒的迴旋

子磊回憶事件簿（五）

緣聚

「師傅。」
翔一郎跪坐著，額頭貼著地面，雙手握拳，左右按地。
「人呢？」
低沉女聲反問，語氣帶點責難。
「我一個人回來了，因為……出了一些狀況……」
「難道她的能力，連你也應付不了？」
翔一郎坐直身子，閉上眼，搖搖頭。
「不關那位女孩事，」他緩緩地睜開雙眼，望著前方，「我發現另一個詛咒之人！」
女人冷笑一下。
「能夠令你這麼在意，專程回來給我報告，想必這個詛咒之人，相當棘手，是誰？」
「黑塚。」
一片沉默。
清爽的涼風再次吹進這片竹林，把一地落葉捲起團團打轉，其中幾片更直撲翔一郎的臉，他沒有躲開，任由竹葉拍打他的臉頰。
「師傅？」
「我……我沒事……只是有點意外而已……」女人問翔一郎，「你確定？」

「雖然並非弟子親眼所見，但從現場環境證據，以及受害者事後的形容，應該是黑塚無誤！」
「那位受害者，沒死？」
「幸好弟子及時趕到，算是檢回一命。」翔一郎淡淡地說，「受害者是女生，差點被割開肚子，黑塚似乎把她盯上了。」
「黑塚要殺的人，竟然還可以活命，這可真有趣。」女人狐疑。
「這正是我馬上回來的主要原因，」翔一郎低下頭，鞠了一躬，「請師傅准許我調查這次黑塚事件。」
「等等，翔一郎，」女人口氣轉為嚴厲，「我吩咐你辦的事，你辦完了麼？」
「還沒，但兩件事是有關連的。」
「何出此言？」
「因為那位受害者，正是我們要找的那位女孩……李秀妍……的好朋友。」
女人沒有回話，翔一郎見狀，順勢繼續說。
「我見過李秀妍，跟她談了很久，她似乎並不害怕自己身上的詛咒，不止不怕，她甚至從來沒將詛咒視為不幸，並願意勇敢地去把它融入生活日常，與詛咒相容共存，她是我見過眾多身負詛咒的人中，最正面，最樂觀，人生態度最積極的一個。」
「這次若非李秀妍，我也不會跟她好朋友碰面，也不會發現黑塚蹤跡，她向我提過，最近她們遇到一件怪事，一位逝世多年，原本應該入土為安的故友突然復生，跟她好友遇上了，翌日這位好友就馬上被黑塚追殺，險些喪命，我相信以上種種事件的出現，並非巧合。」
「依我分析，這些事件都是衝著李秀妍而來，一個已死的朋友，一個在世的朋友，外加一個黑塚……詛咒已經開始，只能待人收拾，師傅，我們伊邪那一派，不正是要把詛咒處置掉嗎？您想把李秀妍帶來，跟我想調查黑塚，目的都是一樣，就是要用盡各種方法，嘗試在詛咒演變得不可收拾前，先將它們除掉。」

「如今黑塚就在李秀妍身邊，弟子覺得最好的處理方法，就是先調查這兩個詛咒之人，為什麼會糾纏在一起？帶李秀妍回來的計畫可以稍遲執行，更何況，我已把封之印套在她的手腕上，她的能力，暫時應該可以受到控制。」

翔一郎說完，再次低頭鞠躬，雖然秋風乾爽，但他的額頭滿是汗水，其中幾滴，沿著他垂下的臉流至鼻尖，滴在地上。

「看來翔一郎長大了。」女人溫柔地說，「你向來不愛說話，從小到大，說話都是那麼簡短，未曾試過像這次一口氣長篇大論，黑塚這件事，你似乎真的相當重視。」

「李秀妍……她身邊居然發生了這麼多事，還招惹了黑塚……唉，姑勿論黑塚是真是假，為什麼會出現，翔一郎你說得對，這件事不能放任不管……」

「為師不反對你去調查，但黑塚咒力高，殺氣重，不容易對付，你在調查時，務必多加提防。」

「弟子知道。」

「那麼，你現在馬上回去，有什麼消息，立刻回來稟報。」

翔一郎必恭必敬作第三次鞠躬，但這次鞠躬後，卻沒有把頭抬起來。

「翔一郎，還有話要說？」

「師傅，弟子好像……看見第三個……詛咒之人……」

「還有一個？跟黑塚有關嗎？抑或又是李秀妍身邊的朋友？」

「不……好像……都沒關係……」

「好像……好像……為什麼你說得這麼不肯定？」女人好奇問，「以你的功力，要確認一個人是否身負詛咒，不是難事。」

「請恕弟子學藝未精，」翔一郎嘆了口氣，「那位少女，在我和李秀妍傾談時，突然從身旁經過，她身上並沒有散發任何詛咒氣息，按理說，應該不是詛咒之人……」

「可是，不知道什麼原因，我雙眼不由自主的一直盯著她……總之，她很古怪，明明沒有詛咒，但卻令我感到渾身不自然，很不舒服，這份感覺，以往在我面對一些邪惡詛咒時，常常出現，如芒在背，如坐針氈，就是這樣形容。」

「她跟李秀妍並不認識……但我留意到，李秀妍當時也有望著她……她身上沒有黑塚那股濃濃的殺氣，之後在案發地點，也沒見她出現……她就好像……一個獨立於李秀妍和黑塚以外的個體……非常奇怪又可疑的一個個體。」

「那麼……你打算怎樣做？」

「我也不知道。」翔一郎搖搖頭，「對她，我完全茫無頭緒，假使她是一個詛咒之人，那就是一個我從未遇過的詛咒；假使她只是一個普通人，那就是我本能地對她懷有敵意，原因不明。」

「不過，由於李秀妍也有留意她……很大機會是看見了她一些什麼……我相信，這位少女還是有點可疑……」

「當務之急，還是先處理好眼前的事……」女人若有所思地說，「調查黑塚，然後把李秀妍帶回來，至於那位奇怪的少女……暫時先別管。」

「是！」

二十一

陽光穿過兩片窗簾之間的隙縫，照在秀妍的床上，她懶洋洋地睜開雙眼，側側頭望望旁邊的鬧鐘，一時十八分，已經下午了。

想不到睡得這麼熟！本以為發生這等事，一定會精神緊張，不能入睡，殊不知今早從警局回來，一爬上床，馬上倒頭便睡，看來自己真的累壞了。

秀妍把枕頭放在腰間墊高，坐直身子，往後一靠，整個人挨在床背上，她用力拍打自己的臉頰，希望能儘快驅散睡意，雖然仍很累，但時間不早了，還有很多正事等著她做。

詩韻姐……和姐夫……兩人在同一時間，分別遇到兩件截然不同的怪事，詩韻姐大難不死，但姐夫的朋友卻死了，雖然我並不認識女死者，但看見姐夫整個人都憔悴了，相信這位朋友的死，對他的打擊真的很大。

這兩件事乍看各不相干，但又好像互相牽連，秀妍嘆一口氣。

志美……按詩韻姐的說法，前晚一直尾隨子諾，尾隨的目的，不外乎是跟蹤他去某個地方，如果回家的話，那志美遇見和子諾同住的大嫂，是顯而易見的事。

姐夫說過，死者最後通話，聲稱有一名不認識的小女孩，突然登門造訪，若然配合前一晚志美跟蹤子諾的行為，合理推斷，來訪者正是志美，她的最終目標，是子諾的大嫂！

此外，死者的死法……被不知名的力量，強行在混凝土中釋放繩子，活活把人吊死，這不是一個普通人能做的事，能夠以這麼不尋常手法加害另一個人，除了來自陰間的志美，秀妍實在想不出還有誰，她這次回來，一定是有什麼心事未了，希望能夠完成。

志美的心事，就是殺死子諾大嫂？

為什麼？為什麼？秀妍雙手掩面，不停地問自己，在她的記憶中，志美一向是文靜內斂的含羞草，說話不敢直視對方，被罵幾句會臉紅，從來不懂憎恨一個人，像她這樣一個善良的女孩，又怎可能用這麼殘忍的方法，殺死一個素不相識的人？

志美……真的是妳麼？妳跟子諾一家到底是什麼關係？妳小時候還有什麼祕密，沒有跟我和詩韻姐說……

「呼～～好想快點長大喔。」

秀妍第三次想起這句說話，但這次開始有點頭緒了，志美說這句話時只有十歲，她所指的長大，意思應該是早點成年，因為她有想做但當時年紀不能做的事，到底有什麼事是成年人可以做，小孩子不能做的？志美她，在想什麼？

傳來兩下敲門聲，把秀妍的思緒拉回來，一定是姐夫！

「進來吧。」秀妍用手稍稍梳理一下自己的長髮。

文軒一張油膩的臉先探進來，頭髮亂成一團，看起來才剛剛醒。

「秀妍，原來妳也起床了，我還怕把妳吵醒。」文軒坐在床邊，「家彥剛來電，說他等會兒和昕涵上來，一起商量之後的調查方向，我答應他了，妳也準備一下吧。」

「嗯……」秀妍沒精打采地說，「這次真的麻煩他們了，這些事，其實跟他們一點關係都沒有。」

「不要這麼說，」文軒安慰，「他們是妳難得的知心朋友，之前也曾經跟我們一起共過患難，更何況，妳上兩次先後幫過他們，這次他們傾力相助，妳應該感激才對。」

「對了，姐夫，你……昨晚睡得好嗎？」秀妍關心地問，「我意思是……你的心情……好點沒有？」

文軒爽朗地大笑兩下，然後摸摸秀妍的頭，溫柔地說。

「晞萱，是我的朋友，她的死我很難過，很失落，但未致於崩潰，我現在可以做的，就是為她找出凶手，以及儘快查明她丈夫失蹤的原因。」

「姐夫，有件事想問你。」秀妍身子俯前，「你的朋友……晞萱……有沒有跟你形容過，那位女孩的容貌、衣著打扮、言行舉止等等？」

「沒有，」文軒搖搖頭，「她只說，有位很奇怪的客人來了，還說是一個小女孩，她應付得來，我真後悔沒有多問幾句。」

「你肯定，那位女孩，不是她認識的人？」

「當然了，假如認識的，哪會以客人稱呼？哪會說對方很奇怪？」文軒這時注意到秀妍的神情，「妳怎麼了？為什麼對女孩這麼在意？」

「姐夫……」秀妍鼓起勇氣，「我懷疑你朋友的死，跟志美有關。」

文軒眼眉上揚，嘴角微微抖動一下，好像有話要說。

「我其實也不敢肯定，最初以為志美的目標是子諾……」秀妍開始察覺有些不妥，「慢著！為什麼你一點驚訝反應也沒有？志美回來的事，我好像沒跟你提過吧？」

「我剛才就想跟妳說了。」文軒一臉慈祥回答，「跟家彥通電話時，他已把志美的事，通通告訴我知。」

「他還說，很擔心妳的精神狀態，生怕妳一旦發現志美可能跟晞萱命案有關，會接受不來，所以事先提醒我這個不知情的人，要我多加留意妳。」

文軒說完，笑了笑，再一次摸摸秀妍的頭。

「可是，大家都低估妳了，妳並沒有感情用事，相反，還願意勇敢面對，即使自己好友可能是殺人凶手，也不會逃避。」

家彥……原來你一早已經猜到了……

「恕姐夫多嘴，家彥這個孩子，真的非常非常關心妳，妳應該感覺得出來。」文軒語重心長地說，「其實他對妳的態度已經很明顯，只差在妳的心意，當然，感情的事沒人可以勉強，若然妳不喜歡的話……」

「姐夫！」

秀妍嘟起小嘴，撒嬌地把枕頭擲向文軒。

「好了，好了，不說了。」文軒把接過來的枕頭放在一旁，「你們年輕人的感情事，姐夫也不甚了解，妳自己決定吧。」

家彥對自己好，秀妍心裡當然明白，面對他接二連三的柔情攻勢，自己也不是一個完全無動於衷的木頭，只不過……

我身上背負的詛咒……太沉重了……沉重得會令身邊的人吃不消……假如他不能接受……

此時門鈴突然響起，秀妍和文軒對望一眼，奇怪了，家彥昕涵這麼快就到？

文軒開門，秀妍跳下床，躲在門後偷窺，還未梳洗呢，不能讓他們看見我這副模樣。

「請問，這位先生你找誰？」

秀妍聽到姐夫這樣問，肯定不是家彥昕涵，但還有誰會在這個時候到訪？

她走出客廳，朝敞開的大門望了一眼。

「和……和尚！」秀妍驚呼，「不……翔一郎……你來這裡幹什麼？」

二十二

翔一郎坐在客廳單人沙發上，接過文軒遞過來的第二杯暖茶，一口氣喝了一半。

文軒坐在他對面，旁邊還有剛剛梳洗完的秀妍，兩人目不轉睛地盯著他，直至他把餘下的半杯茶也喝光後，文軒開口。

「森木先生……」

「叫我翔一郎。」

「好吧……翔一郎，你剛才說的，就是昨天跟秀妍相遇的經過？」

當聽到伊邪那神社五個大字，文軒承認，他的心激動得差點要跳出來，如果能夠把秀妍帶到神社，將詛咒袪除，不止了卻秀晶多年來的夙願，他和秀妍這一年來，竭盡所能尋求破咒的努力，也總算沒有白費。

可是，事情有這麼順利嗎？

暫且不管眼前這位法僧是真是假，文軒察覺，秀妍望著他時，雙眼不停冒出怒火，看來他們的關係並不太好。

「快把手繩子除下來！」

秀妍突然舉起右手，文軒這時才發現，她手腕綁住一條棕紅色的手繩子。

「這個……暫時只能委屈妳了，」翔一郎淡淡地道，「我說過，由於妳未能馬上跟我回去，我只好暫時封印妳的部分力量，以策安全。」

「我一直都很安全！」秀妍有點動氣，「我對控制這股力量，還是蠻有信心的，這條手繩子反而成為累贅，它既不能完全封印我的能力，卻又降低我見到的影像質素，就像上次，那個灰藍色頭髮的少女……」

「妳果然看見了！」翔一郎雙手合十，閉上雙眼。

「看見？這也算看見！」秀妍愈來愈氣，「影像一片朦朧，畫面出現的人，全部看不清樣貌，模模糊糊，像隔著磨砂玻璃看風景，又像在大霧中認人，每個動作都要重覆想幾遍，才能確定畫面中出現的人，剛才做了些什麼！」

「這位少女，極可能跟今次兩件怪事有關，她的回憶非常重要，本來我是可以看得很清楚的，就因為你，壞和尚！害我什麼也看不到！」

「李小姐，妳這個想法很危險。」翔一郎睜開眼，平靜地說，「妳現在是試圖運用自身詛咒的能力，去幫妳查探一些妳不應該知道的真相，妳自以為控制得宜，萬無一失，但實際上，詛咒本身就是要妳覺得，它們並沒有危險，還會幫助妳達成目的。」

「我見過很多這類例子，主人不捨得詛咒帶給他們的力量，遲遲不肯來個了斷，結果最後反被詛咒吞噬，詛咒成功蠱惑人的心智，使其成為詛咒的俘虜，李小姐，我希望妳不會是下一個。」

文軒聽著他們兩人來回對答，一方面驚嘆翔一郎的漢語能力，另一方面也開始明白，秀妍手腕上那條繩子，原來是他帶來的法器，目的就是壓制秀妍身上詛咒的威力，如此一來，文軒剛才對翔一郎的懷疑，就站不住腳了，看來，他真的是來自伊邪那的守護僧。

「我不要！」秀妍急得滿臉通紅，「倘若你今天不把繩子除下，我……我就……把你童年的事爆出來！」

只是一瞬間的反應，但文軒注意到，翔一郎瞪起雙眼，右邊眉毛向上抖動一下，臉頰肌肉也不自然地揪動起來，嘴角更出現輕微顫抖，很明顯，他對秀妍這句說話相當意外。

「我……我不明白妳的意思……不過無所謂……」翔一郎回復之前的鎮定，「我有個提議，為了減輕封之印對妳造成的不便，我留下來協助你們的調查，如何？」

文軒和秀妍吃驚地互望一眼，彼此產生同樣的疑問。

「你這次來，不是想抓我回去嗎？」秀妍搶先一步。

「不是。」翔一郎搖頭，「我是來幫你們的。」

「但為什麼要幫我們？」這次輪到文軒問。

「因為，你們可能遇到難纏的對手……」

門鈴再次響起，這次一定是家彥和昕涵了！秀妍連忙跑過去開門，這時文軒才醒覺到一樣很重要的事情。

「高僧，拜託你一件事，」文軒誠懇地說，「等會兒進來的兩位朋友，他們並不知道秀妍背負詛咒的事，請你千萬不要在他們面前提起，因為我和秀妍都覺得，愈少人知道，對我們和身邊的朋友都愈安全。」

翔一郎沒有作聲，只是閉上眼，文軒聽到腳步聲，轉過頭來，看見秀妍正引領著家彥和昕涵，來到客廳，不出意外，家彥和昕涵不約而同地，將視線落在這位打扮樸素的年輕人身上。

「這位是……」家彥向文軒望過去。

「呵呵，我記起了！」昕涵這時突然說，「學姐出事當日，他和秀妍一起在案發現場出現，就站在那部電梯前面！」

「妳認得他？」家彥問昕涵，她搖搖頭。

「不！只是聽學姐形容過相貌和打扮，說當時有個濃眉男子，站在秀妍身邊。」

「咳咳咳！」

家彥和昕涵停口，朝咳聲方向望過去，只見翔一郎雙手合十，向眾人微微點頭，然後開始說。

「我……」翔一郎瞥了文軒一眼，「我叫森木翔一郎，是一名從日本前來，除魔衛道的守護僧，這次來的目的，是為了追捕一頭怪物。」

四對眼睛同時盯住他，翔一郎深呼吸一口，徐徐地說。

「你們聽過黑塚的故事嗎？」

二十三

一片沉默。

家彥望望在座眾人反應，只見小涵一臉茫然地瞪著翔一郎，似乎沒聽懂他在說什麼，秀妍和文軒的表情倒是相當積極，眼神流露出無比的求知慾，像在催促他說下去，這位姓森木的年輕男子，看似在我和小涵來到之前，已經跟秀妍和文軒打過招呼，他們三人剛才討論的，難道就是關於黑塚的故事？

「我略有耳聞，」家彥打破沉默，對在場所有人說，「小時候好像聽過這麼一則典故，記得還蠻恐怖的。」

「嗯，這則典故，又稱安達原的鬼婆。」翔一郎點點頭，「本來黑塚是指這位鬼婆的墳墓，但現在一般用來形容鬼婆本身，成為傳說的一部分。」

「鬼婆？」秀妍驚呼，「那不正好跟追殺詩韻姐的那個老婆婆……」

「非常相似！」文軒補充，「翔一郎之所以跟我們說這個故事，恐怕已經察覺出什麼端倪？」

「但單聽名字，好像是怪談之類的鄉郊傳聞，真的跟這次事件有關嗎？」昕涵疑惑地問。

翔一郎閉起雙眼，沒理會其他人七嘴八舌的回應，自顧自開始講述故事。

「在日本奧州安達原，有位老婆婆開了一間岩屋，專門接待路經當地的旅客，但其實她是一隻食人妖怪，會把留宿的旅客通通殺掉，啖其肉，喝其血，多年來，一直沒被人發現。」

「一天，一名僧侶路過求宿，老婆婆照例假意熱情款待，可是當晚僧侶卻誤闖老婆婆房間，無意中撞破房裡那座白骨堆——就是之前旅客被吃掉後所留下來的骨頭，僧侶大驚，馬上逃走，老婆婆從後窮追，僧侶自知逃不掉了，坐下來念經求神明庇佑，此時天空突然雷聲大作，從雲層中閃過一道光芒，原來是一支光明之矢，刺穿老婆婆心臟，一擊斃命。」

「事後僧侶把老婆婆埋葬在附近，並為她念經超度，這位老婆婆，後人稱呼她為鬼婆，而那座墳墓，就是黑塚。」

「啊……原來是一間黑店的故事。」昕涵側著頭問家彥，「你剛才說曾經聽過，是同樣的故事嗎？」

「有點印象！這個故事，害我小時候一段時間，很怕見到老婆婆。」家彥尷尬地說，「總覺得她們隨時會變成妖怪，張開大口，把我吃掉。」

「想不到堂堂霍爾大魔法師，竟然會害怕起妖怪來。」昕涵先是乘機揶揄表哥一番，然後問翔一郎，「那你的意思是，我們碰見的那位老婆婆，就是這位傳說中會食人的黑塚婆婆？」

「不是！」

翔一郎斬釘截鐵的否認，令在場所有人都感到意外，他說這個故事的目的，不是想把兩個鬼婆之間的共同點，串連起來嗎？

「這個故事，還有下半部……」

原來故事還未完！家彥把身子俯前，跟其他人一樣，他很好奇故事之後怎樣發展。

「那名僧侶回到寺院後，把遇見鬼婆的經歷，告訴師傅知道，師傅聽後，感嘆一聲，隨後說出鬼婆的身世。」

「鬼婆在變成妖怪之前，其實也是人，名叫岩手，是京都一戶公家的乳娘，這戶公家的女主人剛生下一名女嬰，先天患上不治之症，岩手很疼惜這位小公主，求問筮人醫治辦法，筮人說，只有孕婦的活肝，才能救活她。」

「為了不連累主家，岩手決定一個人跑到偏遠的奧州，經營一間旅館，引誘路過的旅人投棧，如有孕婦就剖腹取肝，臨行前，她把自己年僅八歲的親生女兒，寄託在親友家中，然後獨自一人去完成這項任務。」

「她來到奧州，在安達原開了一間旅館，等待孕婦送上門，可惜不知是否時運不濟，一晃十年，仍未找到合適的孕婦，岩手也漸漸老邁，這時候，碰巧一對年輕夫婦前來投棧，男的叫生駒之助，女的叫戀衣。」

「而戀衣，剛好懷有三個月身孕……」

「岩手見機不可失，趁生駒之助外出時，拿出那把每天都在打磨，閃閃發亮的大菜刀，偷偷進入戀衣房間，手起刀落，把她肚子割開，取出肝臟，她在臨終前，從袖口拿出一個護身符，對天哭訴，此行未能見到自己親生母親便死去，她不甘心。」

「岩手定睛一看，這個護身符……不正是自己臨行前，送給女兒的信物嗎？眼前這位年芳十八的少婦，和丈夫來到偏遠的奧州，難道是想尋找當年丟下她不顧，一個人搬到這裡居住的母親？」

「所以……」家彥問，「那位被殺的孕婦，就是岩手的女兒？」

翔一郎點頭。

再次一片沉默，家彥看見秀妍眼眶開始濕潤起來，她一向重感情，對於親人和朋友間的生離死別，向來頗有感觸，所以家彥非常明白秀妍此刻的感受。

「那岩手的下場是……」今次輪到文軒問。

「她抱著女兒的屍體，瘋了！」翔一郎閉上雙眼，「從此變成一隻嗜血成狂的怪物，留守安達原的岩屋，等待下一個受害者……」

這時秀妍突然坐直身子，問翔一郎。

「那你意思是，謝醫生懷有身孕的妻子，是黑塚所殺？」

翔一郎睜眼，望著在場其餘的人，猶豫片刻，然後緩緩地說。

「女死者是否黑塚所殺，我要到案發現場了解一下，才能確認，但我比較肯定的是，在電梯裡出現的鬼婆，不是黑塚本尊！」

這個結論，真心震撼家彥他們四個人，翔一郎說了這麼長篇大論，結果只是否定自己的推測？等等！有點不妥！他說不是黑塚本尊……當然不是啦，黑塚只是記載在典故中的一隻妖怪，哪會跑到現實生活中來亂？但假如不是妖怪做的……那就只有……

「是詛咒嗎？」秀妍第一個聽懂翔一郎的意思。

「黑塚咒！」翔一郎點頭，「身負詛咒之人，身體將會變得跟黑塚一樣，以傳說中鬼婆的姿態，殺害想要殺的人。」

二十四

果然，一切都是詛咒！

秀妍軟軟的攤在沙發上，心裡感慨萬千。

萬事的因，萬物的果，到頭來還是回到詛咒的原點，一個身負黑塚咒的人，化身黑塚，追殺詩韻姐，但這只是過程，萬事皆有因，是什麼因素導致這個人如此仇恨詩韻姐？非要取她性命不可？

「翔一郎，既然詩韻姐這邊，是黑塚咒作祟，」秀妍整理好心情，「那謝醫生妻子那起命案，有沒有可能，是另一個背負黑塚咒的人幹的？」

「我覺得不像是，」昕涵搶在翔一郎前回答，「如果我跟霍爾的推測沒錯的話，那個小女孩才是……」

「小涵！」

家彥馬上喝停昕涵，秀妍見狀，立刻明白什麼一回事。

「沒關係，」秀妍對著昕涵和家彥笑了一下，「姐夫已經跟我說了，事實上，你們的推測，也是我的推測，志美雖然是我的好友，但我不會因為這個原因而偏私，假如……她真的是死後歸來的冤魂，把人殺了，我……絕對不會饒恕她！」

「死後歸來的冤魂……」翔一郎滿臉疑惑，「妳那位朋友的事，等會兒可否詳細告之。」

秀妍點頭，昕涵此時插嘴道。

「這就好了，我們還擔心妳不能接受這個結果。」她繞著秀妍手臂，「現在只要能夠證明，志美跟謝醫生一家是認識的，那個小女孩的身分，就會不言而喻。」

沉寂良久的文軒大叔，這時一邊抓頭一邊說。

「有一件事，我差點忘了，幸好你們提起志美，現在回想起來，這件事或許能夠證明，志美和子磊，彼此是相識的！」

所有人視線馬上聚焦在文軒身上，他吞了一口口水。

「當我去子磊診所複診時，無意中瞥見他書桌的抽屜裡，藏起一雙粉紅色手套。」

「我一直很好奇，為什麼子磊會有一雙粉紅色手套，那對手套很小，十隻手指短短的，倒像是小女生使用。」

「手套……粉紅色？」秀妍半個身子彈起來。

「我記得妳以前提過，志美跟妳一樣，喜歡戴手套，對嗎？」文軒回想起昨天在診所的經過，「發現手套當時，還未聽聞志美的事，所以沒有馬上將兩者聯想起來，但現在知道了，再把跟蹤子諸的女孩，和晞萱的死一起連繫，那對手套，極有可能就是志美的手套。」

「那對手套，除了粉紅色，還有什麼特徵？」秀妍焦急地問。

「唔……質料好像是棉，很柔軟那種……呀！十隻手指頭位置，縫上厚厚的布料，像是臨時補上去的，手工粗糙，剪裁拙劣，不像是新買回來……」

「對了！是它了！」

秀妍高興得叫了出來。

「妳為啥這麼大反應？」文軒問。

「因為那對手工粗糙，剪裁拙劣的加工手套，是我幫志美弄的。」秀妍斜眼瞥了文軒一眼，「她常常戴手套，手指頭位置很易破損，所以小時候的我，就幫她補上厚厚的布料，當然，我是亂補的。」

「我要去診所，親眼證實手套是否我送給志美那對，假如屬實，那就表示志美跟謝醫生很早便認識，兩件案子一下子就有個連接點，志美的出現，肯定是衝著謝醫生一家而來。」

「可是，診所現在關門了！沒有護士姑娘，我們也進不了去。」文軒回應。

「我聽詩韻姐提過，子諾家還有一把備用鑰匙，」秀妍想了想，「用處是萬一兄長在醫院忙，診所突然有急事，但又未能即時聯絡護士，子諾或大嫂都可以開門應急，我可以找詩韻姐，叫她帶子諾一起過去。」

「但現在要找子諾和學姐，也是一件高難度的任務。」昕涵噘嘴說，「本來今日這個會議，他們也應該出席，只不過……子諾向學校請了長假，搬回跟父母同住，終日閉門不出，看似是想逃避所有他兄長和嫂子曾涉足的地方。」

「至於學姐，情況更糟，她仍未擺脫恐懼陰影，連自己家也不敢回，說害怕在電梯裡再次碰見鬼婆婆，目前暫寄居在她舅母家，整天躲在房裡，秀妍妳想叫她出來，恐怕也不是易事。」

「即使再困難，我們也要試試看。」家彥理性地說，「他們兩個雖是受害者，但也是重要證人，沒有他們幫助，調查將會事倍功半，若要儘快把事件查個水落石出，也只能好言相勸，希望他們明白自己的重要性。」

「其實要找子諾取備用鑰匙，也不一定靠學姐，」昕涵眨了一下眼，「這件事就交給我吧！」

「昕涵妳有辦法？這就太好了。」秀妍高興地說，「那我們現在一起去診所吧！」

「秀妍妳不用去。」昕涵突然故作姿態，「如果手套還在，我拿回來交給妳確認都一樣，我真正擔心的是學姐，自昨晚警局一別，再沒能聯絡上她，我希望秀妍妳過去探探她，看看她目前狀態如何，如果情況許可，問問她昨天電梯裡可有什麼事情遺忘了？學姐是那種會因為心情緊張，忽略一些顯而易見線索的人。」

秀妍點點頭，昕涵說得很有道理，分頭把子諾和詩韻姐叫出來，調查效率可能更快，而且，自己的確有點擔心詩韻姐。

「所以呢，為了確保妳能夠安全快捷地抵達學姐舅母家，也為了幫助妳分析整個案件的來龍去脈……」昕涵突然露出一個狡猾的笑容，「我會派我偉大的表哥陪妳過去，他頭腦清晰，駕駛技術一流，有他在，妳一萬個放心。」

這個……昕涵妳……原來早有預謀……

「至於我這邊，徐先生，方便陪我一起去謝醫生的診所嗎？」完全控制場面的昕涵繼續說，「這裡只有你去過，由你帶路，我們在診所門口跟子諾會合，可以嗎？」

「這個當然沒問題，」文軒偷偷望了家彥和秀妍一眼，「一切就按妳的計畫進行吧！」

「好了！那麼現在……」昕涵望著一直默不作聲的翔一郎，「和尚閣下，請問你下一步打算如何做呢？我可事先提醒你，學姐目前情緒極不穩定，太多人探訪會打擾她休息，如果你也想她早日康復的話，還是不要去打擾為妙。」

翔一郎盯住昕涵，面無表情地說。

「我現在需要確認兩件事：第一，女死者是否黑塚所殺，這個我要到她死亡的地點看一眼；第二，那位死後歸來的冤魂，我要知道她現在身在何處，這個我需要她死前身上的一樣東西，那對手套，正好派上用場。」

翔一郎頓了頓，再望了昕涵一眼。

「所以，我會按照祝小姐的意思進行調查，妳去哪裡，我跟到哪裡，這樣好嗎？」

不知怎的，秀妍聽起來，總覺得翔一郎話中有話。

他的眼神……除了盯著昕涵本人外……為什麼……為什麼還……

一直盯著她的包包？

少年：妳是誰？這裡是大學醫學院，不是小學生隨隨便便可以進來的。

女孩：對……對不起，我……我只是陪朋友來，她跟她的父母，去見什麼教授了，叫我在這裡等一會……放心，我們很快就走。

少年：去見教授？妳朋友的父母，是這裡的舊生？

女孩：好像是……我朋友也想報讀這裡的醫科，所以她父母便把她帶來了。

少年：妳朋友今年幾歲？

女孩：十一歲。

少年：天啊！小學還未讀完，便開始想大學的事，這個年頭，還真的有父母這麼早便為子女安排出路！還跟教授打招呼！可是……年紀這麼小，根本未弄清楚讀醫是否適合自己！這樣做真的好嗎？

女孩：對啊，我也這麼認為……但她沒得選擇，父母都是醫生，他們很想自己的女兒走相同的路。

少年：那妳呢？妳想當醫生嗎？

女孩：不！我當不來的！我讀書……很差勁。

少年：那妳為什麼來這裡？

女孩：我朋友說悶，想找個人陪她，剛好我有空，就陪她來啦。

少年：妳有什麼志願嗎？

女孩：其實……我沒有想過，平時我也很少去想這麼遙遠的事，總覺得，年紀還小啦，將來還有很多時間。

少年：妳今年也是……十一歲？

女孩：不，我小一歲。

少年：妳……只有十歲！一個小女孩……呆在這兒，不怕嗎？
女孩：其實是有點怕的，但他們很快就會回來……咦？哥哥，你是這裡的教授嗎？
少年：我哪裡像教授！有這麼老嗎？
女孩：那你是……
少年：我是醫學院的學生，假如妳的朋友將來順利考上，我就是她的學長。
女孩：啊……很厲害啊……我總覺得讀醫的不單頭腦好，樣子都是帥帥的……
少年：不是啦，哈哈哈，我也只不過馬馬虎虎……對了！妳餓嗎？不如我請妳吃東西，餐廳就在隔壁，一邊吃一邊等，時間會過得快些。
女孩：不用了！我可以玩這個打發時間……
少年：這個……花繩子……
女孩：對啊！很好玩的！哥哥你懂嗎？
少年：我……很久沒玩了……
女孩：哥哥，不如你現在陪我玩，反正他們不知何時才回來。
少年：我……不了……忘記怎麼玩了……
女孩：那真可惜……沒關係，不如我現在翻一個圖案送給你，就送你一顆美美的心……哎呀！失敗了！明明在家玩得好好的，為什麼來到這裡就翻不出來？
少年：妳剛才太心急了，左手無名指抖了一下，令原本扣著的一條繩子鬆了出來，另外右手勾過去時動作太大，把另外兩條不該勾的繩子也一併勾出……
女孩：……
少年：妳……幹嘛這樣望著我？

女孩：哥哥好厲害……可以教我玩嗎？

少年：這……我……其實……那就教妳小小祕訣吧！

女孩：好啊！哥哥萬歲！

少年：注意我的左手……像這樣……勾住這兒……然後……右手快速地把中間第二條繩子……

「那一天，我們相遇了……」

子磊的悲傷回憶（一）

二十五

來到詩韻舅母家，接過詩韻奉上的熱茶，家彥禮貌地報以一笑，喝了口，然後微微地向秀妍眨了眨眼睛。

秀妍！妳這下可以安心了吧！

在前來的路程上，秀妍一直擔心詩韻的情緒狀態，會否連她這位好朋友也拒諸門外，畢竟受到這麼大的驚嚇，正常人即使沒有神經錯亂，也會開始疑神疑鬼，家彥昨晚在警局見到的詩韻，正是有機會朝這個方向惡化下去。

可是，睡了一覺後，詩韻的狀況比想像中要好，至少再沒有昨晚歇斯底里式的哭哭啼啼，剛才她一見到秀妍，便馬上來個熊抱，相擁至少有十秒鐘吧？

家彥笑了笑，站在一旁發呆，不知該給什麼反應才好。

所以當秀妍選擇坐在詩韻旁邊，而非家彥旁邊時，他完全沒有介意，這對金蘭姊妹，彼此的感情的確很深。

「昨晚真的失禮死了，」詩韻語帶害羞對家彥說，「我當時……實在有點不知所措，請卓先生不要放在心上。」

「任何人遇到這種事，反應都會跟妳一樣。」家彥安撫地說，「沒有什麼好失禮的，所以千萬別這樣說。」

「秀妍妳啊，也太沒義氣了！」詩韻開玩笑說，「認識這麼高大帥氣的朋友，竟然從沒向我提過，蓄意隱瞞，還當我是好友嗎？」

「我……」秀妍漲紅了臉，口吃地辯駁，「哪有隱瞞？只是家彥……他平時很少來大學……介紹妳也沒機會認識……」

「好吧，那就是昕涵的錯！」詩韻笑笑地說，「身為表妹，連表哥的事也不提，罪大惡極，回去我一定要……好好教訓她！」

看見詩韻還懂得說笑，家彥替秀妍感到欣慰，至少，詩韻的精神狀態還算正常，只不過，她以這種一連串開玩笑方式，代替正正經經的對話，卻來得有點刻意，好像有意無意間在逃避……逃避提起昨晚的遭遇。

雖然殘忍一點，但如果不強迫她記起一些可能忽略了的細節，我們的調查工作將會停滯不前，秀妍一定不忍心強迫好友這麼做，那麼這個丑角，只好由我來當了。

「詩韻，妳舅母家位處郊外，空氣好是好了，」家彥小心翼翼地問，「但交通真的不太方便，倘若重新上學，妳會考慮搬回宿舍……抑或自己老家？」

秀妍向家彥打了個眼色，好像暗示這條問題應該由她來問，目前還不是時候！但時間無多了，再給詩韻開玩笑下去，不知今晚還能不能問出個所以然。

「我……也不知道。」詩韻收斂剛才的笑容，「其實我大致上已經沒事，也計畫下星期重新上課，只是……每次想起電梯內那幅恐怖畫面時，全身就會……不由自主地顫抖起來。」

說到這裡，詩韻全身開始微微發抖，秀妍趕緊抱著她。

「我想我會有一段時間，不坐電梯了。」她勉強擠出一個笑容，「這裡是村屋，獨立房子，沒有電梯，我可能會在這裡，呆上一段時間。」

「無所謂，」秀妍一邊摟著詩韻，一邊說，「就用妳覺得最安心，最舒服的方式生活吧，我會支持妳的。」

「詩韻，在妳之前的幾次描述中，」家彥決定進入正題，「百分之九十的筆墨都是形容電梯裡發生的情景，但妳可是從二十七樓沿樓梯走至十五樓，當中的經過，可否再說得詳細一點？」

「其實我有跟你們提過，」詩韻挨在秀妍肩上，徐徐地說，「我由二十七樓一直往下走，愈走愈冷，直到十五樓，碰見那位咧嘴婆婆，她舉起刀想殺我，我就往回跑到十六樓，扭傷腳，然後一位好心人帶我回十五樓坐電梯，之後就發生電梯恐怖事件。」

家彥留意到秀妍眼神有變，似乎她也注意到重點了。

「這位好心人，請問妳能否再仔細形容一下。」家彥以誠懇的目光望著詩韻，以防激起她反感，「妳只說過他住十六樓，好心扶妳到十五樓坐電梯，然後呢？」

「然後他就回家囉。」詩韻搖搖頭，「我知道你在想什麼，但不可能的，他人很好，專程走到防火門位置，看看我的腳傷，又扶我到電梯送我離開，他……只是一個尋常路過的好心人，跟這件案子完全無關。」

但家彥卻有另一個想法。

「當妳在後樓梯被老婆婆追殺時，他突然出現，主動送妳回電梯口，奇怪的是，之前一直對妳窮追不捨的老婆婆，此時剛好消失了，然後他一把將妳推入電梯，當妳連道謝還來不及說時，老婆婆又從電梯頂吊下來，取妳性命，妳認為，這一切都是巧合嗎？」

空氣像靜止一樣，一片沉寂，沒有人發出聲音，只見詩韻的眼神，由原本的堅定轉為疑惑，再由疑惑轉為恐懼，她抱緊秀妍，全身再一次抖起來。

「那……怎麼辦？」她問秀妍。

「詩韻姐，告訴我們他叫什麼名字？身上有什麼特徵？」秀妍邊安慰邊說，「還有，他住十六樓哪個單位？」

「他叫……他姓嚴……叫什麼來著……」詩韻努力回想，「啊！記起了，叫書捷，全名嚴書捷，是他自我介紹時說的。」

「他年約三十，個子不高，長得還算俊俏，頭髮棕黑色，蓬鬆微曲，最特別是左邊耳垂戴上一隻深紅色圓型耳釘……至於住哪個單位，我沒問。」

「那好辦！我記得妳住那棟住宅，一層只有四戶，我們十六樓逐家逐戶去拍門，一定能找到。」秀妍說。

「事不宜遲，我們現在就過去……」家彥站起身正欲離開之際，卻被秀妍叫停。

「等等，家彥，還有一項非常重要的事沒問。」秀妍轉頭問詩韻，「詩韻姐，妳昨日回家的目的，是想取回志美很喜歡的黑色花繩子，可是，自我趕過來看見妳倒在地上開始，從未聽妳提過繩子的事，我想問，妳找到了嗎？它現在在妳手上嗎？」

該死！家彥輕輕拍打自己大腿一下，這麼重要的線索居然忘掉了！還是秀妍細心！詩韻之所以回家碰到怪事，正是為了這條花繩子，但她之後卻再沒有提起它，的確有點不尋常。

「那條花繩子，不見了。」詩韻搖搖頭，失望又自責地說，「我明明把它放在包包裡，但事後收拾散落一地的物品時，發現它失蹤了。」

詩韻望望秀妍和家彥，深呼吸一口，閉上眼，說出自己的判斷。

「按當時的情況，在秀妍和那名濃眉男子來到之前，花繩子已經不見了！」詩韻戰戰兢兢說，「以此推論，可能性只有一個……那個鬼婆，把花繩子拿走了！」

二十六

昕涵領著一行人來到診所，在此之前，他們已率先往晞萱家逗留片刻，原因是翔一郎堅持要看看命案現場才甘心，但看完後又不發一言，昕涵心想，他真的是來幫忙嗎？

子諾打開診所大門，文軒大叔二話不說，直衝子磊的辦公室，昕涵也跟著進去，臨進房間前，她回頭瞧瞧翔一郎，只見他慢條斯理步入診所，左顧右盼，似乎對手套的事並不著急。

文軒走到子磊辦公桌前，打開抽屜……

「不見了！」文軒慌亂地在抽屜裡左翻右翻，「明明放這個位置，但現在卻消失得無影無蹤！」

「這下可麻煩了，」昕涵用食指貼著自己下巴，撇嘴說，「沒有物證，秀妍便不能斷定手套是否屬於志美，也不能證實謝醫生和志美之間的關係……」

「請相信我，剛才我對手套的描述，自問也有八九成把握。」文軒搶著說，「秀妍一聽便肯定是她當年送給志美的，依我來看，手套一定是秀妍所指那對，志美跟子磊，絕對是認識的。」

「好吧，姑且相信手套是秀妍送給志美那對，」昕涵側著頭，不解地問，「那為什麼志美好友送的東西，會落在謝醫生手上？」

「這個，我也很迷惑，」文軒抓抓頭，「秀妍送的手套，以她們的交情，志美應該珍而重之保留才對，可是她卻給了一個陌生男人……等等，真的是給嗎？會不會是子磊硬搶的？」

「徐先生，我反而覺得，是志美送的。」昕涵望著文軒說，「一個大男人，搶小女孩的手套幹嘛？這對手套至少有十年歷史，但謝醫生仍然把它留在自己的抽屜裡，可想而知，他是何等的重視……咦！等等！請問一下，志美死時，謝醫生有多大？」

「這個……」文軒馬上心算，「志美十年前死，死時只有十歲，十年前子磊應該是二十歲，還是一名大學生。」

「一個二十，另一個十……」昕涵好像想到些什麼，「唔……曖昧的味道……」

「如此看來，那對手套，極有可能是子磊失蹤前自己帶走的。」文軒雙手叉腰，開始分析，「在他離開診所後，直至警方前來調查為止，除了護士外，根本沒有其他人能夠接近他的抽屜，但護士如果發現手套，老早就說了，她們沒說，證明手套在當時已經被人拿走了。」

「可是子磊帶走手套，卻沒有回家，去哪裡了？難道他想物歸原主，把手套還給……」

這時翔一郎突然走進辦公室，來到昕涵和文軒面前。

「翔一郎，手套不見了！」文軒馬上說，「這樣你就沒法追查那名女孩的下落。」

「沒關係，一切都是天意。」翔一郎淡淡地道，「徐先生，方便讓我單獨跟祝小姐說兩句嗎？」

對於這個提議，昕涵和文軒都感到相當意外，但也沒有拒絕的理由，文軒點點頭，讓出辦公室，並順手關上門。

「怎麼樣，和尚閣下。」昕涵也老實不客氣說，「不要以為我沒留意，你今天從頭到尾，把我全身上下反覆看過無數遍，尤其是盯著我的包包，到底我有什麼得罪你呢？又抑或，是我有什麼吸引你呢？」

「祝小姐，」翔一郎眼神銳利地問，「請問妳包包中那個金屬方塊，誰給妳的？」

這是昕涵第一次親身感受到，何謂全身雞皮疙瘩，何謂臉部肌肉繃緊，何謂後頸一陣發涼，冷汗直冒。

這也是她第一次亂了方寸，完全不懂還擊，只能站在原地張大嘴巴，兩眼六神無主瞪著前方，卻半句說話也說不出來。

他怎麼知道的？難道他是爺爺……不可能……年齡相距太大了，他不會是爺爺的人！

那就只有一個可能，他跟那個人，是同一夥的！

「祝小姐，妳可知妳手上那個東西，威力之大，足以毀天滅地！」翔一郎向昕涵走前一步，「它是古往今來最邪惡的詛咒之一，雖被困在金屬方塊中，但終有一天會逃出來，禍害主人及其身邊所有人！」

「這是我們祝家的家事，」昕涵的心很亂，但仍故作鎮靜，「無論將來的結局如何，我們祝家和小明的命運，已經糾纏在一起，請你不要多管閒事。」

「小明？」

翔一郎看似對這個名字很陌生，昕涵心想，反正他已知道這麼多，告訴他也無妨。

「是那個人改的名字，」昕涵輕聲地說，「給我方塊的那個人。」

「這的確很符合他的風格，」翔一郎雙手合十，「祝小姐，實不相瞞，這個人是我派叛徒，我一直在尋找他，假如妳有他的消息，一定要馬上通知我。」

昕涵呆呆的站在原地，不知道該作什麼反應。

「坦白說，這個金屬方塊裡的詛咒力量異常強大，連我也收拾不了。」翔一郎繼續說，「不過……我觀察妳很久了……看似妳有辦法把它馴服……雖然我不知道妳用了什麼方法……這或許是好事……或許是壞事……」

翔一郎再次雙手合十，平靜地說。

「現在我們有共同目標，就是解決黑塚事件，所以，其他的事，我可以暫且放下不管。」

「不過，不要說我沒提醒妳，詛咒力量雖然吸引，很多人都不願割捨，但倘若選擇自甘墮落，把自己出賣以換取詛咒帶來的短暫好處，詛咒的主人，最終也會被自己所信賴的詛咒吞噬。」

「你們快過來看看，這個人相當可疑！！」

是子諾大聲呼叫的聲音，昕涵把握機會，推開門馬上逃出去，再跟翔一郎呆在一起，不被他煩死也被他悶死，我們祝家跟小明淵源甚深，不是和尚你隨便說兩句就可以化解。

昕涵看見子諾站在護士登記房，揚手叫大家過去。

「最近哥經常很晚才回家，不知在忙什麼，我老早便覺得有古怪，所以特意檢查他的病人預約紀錄。」他向昕涵和文軒解釋。

「你們看這裡……這個病人，最近一個月，晚晚來求診，每次見面就一個小時，哪有人每天都病！所以我認為，這個人一定有問題！！」

這時翔一郎也走過來，三個人朝子諾指著的名字望過去……

嚴書捷。

女孩Ａ：來！我們今天玩跳橡皮筋！
女孩Ｂ：好哇！好久沒跳了！
女孩Ｃ：但我想玩花繩子……
女孩Ａ：志美，妳天天玩花繩子，不膩嗎？
女孩Ｃ：不膩啊！反而覺得愈玩愈好玩，最近我又學懂了一些新的圖案，我來翻給妳們看！
女孩Ａ：但今天玩跳橡皮筋……
女孩Ｃ：……
女孩Ｂ：好啦好啦，不要吵了，不如我們先玩花繩子，再玩跳橡皮筋，反正前幾天我也想到一個花花圖案，今天正好試試看。
女孩Ａ：秀妍，妳不能老是這樣遷就她……
女孩Ｂ：沒關係啦，來吧！讓我先看看志美的新圖案……嘩！好厲害啊！
女孩Ｃ：這個叫心連心，兩顆心緊緊的依偎在一起……
女孩Ａ：這個圖案蠻難弄的，是妳自創的嗎？
女孩Ｃ：不，我最近認識一位玩花繩子很厲害的人，是這個人教我的。
女孩Ｂ：啊！妳找教練了，不公平啊！這樣我跟妳的距離就愈來愈遠了！
女孩Ａ：難得妳找到這麼一個會玩的人，不如下次叫她一起來，我們四個一起玩？
女孩Ｃ：她？她……不會來的……
女孩Ｂ：因為她是教練，所以不想跟我們玩？
女孩Ｃ：她……不是教練……她很忙的……沒有空……
女孩Ａ：功課有這麼忙嗎？為什麼我們這麼閒，哈哈哈……對了！她讀哪間學校？

女孩C：我……忘記了……只知道她讀的課程很艱深！
女孩A：真可憐，一定是那些所謂天才班！看來又是被父母所逼……
女孩B：聽志美妳這麼說，她的遭遇，跟詩韻姐很相似……幸好我姐姐從沒逼我做不願意的事。
女孩C：不要再說了……不如我們來跳橡皮筋！我突然很想跳！
女孩A：這才像樣，每次都玩花繩子，多好玩也會膩吧！
女孩B：什麼！我才剛剛開始翻欵……
女孩A：哈哈哈，秀妍妳還是不肯脫下手套，難怪每次都輸給志美！
女孩B：哼！
女孩A：對了，下個月的巴黎旅行，志美妳決定去嗎？
女孩C：……
女孩B：去吧！不用擔心留下我一個！有姐姐陪我，我不會寂寞的。
女孩C：妳或許不會感到寂寞……但他……

「對不起，各位……」
志美的哀傷回憶（一）

二十七

離開詩韻後，秀妍和家彥一起前往泊車的地點，沿途兩人均沒有作聲，彷彿仍在消化詩韻剛才的說話。

那個鬼婆，真的把花繩子拿走了嗎？

秀妍覺得非常不可思議，因為毋論作什麼假設，也不會將鬼婆和花繩子扯上關係，鬼婆是鬼婆，是黑塚咒催生的產物，花繩子是志美，極其量也只是一名死者的遺物，兩者根本互不相干。

不過，從現場環境證據分析，又的確不容許鬼婆以外的人，拿走那條花繩子，假如詩韻姐一切所言屬實，那麼……

鬼婆之所以要拿走花繩子，是因為志美關係？

「我們現在，先去找那個姓嚴的，再跟其他人會合。」家彥邊走邊說。

「他真的跟黑塚有關嗎？」秀妍猶豫，「聽詩韻姐形容，他好像很好人似的。」

「其實我也不敢肯定，但他的行為實在太詭異了，」家彥回答，「本來詩韻在後樓梯已經逃離鬼婆婆的魔掌，但他卻主動把詩韻送入電梯，而剛好鬼婆婆就在裡面……」

「聽你這樣分析，我汗毛都豎起來了，」秀妍雙手交叉抱著上臂，輕輕磨擦兩下，「這個姓嚴的，好像事前就知道鬼婆躲在電梯裡，時間配合得天衣無縫。」

家彥突然停下腳步，一臉意外的盯著前方自己的車子，秀妍此時也跟著望過去……

在車子旁邊，站著一個灰藍色頭髮的年輕少女……

「嗨，終於找到你了！」少女此時也發現家彥正看過來，「這次不會再讓你跑掉！」

是她？昨日那個擦肩而過的少女？

「以婷！」家彥首先瞥了身邊的秀妍一眼，然後走上前，「妳……怎知我會在這裡？妳是一直從大學跟蹤我到這兒嗎？」

「是由骨灰場開始，跟蹤你到這裡來。」以婷笑了一下，「有件事，我需要你幫忙，也只有你能幫忙。」

秀妍望著以婷，這是她第一次，正面近距離望著這位神祕女子，果不其然，一對臥蠶相當顯眼注目，四肢修長，白色棉質短袖上衣配紅色短裙，腳上一雙米白色平底便服鞋，斜背著一個灰色的背包，沒穿外套，看上去有點單薄。

她就是那個曾經拜祭志美的人？為什麼要這樣做？還有，她為什麼一直跟著家彥？只為了拜託他幫忙？秀妍想起昨日看見她的回憶，那個拿著蠟燭，跟在她身邊的男人是誰？坐在地上翻花繩子的人影又是誰？

太多的問題，通通都沒有答案，這令秀妍更加渴望馬上詢問眼前的人，或許自己的表情實在太過著急，她注意到了。

「嗨，」以婷揮揮手，露出一個燦爛的笑容，「妳是家彥的朋友嗎？我叫以婷，妳呢？」

秀妍的心突然一陣刺痛！很奇怪，但又很親切的感覺，為什麼對方這麼有禮貌向我打招呼，我卻有這樣的反應？

「我叫秀妍，」秀妍微笑點點頭，「幸會。」

以婷再次展露燦爛愉快的笑容，她的笑容相當甜，令人很舒服……

家彥打開車門，示意秀妍坐在車頭，但正當她稍移玉步之際，以婷卻搶先一步，鑽進前座座位。

「以婷，妳不能……」

家彥正想開口教訓，卻及時被秀妍一個眼神制止，家彥一臉無奈，但秀妍心裡明白，這個叫以婷的少女，可能是志美事件的關鍵證人，如果再想得深一些，她甚至可能跟鬼婆事件有關，這麼難得才重遇她，這麼多問題要問她，絕不能把她氣走！

秀妍鑽進後座，家彥發動引擎，車子開始往詩韻老家方向進發。

「以婷，妳剛才說有件事需要我幫忙，是什麼事？」

家彥沉著氣問，只見以婷笑了一下，兩頰泛紅，低著頭說。

「我想你，送我回家。」

還以為是什麼重要的事！秀妍心裡納悶，只不過是送她回家，為什麼說得好像很困難一樣！

「這個……當然沒問題。」家彥似乎對以婷的要求，也感到出奇地容易，「可是，我們現在要先去一處地方，完成後，我再送妳回家，好嗎？」

「不用了。」以婷指了指車內衛星導航，「你們現在去的地方，就是我家。」

秀妍不禁置信地瞪著以婷，哪有這麼巧……不對……這不是巧……直覺告訴她……

「請問，以婷……妳貴姓？」

她轉過頭來，第三次向秀妍露出燦爛的笑容。

「嚴。」

二十八

天空慢慢染上一片夕紅，不知不覺已經到了傍晚時分，文軒駕著車，來到一間買賣藝術品商店的門前。

這裡，就是嚴書捷在病人登記冊上，所填報的地址，很明顯，不是住宅地址。

「妳確定，一個人進去沒問題？」

「我們四個一起進去，反而會令他提高警覺，」昕涵下車，回頭對文軒說，「最能令男人放下戒心的，始終是單獨一個女人。」

「可是，」坐在後座位的子諾，擔心的說，「妳一個人進去，我始終不放心，不如我陪妳……」

子諾想開門下車，但剛把門打開一絲隙縫，卻被昕涵狠狠一手按住。

「不用了，」昕涵把門關上，「就照我們剛才擬定好的計畫行事。」

所謂計畫，就是由昕涵先進去打聽虛實，試試只有一個女生在場的情況下，嚴書捷願意透露多少訊息，當然，情況未必如昕涵預期般順利，假如姓嚴的半句說話也不肯說，甚至對昕涵懷有敵意，那就是文軒登場的時候。

文軒跟昕涵約好，半小時後跟隨入內，以另一顧客身分，監視姓嚴的一舉一動，至於子諾和翔一郎，昕涵只吩咐他們乖乖的留在車內，不要亂動。

文軒默默盯住這位跟秀妍同齡的好友，內心不禁偷笑一下。

昕涵和秀妍……同樣擁有出眾的美貌，婀娜的身型，以及正直善良的本性，兩位雖同是小美人，但性格卻大相逕庭：秀妍呆萌俏皮愛撒嬌，昕涵聰慧成熟愛獨立，既然她擁有這股自主的個性，說一個人進去沒問題，那就要相信她。

昕涵推開商店大門，然後走進去，文軒把車子駛到對面街一處較為隱蔽，但可以偷偷觀察大門的位置，泊好車，靜靜等待著。

「會不會……跟那件事有關呢……」子諾突然自言自語。

「什麼？」文軒好奇地問。

「我突然想起……一件怪事……」子諾垂下頭，「我最後一次見到大嫂，就跟現在一樣，在車子裡。」

「她送我回學校……我們聊起一些事……然後……我在車上瞥見一位小女孩……就坐在我現在的位置上……」

文軒留意到，除了自己之外，一直閉起雙眼保持沉默的翔一郎，正側耳細聽。

「你記得她的樣貌嗎？」

子諾搖搖頭。

「只是匆忙間瞥了一眼，之後她便消失了，記不起來。」

這樣啊……還指望子諾把那個女孩的容貌描述一下，看看跟志美是否相似。

「我本來睡過頭要遲到了，」子諾自顧自繼續說，「幸虧大嫂跑回娘家取車，載我一程，才勉強到達學校。」

「等等，什麼跑回娘家取車？你家不是有車嗎？」文軒好奇。

「有，但我哥駕去醫院了，不能用！」子諾解釋，「其實大嫂的娘家，距離夫家只有兩個街口，來回不需十分鐘，所以取車很方便。」

「為什麼住得這麼近？」

「哥愛大嫂，知道她跟母親感情很好，為免她經常回娘家辛苦，所以買了娘家附近的單位，作為他們兩夫婦的愛巢，方便她回娘家探望母親兼小住。」

「晞萱經常回娘家小住？」

「以前偶爾而已，但自從有身孕後，便經常住在她媽媽家，方便照應，因為……哥是個大忙人，經常不在家，而我又不懂照顧孕婦……」

「對不起，容我打斷一下。」

久未開口的翔一郎，突然睜開雙眼，盯著坐在身旁的子諾，斷然地問。

「謝先生，你的意思是，你兄嫂最近一直住在她媽媽家，很少回自己家，而這段時間，你們家只有你跟兄長同住，對嗎？」

子諾點頭。

「這個生活規律，一直在進行，直至昨天早上，你兄嫂把自己娘家的車開來，送你回大學之後，才踏足自己家門，對嗎？」

子諾再次點頭。

「是否發現什麼端倪？」文軒忍不住問。

翔一郎沒有回答，但表情相當沉重，並以同情的目光望向子諾。

「你說你在車上跟兄嫂聊起一些事，是什麼事？」

「沒什麼……只是略略聊起哥以前的家人……和他小時候的事……」子諾說時一臉感慨，「畢竟我們不是親兄弟，他卻待我這麼好，實在難得！」

「你們……你們不是親兄弟！」文軒非常意外，「晞萱從沒跟我提過……到底是什麼一回事？」

「這……」這次輪到子諾相當意外，「大嫂沒告訴你嗎？其實很多人都知道……」

文軒已顧不得自己的顏面，他催促子諾說下去。

「哥本姓譚，母親改嫁後才姓謝。」子諾開始訴說二十五年前的故事，「哥就是當年轟動一時的五屍命案——鬼婆殺人事件的倖存者。」

少年：所以，下個月妳就要去巴黎？
女孩：我還在考慮……
少年：去啊！為什麼不去？難得有機會和家人朋友一起去玩，一定很開心，而且，到外國增長一下見識，對妳將來也是有益處的。
女孩：哥哥，你去過巴黎嗎？
少年：……沒有。
女孩：那你去過什麼地方？
少年：其實……我很少出門旅行……
女孩：為什麼呢？你不喜歡旅行？
少年：也不是不喜歡……只不過……
女孩：唔？
少年：哥哥小時候，曾經一家人出門旅行，可是最後遇到意外……哥哥的媽媽，從此不能再陪在哥哥身邊。
女孩：……
少年：自此以後，我對旅行便漸漸失去興趣，把全副心機放在讀書上，從中學到大學，一路走過來，成績名列前茅，因為哥哥把所有時間，都放在溫習上，不容半點鬆懈，最後終於如願以償，入讀醫學院，我也……做到了對媽媽的承諾。
女孩：……
少年：妳……為什麼用這樣的眼神……望著我……
女孩：哥哥今日……說了很多自己的事給我聽，我很高興。

少年：是嗎？其實我也不知道為什麼，每次見到妳……感覺很舒服……會很想把自己的心事，告訴妳聽……

女孩：我也一樣……我也喜歡把自己的心事告訴哥哥聽……這份感覺……很溫暖……

少年：對了！上次妳不是提過，會介紹兩位好朋友給我認識嗎？不如這個禮拜日，我請大家一起吃快餐……就吃妳最喜歡的可樂薯條，好嗎？

女孩：這個……

少年：妳的臉……幹嘛突然漲紅起來？不舒服嗎？

女孩：不……她們……最近有點忙……要下次才能介紹給你認識……

少年：這樣嘛……無所謂，何時也行，反正不趕的。

女孩：哥哥……假如……我去了巴黎……你一個人會寂寞嗎……

少年：不會啊！

女孩：那……你會否……掛念我……

少年：會啊！

女孩：真的？？？

少年：對啊！說實話，我是有點捨不得妳……不過這個機會對妳來說相當難得……

女孩：我明白了……那我就去吧……謝謝你……哥哥……

少年：咦！說了這麼多，差點忘了最重要的事……上次妳說發明了一個新花式圖案，可否表演給哥哥看？

女孩：當然可以！我連私人的花繩子也帶來了，粉紅色的，漂亮嗎……啊！對了！我一直忘記問哥哥，你玩花繩子這麼棒，家裡應該也有私人的花繩子吧？

少年：……嗯……

女孩：那下次可否帶出來一起玩？今天先玩我這條私人的，哥哥要公平啊！

少年：……嗯……有機會的……

「假如，我沒勸她去巴黎……」

子磊的悲傷回憶（二）

二十九

「以婷，可以問妳幾個問題嗎？」

家彥一邊駕車，一邊焦急地問，他知道，是時候把她的神祕面紗揭開。

「可以啊！」她側著身子，目不轉睛盯著家彥，「你想問什麼？」

「妳姓嚴，嚴書捷是妳何人？」

「我哥。」

家彥跟坐在後座的秀妍對望一眼，兩人的表情混雜著錯愕和興奮。

「你們，也認識我哥？」這次輪到以婷問。

「嗯，」秀妍回答，「我們現在就要去妳哥住的地方，有件事，我們必須問問他。」

「那真可惜，」以婷搖搖頭，「他現在不在家，我也是趁這個機會才回去的，若然他在，我也不會返家！」

「那他人在哪裡？」家彥問。

「應該在他自己開的店吧！這個時間他一般都在。」

「那我們過去店鋪找他，以婷，妳知道地址嗎？」家彥輕聲地問

「不行！」以婷瞪大雙眼，眼眶中隱約泛起淚光，「你答應送我回家的，我一定要現在回去！」

家彥被她嚇了一跳，料不到她的反應這麼大！幸好秀妍及時安撫。

「家彥，我們就先送以婷回家吧。」秀妍笑說，「不過到了妳家之後，可否招呼我們喝杯茶，稍

坐片刻，我們也想跟妳談談。」

家彥瞬間明白秀妍意思，其實不一定要見人，在他的住所裡，可能也會找到關於鬼婆的證據。

「沒問題，不過要在哥回來前離開……」以婷看看車廂內的時鐘，「他應該沒這麼早回家，這個時間回去最安全。」

「是呢，為什麼妳不想被哥哥發現，你們吵嘴嗎？」家彥好奇。

「有一樣東西，對我很重要，我必須把它偷出來……」以婷低下頭，溫柔地說，「因為若哥在，他一定會制止我。」

「單單是這樣，妳也毋須叫我幫忙呀！」家彥老實說，「妳自己趁他不在家時，偷偷回去，不就行了麼？」

以婷繼續低下頭，沒有作聲，家彥細心察看，發現剛才還隱隱帶有淚光的雙眼，此刻已經充斥著淚水，一對臥蠶也沾濕了，我說錯什麼了嗎？

「我……有個怪病……就是沒方向感。」以婷忍著淚說，「是會完全迷路那種！倘若不認定一個人，從後尾隨他，由他帶領我的方向，我是會永遠迷失在茫茫人海中，永遠找不到目標，永遠……在這個世界上隨處飄泊！」

家彥撅著嘴，這個病也真的挺怪喔！沒有方向感，很多都市人都有，但最嚴重也不致於連家也回不了，隨處飄泊吧！不過最奇怪是，以婷的解決方法，是要認定一個人，然後尾隨他……這個……什麼鬼邏輯？

「所以妳就一直尾隨家彥，」秀妍似乎聽得懂以婷在說什麼，「因為妳信任他，相信他會帶領妳回家，取妳認為很重要的東西。」

「對，所以我就一直跟在家彥身後……」以婷一臉認真的望著家彥，「但我很笨……追蹤技巧不熟練……所以偶有走失……但最終還是找到你了，並站在車前等你。」
家彥搖搖頭，還是聽不懂！算了，問另一個重要問題吧！
「第一次見妳時，」家彥回想昨天早上的事，「在骨灰龕前，妳拜祭的人，是否何志美？」
「嗯。」
「妳是她的朋友？抑或親戚？」
「我們並不認識。」以婷露出一副無奈表情，「但我見過她……」
家彥跟秀妍再次對望一眼，這個答案真的叫人意外！
「我在很久以前，曾經見過她。」以婷閉上雙眼，笑容消失了，「雖然不認識，但我記得她很會玩花繩子……在漆黑一片的房間中，一個人玩花繩子……」
家彥留意到秀妍雙眼瞪得很大，身子震了一下，她為什麼會有這個反應？
「其實，我是第一次去骨灰場這種地方，我哥經常對我說，沒有他，我哪裡也去不了，他阻止我出去，我不高興，決定離家出走。」
「我以前是一直尾隨哥，由他引路，他總以為我沒有他不行。」她再次望向家彥，臉上重現笑容，「但我現在找到另一個可以代替他的人，我很高興。」
「以婷，哪到底是什麼原因，令妳冒著迷路的風險，也要堅持去拜祭志美？」秀妍殷切地問。
「因為她救過我。」
以婷的回答，總是像猜謎一樣，家彥自問聽得很辛苦，但秀妍好像很明白似的，難道女生之間才能聽得懂？
「我哥叫我不要去拜祭她，因為這是她的命，但我覺得，若非她的出現，我已經死了，她間接算是我的救命恩人，我有必要……至少……拜祭她一次。」

「妳說志美救過妳，到底是怎樣救？」家彥嘗試問得仔細一點。

再一次，以婷低下頭，但這次並沒有眼泛淚光，她只是停頓一會，好像在想什麼，考慮什麼，然後抬起頭，以無比的決心和勇氣，望著家彥。

「你可以這樣想，一個需要換肝的病人，正等候合適的肝臟進行移植，這時剛好有人意外死了，他的肝臟正好派上用場，手術成功，病人康復了，如果你是那位病人，你會去感謝那位死去的人嗎？」

「妳……就是那位病人？」

以婷笑了，但不是開朗愉快的笑，她的笑容，夾雜著苦澀和懊悔，沉重和哀傷。

「我們不是換肝，是換命。」她幽幽地說。

三十

當子諾把當年譚家的慘劇，以及子磊的身世，向文軒和翔一郎如實相告後，文軒留意到，翔一郎的臉色，愈來愈難看。

正確點說，他的表情，給人一種大難臨頭的感覺。

「謝先生，原諒我的重覆累贅，我想再確認幾件事。」翔一郎罕有地把身子俯前，雙眼炯炯有神的瞪著子諾。

「第一，二十五年前這宗血案，那位鬼婆，至今仍未落網？」

「是的！這件案至今未破，那位鬼婆，好像還在通緝名單上。」

「第二，根據當年目擊者的形容，鬼婆是一名白髮稀疏，滿臉皺紋，身穿黑色全身斗篷外套，擁有一張咧嘴大口的老婆婆？」

「嗯，我在互聯網上翻查這件案的資料，差不多所有目擊者，都是這樣形容。」

「第三，鬼婆身上那把大菜刀，是否也跟她本人一樣，消失了？」

「是啊，完全找不到，警方也好奇這麼大的一把刀，藏哪裡去了？」

「第四，令兄自幼體弱多病，不過有一段時間，似有好轉跡象，就是跟媽媽在一起的時候，對嗎？」

「這個，我是聽大嫂輕輕提過，說大哥兒時身體不好，但後來慢慢好轉了，大哥很感激媽媽，說是他媽媽悉心照料的結果。」

「最後一個問題，你必須好好認真思考才回答。」

翔一郎嚴肅地盯住子諾，嚇得子諾動也不敢動。

「令兄跟他的母親……有沒有玩個繩子類的遊戲？」

子諾一臉茫然，好像聽不懂翔一郎在問什麼，反倒是一直旁聽的文軒，突然激動地尖叫起來。

「繩子類的遊戲？花繩子算嗎？」文軒馬上回應，「我不知道子磊小時候有沒有跟他母親玩過，但那個志美……死去回來的志美……小時候真的很會玩。」

翔一郎望向子諾，他搖搖頭。

「哥很少將他以前的事，告訴我們知道，包括大嫂。」子諾嘆一口氣，「我不知道哥會不會玩花繩子，不過他跟媽媽很親這件事，絕對是事實。」

「令兄不確定是否會玩，反而那個志美會玩……」翔一郎拼命地搖頭，「這下可大事不妙！」

文軒和子諾，都被他這句說話嚇得半死，兩張死灰的臉，同時盯住眼前這位，好像是他們唯一希望的男子。

「翔一郎，到底發生什麼事了，有話不妨直說。」文軒先開口。

「所有一切，」翔一郎嘆息，「皆因二十五年前那宗血案而起……」

「二十五年前，殺害譚氏一家的，是鬼婆，二十五年後追殺程小姐的，也是鬼婆，他們都是同一詛咒下的產物。」

「可是，詛咒需要中介物，透過它才能觸發詛咒，傳播詛咒，我一直在想，到底是什麼樣的中介物引發詛咒，現在總算知道了。」

「就是你提到的繩子？」文軒好奇，「為什麼會是繩子？」

「還記得黑塚那則典故嗎？」翔一郎說，「岩手的女兒臨死前，從袖口裡拿出一個護身符……」

「那個護身符，並不是普通錦囊形狀的護身符，而是她媽媽岩手，用一條很長很長的黑色繩子，打了無數的結，編織成一個繩結狀的護身符……」

「那條繩子，由女兒死亡那一天開始，被詛咒了……它積存了岩手十年來孤獨執行計畫的痛苦和寂寞，也包含了自己親手殺死女兒時的悲慟和憤慨……」

「所有獨個兒玩弄繩子的人，都能感受到她心中那股鬱結及怨恨……然後漸漸被詛咒附身……化成黑塚……向所恨之人展開復仇！」

女孩A：妳們覺得，我們三個，誰先嫁出去？

女孩C：怎……怎麼突然問起這個來……

女孩A：因為我大表姐剛剛上星期嫁人，才十八歲！我好奇我們三個，有沒有人跟她一樣早婚。

女孩C：那也是很多年後的事了……我們……現在還是小學生……

女孩B：如果說，我們之中誰會先嫁出去……我覺得是志美！

女孩C：秀妍！

女孩B：哈哈哈，因為我覺得……志美是我們三個中，母性最強的一個，玩家家酒時也是最投入的一個。

女孩A：對啊，每次玩家家酒，志美一定要扮演媽媽角色，我和秀妍，只能輪流扮演爸爸和女兒角色，妳還說妳不想當媽媽？

女孩C：我……我……只是比較喜歡扮演媽媽而已，妳們別亂想！

女孩A：哈哈哈，臉都紅了，還在裝？

女孩B：妳啊，是我們三個中最會照顧人的一個，每天總是提點著我們，別忘記周六的約會啦，別忘記穿多件外套啦，這麼溫柔體貼，將來一定有很多男孩子想娶妳，所以早婚的機率很高喔！

女孩C：不對喔……我覺得……是秀妍妳第一個結婚才對……妳長得這麼漂亮，將來一定有很多男生追妳……而我……太平凡了……

女孩A：專家說，相貌平凡的人，反而會早結婚呢！我大表姐也不美，不也是剛剛成年，馬上進入教堂！

女孩C：妳……妳們兩個……聯手取笑我……我不玩了！

女孩B：嘻嘻嘻，志美，不要不開心，妳看我帶了什麼來……

女孩C：嘩！是手套！粉紅色的，很可愛！

女孩A：咦！秀妍，為什麼這對手套的手指頭，東縫縫西補補，弄得這麼難看！

女孩B：……

女孩C：不會啊，我覺得挺好看的，手指頭縫上厚厚布料，也不會這麼容易破掉。

女孩B：都是志美識貨，我可沒叫姐姐幫忙喔，全是我自己一針一線縫出來的。

女孩A：唉！這些手套的事，看來只有妳們兩個才懂……

女孩B：啊，對了，這個周日到詩韻姐家玩，確定了嗎？如是，我叫姐姐當晚不用煮飯。

女孩A：不是約好了嗎？

女孩C：對不起……這個周日我不行……

女孩A：什麼！志美，妳最近好像很忙似的，以往在約會時間上，妳是最無所謂的一個，現在反而經常要我和秀妍遷就妳，妳是否……偷偷去了補習社催谷成績，不讓我們知道！

女孩C：不是啦……我只是……

女孩B：真的假的？難道妳想超越詩韻姐，成為全班第一？

女孩C：我……我……啊！鈴聲響啦～～我們快回到自己座位準備上課……噓……

「如果，能當他新娘子的話……」

志美的哀傷回憶（二）

三十一

昕涵踏進藝術品商店，完全被眼前的景象嚇愣。

首先映入眼簾的，是一幅一幅掛起來的字畫，幾乎整間店鋪，全被這些白底黑字的字畫覆蓋著，店鋪名字雖說是藝術品店，但橫看豎看，這裡賣的東西，七成都是字畫，其餘三成，只是一些不起眼的銅製小擺設，又或是廉價的陶瓷花瓶。

這個嚴書捷，看來對字畫情有獨鍾。

昕涵不懂書法，看見這些一張又一張，用毛筆書寫的黑白字畫時，內心半點激盪也沒有，或許秀妍能夠看出這些字畫的精妙之處，不過就算她今天來，相信也沒有心情欣賞這些藝術作品。

嚴書捷，他認識謝醫生，近一個月，幾乎每晚都在診所見面，姑勿論他跟凶殺案有沒有關係，他肯定知道某些內情，而我現在要做的事，就是想辦法從他口中，探出這些內情。

腳步聲從店鋪裡面傳出來，一名蓬鬆短髮的俊俏男子，正急步跑到昕涵身邊，左邊耳垂戴上深紅色耳釘，但服飾卻穿上唐裝，陰陽怪氣的，昕涵並不欣賞。

「小姐，請隨便看看，這裡……」書捷盯著昕涵問，「咦，請問妳是祝昕涵小姐嗎？」

該死！他認出來了！

「祝小姐是傳媒紅人，經常上鏡，又長得這麼漂亮，很容易一眼便認出來。」

昕涵心裡嘆一口氣，本想以假名字跟他交談，但現在被他認出了，硬裝不是會令他起疑，唯今之計，只好用真實身分了。

「你好，請問你是嚴書捷先生嗎？」昕涵伸手跟他握了握，「我想買幾件藝術品，回家充撐一下場面，這兒的字畫……好像很有特色。」

「哈哈，祝小姐真是坦白率直，」書捷笑笑地說，「這些字畫，其實是我閒來無事，隨便畫畫而已，不值一哂，祝小姐如果喜歡，送給妳也可以。」

「這些都是你自己畫的？」昕涵著實有點意外，還以為他是從哪裡進貨，「有這麼深厚的藝術功力，一定是家族遺傳，師承父母嗎？」

「父親是文化人，的確會舞文弄墨。」書捷解釋，「只不過，學習字畫是我的興趣，跟他無關。」

「明白，看你這身打扮，跟字畫的主題也相當匹配。」

「哈哈哈，見笑了。」書捷露出一個尷尬笑容，「要配合店鋪主題嘛，扮也要扮得似模似樣，不然我哪有生意！」

書捷引領昕涵來到一張字畫前，看似想作介紹，昕涵看看時間，一輪寒暄後，已經過了十五分鐘，再這樣下去不是辦法，還是趕快進入正題為妙。

「嚴先生，你認識謝子磊醫生嗎？」

或許是料不到這麼單刀直入，書捷表情明顯出現錯愕的瞬間，但很快又回復鎮靜，他摸摸鼻子，若無其事地說。

「謝醫生的大名，誰不認識？祝小姐是想找人介紹看診嗎？」他笑了笑，打趣地說，「不過以妳家的名聲，應該有很多人認識謝醫生才對，排隊也輪不到我來介紹吧？」

嘿嘿，他果然知道內情！謝醫生失蹤一事，所有新聞都有報導，如果他跟事件無關，剛才被我一問，正常人一定馬上提起失蹤事件，可是他卻避重就輕，不提失蹤，企圖輕輕帶過這個話題，欲蓋彌彰，非常可疑。

「你沒看新聞嗎？」昕涵也不對他客氣，「謝醫生失蹤了！好好的一個人就這麼平白消失，他妻子還……發生這麼大件事，為何你好像什麼也不知道？」

「啊！有這回事？」書捷修長幼細的眉毛蹙了一下，「這幾天在店鋪忙，完全沒留意新聞，謝醫生是何時失蹤的？他的妻子……怎麼了？」

還在跟我裝蒜！看本小姐的！

「謝醫生有個弟弟，跟我是同學，」昕涵雙手叉腰，厲色地瞪著書捷，「他在診所的病人名單中，發現了你的名字，最奇怪的是，你最近一個月每晚都求診，不知道嚴先生患了什麼重病，需要每天求醫？」

書捷兩邊嘴角悄悄上翹，露出一個耐人尋味的微笑。

「看來祝小姐這次前來，並非買藝術品，而是打聽消息。」

他轉身，背對昕涵，似乎不想再交談，但昕涵沒有放棄。

「在案發的前一晚，也就是前天晚上，你如常到訪謝醫生診所，雖然不是最後一個見過他的人，但你們之間的對話，有可能提供新線索，所以請你告訴我，當晚到底談了些什麼？」

「只是病人與醫生間的普通對話，」他背向昕涵，但沒有回頭，「關於謝醫生的事，我壓根兒沒興趣，如果妳不是來買東西，請便！」

說完書捷繼續往店鋪裡面走，他剛才的語氣明顯帶點激動，那就更加肯定，他是局內人，謝醫生失蹤一事，絕對跟他有關，他愈隱瞞，表示他知道得愈多。

正當昕涵在想，到底有什麼辦法，能令他透露內情時，書捷突然停下腳步，掉轉頭，好奇地望著昕涵。

「祝小姐，這件事似乎與妳無關，」他淡淡地說，「為什麼硬要摻一腳？」

「與我無關？」昕涵不同意，「所有跟案件扯上關係的人，或多或少我都認識，怎可以說與我無關！告訴你，我現在就是要管這起案件，你不願意說出內情，無妨，但倘若給我查出是你加害謝醫生，我不會放過你。」

她只聽見書捷冷笑一聲，滿不在乎的走回來，站在一幅掛起的字畫下面，昕涵抬頭一看，上面寫著八個大字：「靜以脩身，儉以養德。」

「妳搞錯了，祝小姐，」書捷也抬頭望向這幅字畫，「不是我去看診，是他來看診。」

「這……什麼意思？」昕涵不明所以。

「我去找謝醫生，不是因為我要看病，」他的目光落在昕涵身上，「而是他要找我看病。」

昕涵半掩著嘴，發出鈴聲般悅耳笑聲。

「哈哈哈哈～不要開玩笑了，謝醫生要找你看病？你是大夫嗎？」

「不是那種普通的病，」書捷沒被她的笑聲影響，一本正經地說，「他那種病，需要特別的處理方法。」

昕涵收斂笑容，她開始意會到些什麼……特別的處理方法……難道又是詛咒？

「他，從小有一個怪病，」書捷繼續解釋，「這個病令他身體非常虛弱，他媽媽在世時，曾經有一段時間好轉了，可惜之後，身體卻一直差下去，由童年到少年再到現在，他幾乎是靠著意志挺過來，但最近又復發了。」

書捷向旁邊走了兩步，來到另一幅字畫下面，字畫同樣寫上八個大字：「天道酬勤，人道酬誠。」

「我對這個病，略知一二。」書捷滿臉自信地說，「若要根治這個病，必須把源頭找出來，對症下藥，才能澈底將病毒消滅。」

「謝醫生……到底患上什麼病？」

「病人是有私隱的，」書捷陰沉地笑了一下，跟之前友善的態度判若兩人，「在未經當事人同意下，恕我不能告訴妳。」

「你不說，我怎知道你是否在胡扯！」昕涵反擊，「隨便編個藉口蒙混過去，說謝醫生有病但又沒法證實，我想有病的是你自己吧？」

「哈哈哈哈……」書捷一邊笑，一邊走到第三幅字畫下面，「我說一個故事給妳聽，好嗎？」

昕涵望向第三幅字畫，這幅跟先前兩幅不同，一共十六個字，字的意思也比較晦暗，不像之前兩幅，明顯導人向善。

「葉枯花開，花落葉長，生生相錯，永不相見。」昕涵隨口唸了出來，「什麼意思？」

「彼岸花，又稱曼珠沙華。」書捷表情突然顯得有些感觸。

「聽過這樣一個故事嗎？花跟葉子相戀，正常情況應該能夠朝夕相對，只可惜這朵彼岸花，夏天花開葉凋謝，秋天葉長花凋零，花開不見葉，葉長不見花，此生此世，永無碰面之日，妳說，這是不是人世間最悲哀的事？」

「謝醫生的病……跟曼珠沙華有關？」

書捷沒有回答，只用手背輕輕揉搓一下眼睛，然後走到距離昕涵最近的一幅字畫前面……

這幅字畫，是昕涵剛剛進店時，第一幅掛在自己面前的字畫，當時的她並沒有加以留意，如今書捷站在這幅巨型字畫的正下方，反顯得上面的字，格外宏偉，意義深遠。

跟前三幅完全不同，在偌大潔白的宣紙上面，只寫上一個字……

「絆」

女孩：這就是哥哥你的私人花繩子？你終於肯帶出來了，好開心啊！咦！怎麼會是黑色的，平時很少見這個顏色！

少年：我也不知道，以前跟媽媽玩的時候，就是這個樣子。

女孩：你以前，常常跟媽媽玩？

少年：是啊，我所有花繩子的技巧，都是她教的，這條繩子，也是她臨終前交給我的。

女孩：對……不起……提起你以前的事……

少年：過去了，不要緊。

女孩：這條繩子很長喔！比一般花繩子長，會不會本來不是玩這個的？

少年：但我跟媽媽玩過很多遍了，說也奇怪，繩子像有靈性般，會自動隨你心中所想，按照你的意思去翻出不同的圖案，你的手指也會變得比平常靈活，很有趣！

女孩：好，我現在試試看……

少年：等等！這個……玩的時候，一定要兩個人一起玩，不能一個人玩。

女孩：為什麼？

少年：我也不知道，總之，妳要玩我陪妳玩，千萬不能一個人玩。

女孩：好啦，好啦，那我們現在可以開始了吧……哈，翻好了！這個有點難度，看你怎麼解！

少年：別小看我……嘿嘿，這個妳接得住嗎？

女孩：太容易了，我這樣勾住……然後翻過來……嘻嘻！輪到你了！

少年：這個……讓我想想……首先挑起這條……然後……好！就這樣吧！

女孩：唔……哥哥很厲害，這個好難喔……我先把這條繩子勾出來，再從這邊分出去……哈哈哈，成功！我也不是好欺負的！

少年：……
女孩：喂，到你了……幹嘛不說話？還這樣傻傻的望著我？
少年：妳知道嗎？妳很像我媽媽。
女孩：……
少年：我小時候，也是經常和她這樣一起玩，她的笑容，她的動靜，跟妳真的很像。
女孩：不玩了！
少年：欸？玩得好好的，為什麼不玩了？
女孩：沒心情，不玩了。
少年：這個……不玩無所謂……我……倒是有件事想告訴妳。
女孩：咦？
少年：我小時候身體很虛弱，經常生病，有時甚至陷入昏迷，但奇怪的是，自從跟媽媽一起玩花繩子後，身體竟然慢慢好轉過來，也很少再生病。
女孩：這麼神奇？
少年：可是，自從媽媽過世後，我再沒有玩花繩子……結果身體又虛弱起來……不過人始終長大了，抵抗力比起小孩時好多了，勉強還挺得住……但偶然也會陷入昏迷……這是我最擔心的事。
女孩：哥哥，你為什麼現在才告訴我……我……很擔心。
少年：放心，哥哥沒事！因為和妳在玩花繩子，勾起我的回憶，才說給妳聽。
女孩：那麼，我現在陪你玩，你的身體會好轉過來嗎？
少年：這個我也不清楚，媽媽不在後，今日是我第一次，重新拿起這條花繩子。

女孩：我知道原因了……你媽媽以前很會玩，但她離開之後，你再也找不到另一個會玩的人，直至遇上我……對嗎？

少年：對，妳是我所遇過，除了媽媽以外，最會玩的人。

女孩：那我們繼續吧！來！哥哥先開始。

少年：咦，妳剛才不是說沒心情嗎？

女孩：現在有心情了！來吧！

少年：……

「志美，是我害了妳……」

子磊的悲傷回憶（三）

三十二

「你們坐一會，我去倒茶。」

甫進門，以婷以輕鬆愉快的心情跳進廚房，反倒是秀妍和家彥，雖然明知屋主不在，但心裡仍是有些忐忑不安。

在踏入十六樓以婷家門前，秀妍給文軒打了一通電話，互相交換情報，知道雙方都錯失了一件重要證物：秀妍這邊是花繩子，文軒那邊是手套。

兩人約好今晚再見面，秀妍掛斷電話，心想，目前只剩下以婷這條重要線索，她見過志美，這已從她的回憶中得到證實，現在必須從她身上，知道更多關於她哥的祕密。

「這裡打掃得整齊乾淨，一塵不染，客廳擺設也井井有條，看來以婷的哥，是一個做事條理清晰，一絲不苟的人。」家彥觀察四周後說。

秀妍點頭同意，這時以婷剛好端上兩杯汽水。

「找不到茶葉，喝汽水吧。」

秀妍盯著面前充滿小小氣泡的梳打水，雖說是自己喜歡的橙汁味，不過汽水一向少喝，她把這杯橙味汽水放在一旁。

「以婷，妳剛才說，回家想取一件很重要的東西，到底是什麼？」

「就放在那邊，我現在過去取。」

以婷走近窗口位置，在幾盆室內栽種的植物中，捧起其中一個只灌進水，沒有泥土的盆子，小心翼翼搬過來。

這個只灌水的盆子，上面漂浮著一朵花……

「睡蓮？」

「秀妍，看清一點……」家彥在她耳邊輕聲地說，「……是藍蓮！」

秀妍認真的再看幾眼，在雪白無暇的花瓣上，隱約透著絲絲藍色，其中有一小片花瓣，幾乎全塊染藍。

「藍蓮，最高貴的睡蓮品種。」家彥以欣賞目光望向以婷，「想不到妳家裡竟然收藏這麼名貴的東西，很好奇妳是從哪裡找來的，埃及？印度？」

以婷對他甜笑一下，沒有回答。

「這朵藍蓮很特別，就這樣孤零零的飄浮在水上，應該已擺放一段日子吧？」家彥繼續問，「但它的顏色卻依舊鮮豔，就好像剛摘下來一樣，妳平時是怎樣打理它的？」

「哈哈，根本從沒打理過，」以婷率真地回答，「我就這樣用水，一直讓它飄著，水少了就添一些進去，如此而已。」

室內的氣溫好像有點下降，秀妍望望窗戶，其中一扇窗打開了，風從那裡吹進來，她從包包裡拿出一件外套。

「我覺得有點冷，」家彥瞥了秀妍一眼，對以婷說，「可否把那邊的窗關了？」

「可以啊，請稍等。」

以婷走過去關窗，秀妍感激地對家彥報以一個微笑，她望望手上的外套，既然拿出來了，還是穿上吧。

「對了，以婷，」秀妍穿好外套，剛好以婷回到座位上，「為什麼妳一定要把這朵藍蓮帶走？有什麼特別原因嗎？」
以婷用手輕輕碰了藍蓮兩下，它在水上微微彈開，泛起一波漣漪。
「哥說過，」她托著腮，扁著嘴說，「只要這朵藍蓮一直活著，以婷的生命，也會一直盛放著，不會凋零，不會枯萎。」
「以婷，恕我直言，」家彥一臉認真地說，「妳有沒發覺，妳的一生，都被妳哥操控著，他把妳管得非常非常嚴，妳生活上每一個細節，都必定提到妳哥，妳不覺得他這樣……好像有點……控制慾過盛嗎？」
以婷耐人尋味的笑了一下，她望著家彥，眼神憂鬱無奈。
「這是因為，他愛我。」
秀妍和家彥對望一眼，她的語氣……極不尋常……她所指的愛……難道是……
「父母在我們很小的時候便過世了。」以婷說，「我是由哥哥一手帶大，他很疼我，很愛護我，這點我絕對理解，我也很愛哥哥，但……不是那種愛……我不想他用那種扭曲的愛來對待我……」
「家彥你說得對，他控制慾很強……或者應該說……佔有慾很強，我明白他為何會變成這個樣子，父母的死，令他怨恨身邊所有一切，除了我，他對任何人都不帶絲毫感情，我是他唯一的親人，也是唯一的伴侶，他把他所有的愛，全傾注在我身上，他想我永遠留在他身邊，但我不想……」
奇怪！仍然覺得冷！秀妍望向窗戶，明明全關上了，為什麼還有冷的感覺？而且，還是在多穿一件外套的情況下，照道理，應該覺得熱才對！
她望望家彥和以婷，他們似乎沒有這個感覺，看來感覺冷的，只有我一個人而已。
不對勁！秀妍發現，她的左手正不停地抖……
「所以，妳決定離家出走，目的就是想擺脫妳哥的控制，逃離他瘋狂而不正常的愛。」家彥回應。

這時以婷把那個放著藍蓮的盆子，遞到家彥面前，兩頰泛紅，害羞地說。

「家彥，我想你，幫我好好保管這朵藍蓮。」

我的左手……秀姸終於明白什麼一回事！就跟以往一樣，我的雙手，能夠感受到亡者的執念，但由於右手被壞和尚封印了，所以只有一隻手在忙，我的左手，正不停感應這裡的異常！那種寒冷感覺，正是因為這股異常所導致。

如是者，若按照以往經驗……

「為什麼？」家彥不解地問，「為什麼把這麼重要的東西，交給我保管？」

這間屋內，有不知名的恐怖物體，在徘徊……

「因為，它代表我的生命。」以婷含情脈脈望住家彥，「而我，願意將我的生命交給你……」

到底在哪裡……這間屋……到處充滿執念……假如我，脫下左手手套，應該可以感應到……咦！

秀姸盯著她剛才放在一旁，沒喝的汽水……在橙色梳打水上面，黏著一條剛才沒看見的長髮……

這條長髮……灰白色……就好像剛從天花板上掉落……

「……家彥，我愛……」

這條頭髮……

「危險！！！！」

這是秀姸平生以來，喊得最大聲，最尖銳的一次。

在喊的同時，她順勢撲向家彥，兩隻手把他往外推開，自己也趴在沙發上，同一時間，一把大菜刀突然從天而降，在秀姸和家彥中間擦頸略過，秀姸推斷，如果不是剛才把家彥及時推開，刀鋒肯定落在他的脖子上。

隨著以婷發出刺耳的尖叫聲，秀姸已肯定他們碰到什麼東西，她脫下左手手套，深呼吸一口，仰頭望著天花板。

一個穿得全身黑的老婆婆，正倒吊在天花板上，右手拿著一把五十公分長的大菜刀，放在咧嘴大口上，不停用舌頭去舔。

三十三

「絆……什麼意思？」昕涵眼也不眨，定睛望著那個大字。

「羈絆，一份人與人之間不可割捨的情誼，或者一段斬不斷的情感關係。」書捷說。

「這段關係……包括親情、友情和愛情，正因為這些糾纏不清，難捨難離的情意結出現，所以造成人世間種種錯綜複雜的現象……例如，子磊跟他母親，就是羈絆的最佳例子。」

「但絆這東西，很玄很奧妙，是緣也好，是孽也好，一旦絆在一起，你就被它纏上，是好是壞，一切都只能默默承受。」

「你到底是誰？」昕涵眼神凌厲盯住書捷，「為什麼對謝醫生的過去這麼熟悉？」

「因果循環，天理所在，假使一個人，昔日曾經做過傷天害理的事，今日自己承受惡果，這就是報應不爽的道理。」

雖然他長篇大論說了許多，但昕涵坦言，她只聽懂一點，因果循環，昔日的因，今日的果，他是在暗示謝醫生自食其果嗎？

昕涵再抬頭望望眼前這個「絆」字，她好像猜到些什麼……

「謝醫生，過去有一段糾纏不清的關係。」她以試探的語氣，對書捷說，「這段關係一直伸延至現在，是他跟媽媽的羈絆？不對！他媽媽已經過世，不像是！更像是另一個人，是誰？」

「不錯！不錯！」書捷拍了兩下手掌，「很接近了，請繼續。」

「謝醫生跟這個人，羈絆甚深……一段斬不斷的情感關係？」昕涵雙眼開始放光，「志美！真的是她？二十歲跟十歲的曖昧關係，我在診所時已隱約感覺到了！」

書捷冷冷地笑了兩聲。

「祝小姐果然冰雪聰明，可惜這只是真相的一小部分，就算讓妳知道，妳也沒法改變謝醫生的宿命。」

「啊！是這樣嗎？」昕涵回頭瞥了曼珠沙華字畫一眼，「謝醫生的命運沒法改變，那你呢？你和你的戀人，又能否開花結果？」

書捷露出一個驚訝的表情，剛才的笑聲停止了。

「我也只是隨便猜猜，結果被我說中吧！」昕涵指了指曼珠沙華字畫，「這張字畫，我最初以為你是拿來嘲諷謝醫生，但愈看愈不像，無論他跟媽媽抑或志美的關係，都不像這朵花所蘊含的意境。」

「夏天花開葉凋謝，秋天葉長花凋零……花跟葉子相戀……這是你內心的寫照吧？你的戀人……」

「祝小姐，不要太自以為是！」書捷悻悻然說，「妳只猜對一半，除了我，這張畫也是她個人的內心獨白。」

「她？誰？」

「就是被妳排除在外，那個像鬼一樣可怕的小女孩。」

志美？怎麼可能！她不是……

所有一切，就在幾秒內發生，事態轉變之急，令昕涵也不知所措。

首先，店鋪突然傳來一陣刺耳的尖叫聲，是一把女聲，但鋪內只有我和書捷兩人，我沒叫，那把女聲是誰？

更奇怪是，書捷聽到這聲音後，臉色瞬間變得鐵青，剛才跟我對話的氣焰都沒了，反而慌慌張張，跌跌碰碰的，跑到收銀處旁邊，其中一個放著盆子的地方，我也跟著追過去。

我見到，那個盆子盛著水，水上有一朵睡蓮，而那朵睡蓮……正不斷往下沉！

一片片白色略帶偏藍的花瓣，飄零散落在盆子四處，有些浮在水面，有些沉在水底……

當我仍在好奇，為何書捷望著睡蓮愈看愈悲傷時，文軒大叔突然衝進來，二話不說，一手把我拉出店鋪。

「大事不妙！」大叔的臉色也不比書捷好看，「翔一郎已大致推敲出整件事的來龍去脈，原來跟二十五年前一宗血案有關，而那宗血案的主角正是子磊。」

「那個和尚，發現了什麼？」

「他沒詳細說明，但看他的表情，一副大難臨頭的樣子。」文軒繼續，「他吩咐我把妳拉出來，叫妳馬上跟秀妍他們會合；他也吩咐子諾趕去詩韻家，把詩韻送到我們這邊來，他說，詩韻一個人可能有危險。」

「那和尚呢？他自己跑哪去了？」昕涵走到車子旁邊，發現子諾和翔一郎都不見了。

「他沒交代，」文軒鑽進車子，坐上駕駛席，「他吩咐完我們各人的任務後，就自己一個人離開了。」

「臭和尚……」昕涵也鑽進車子，「咦！那徐先生的任務呢？不會是送我到秀妍那裡這麼簡單吧？」

「當然不是，」文軒回答，「翔一郎叫我再翻查當年那宗血案的資料，看看有沒有一些細節遺忘了，他總覺得，好像欠缺些什麼？」

「我來告訴你欠缺些什麼！」昕涵指了指店鋪，「嚴書捷，他就是最後一塊拼圖，他非常熟悉謝醫生的過去，麻煩徐先生等會兒翻查資料時，連帶把這個人的資料一併查出來。」

「我相信，他就是連串事件的罪魁禍首！」

女孩C：呼～～好想快點長大喔。

女孩B：為什麼呢？現在我們不是挺好嗎？

女孩C：有很多事情，只有成年人才能做。

女孩B：只有成年人才能做……難道志美妳想……喝酒！妳何時變得這麼愛喝？

女孩C：不是耶！拜託妳不要亂猜！

女孩B：那為什麼要這麼快長大？我聽姐姐說過，成年人生活壓力很大，還是做小孩好，有大人照顧，自己不用煩。

女孩C：可是，成年人比小孩自由得多，不用被爸爸媽媽管東管西，自己想做什麼就做什麼，想去哪裡就去哪裡。

女孩B：這倒是真的……不過，我還是喜歡跟姐姐在一起，不管她叫我做什麼，又或者跟她去哪裡，我都很樂意……所以我並不希望那麼快長大，因為我大一歲，姐姐就老一歲……

女孩C：很羨慕妳有個好姐姐，我的父母……妳都知一向疼我弟弟多點，我在家中其實可有可無……快點長大，快點開展新生活，對我來說或許是件好事。

女孩B：妳……想離家出走……

女孩C：不是啦！我的意思是，快點長大成人，然後離開這個家，去組織另一個新家庭，迎接新的生活。

女孩B：這個我倒完全沒想過。

女孩C：這是因為，妳太幸福了……有姐姐疼……所以從沒想過這個可能……

女孩B：其實志美妳也不用心急，我們遲早都會長大，再過八年，就是成人了！

女孩C：八年……太長。

女孩B：不長，時間過得很快的！妳想想我們由初初相識到現在，一眨眼，原來已經四年了！

女孩C：也對！妳知道嗎？當我第一次見妳時，心情簡直興奮到極點，因為我終於找到一個，跟我一樣愛戴手套的人！

女孩B：我也是啊！當知道志美妳也戴手套時，我興奮得回家摟著姐姐說，我終於找到一個志同道合的人！

女孩C：咳咳……我們的嗜好……詩韻姐是不會明白……

女孩B：對啊……這是我們兩人之間的默契，不懂欣賞手套的人，沒資格說話，呵呵呵！

女孩C：所以……咳咳……秀妍……我們要永遠……咳咳……做好朋友……

女孩B：志美，妳最近怎麼了？身體好像變得比以前虛弱，人也消瘦了，生病了嗎？

女孩C：我也不知道，最近老是這樣子，不過醫生說沒病，放心，我過一陣子會沒事。

女孩B：但妳這個狀況，還去巴黎嗎？

女孩C：去！機票酒店都訂好了，不去詩韻姐會很傷心。

女孩B：可是，我擔心妳的身體……

女孩C：放心，我沒事的，我會在當地買一雙美美手套回來送妳，秀妍，妳要等我……

女孩B：嗯，我會等妳。

「好想，快點長大喔……」

志美的哀傷回憶（三）

三十四

秀妍屏息靜氣，望著倒吊在天花板上的鬼婆。

跟詩韻姐碰見時不一樣，她這次是全身倒立在天花板上，雙眼瞇成一線，根本不知道她在望誰，秀妍只能憑她站立時身體微曲的姿勢，來判斷下一個可能被攻擊的目標。

家彥此時走近秀妍旁邊，隨手拿起玻璃杯當武器。

「奇怪！她為什麼在這兒？」

「我也不知道，」秀妍回答，「現在最重要是儘快離開這裡。」

秀妍瞥了瞥軟攤在地上的以婷，她死抱著那個盆子不放，水花已把她衣服濺濕，但秀妍注意到，那朵藍蓮，不知是否因為受到剛才的衝擊，正不停往下沉，雪白帶藍的花瓣正一片一片的剝落，散在盆子四周。

「家彥，」秀妍輕聲地說，「等會兒我引開鬼婆的注意，你趁機帶以婷離開，記得那盆藍蓮也要帶走！」

「不行，太危險了！」家彥搖頭，「不如由我引開她，妳帶以婷走！」

「現在不是爭辯的時候，」秀妍望望地上的以婷，「以婷看似嚇得跑不動了，只有你才夠力氣把以婷扶起來逃命，我自有辦法對付鬼婆，她傷不了我。」

「不行，我絕不會掉下妳不管。」家彥堅決地說。

「家彥！」

秀妍沒有再說下去，因為鬼婆已先發制人，只見她突然縱身一躍，跳到家彥面前，一刀朝他臉門刺過去，幸好家彥及時察覺，側身避開鬼婆的攻勢，在地上滾了兩下，然後在一扇窗前站起來。

鬼婆這時已離開天花板，站在地上，跟秀妍和家彥形成三角之勢，這也是秀妍第一次看見她站在地上，她……個子不高，但動作出奇地靈敏，跟她的年齡完全不成正比。

鬼婆再次發動攻勢，又是家彥，這次是舉起菜刀，直接衝過去，家彥把手上的玻璃杯擲過去，卻被她一手撥開，玻璃杯撞在牆上發出砰啦一聲，碎片散滿一地。

秀妍望望仍然趴在地上的以婷，雖然本意是由我引開鬼婆注意，但目前這個環境，也只能由我來先把以婷送走，希望家彥能夠儘量拖延。

「以婷，妳有受傷嗎？」秀妍走過去，發覺她仍死抱著那盆藍蓮，「我們要儘快離開這裡，妳能走嗎？」

「可以的，但腳有少少軟，妳扶扶我。」她嘗試自己站起身，但不成功，「那是什麼怪物？為什麼會在我家出現？」

正當秀妍猶豫如何回答以婷之際，以婷因為試圖借力把身子撐起來，她的右手，突然捉住秀妍剛脫下手套，禁忌的左手！

陰差陽錯也好，運氣使然也好，久未出現的影像重新在秀妍腦海中浮現，不知是否因為直接接觸左手，這次影像非常清晰，再沒有前一次那種模模糊糊的感覺。

背景是深夜，視角在漆黑中一直向前行，正前方有燈光照射在地面，看似視角手上，拿著一支手提電筒之類的照明物品，燈光照在地面時，隱約看見有兩對腳在走路，換言之，視角旁邊還有另一個人。

燈光繼續照射，時而照在地面，時而舉起照照四周，咦！等等……

這裡的環境……為何如此熟悉……

視角繼續向前走，走到一間……課室！燈光照在門上，四年乙班！這裡……這裡不就是我以前小學的校舍！為什麼？為什麼我以前讀過的小學，會出現在以婷的回憶中？

視角進入課室，課室沒有開燈，卻依稀見到有個人坐在中間位置，視角走過去，跟那個人打了聲招呼，然後……

那個人也亮起自己的手提電筒，往臉上一照……詩韻姐！！！！

這個……難道回憶出錯了嗎？在以婷的腦海中，為什麼會出現小學時的詩韻姐？

但影像還未完，當視角向詩韻姐打了聲招呼後，視角轉過頭來，用電筒照照剛才一直跟在旁邊的那個人……

那個人……李秀妍……我看見了我自己……我看見了小學時的自己……

天啊！到底發生什麼事！！

三十五

詩韻獨自窩在床上，打手機遊戲。

自秀妍家彥離開後，詩韻又回復清靜但孤獨的生活，如果是以往考試時期，她非常樂意過這種生活，可是現在的她，半隻字也塞不進腦袋。

她知道自己是在逃避，但也沒辦法，能夠馬上克服心理障礙固然好，不行也只能讓時間慢慢將它沖淡，急也急不來。

手機鈴聲突然響起，嚇了詩韻一跳，是子諾！這個時間他打來幹嘛？

「喂，詩韻，十萬火急！」子諾上氣不接下氣地說，「如果妳在家的話，請馬上更衣，我正趕過來接妳。」

「子諾？發生什麼事？」詩韻跳下床，「我為什麼要更衣？」

「當然是要妳出來啊！」子諾繼續說，「出來後再解釋，我五分鐘後就到，快！」

說完便掛斷了，詩韻心想，自己頭未洗，妝未化，五分鐘就要人家出門，太強人所難吧！

不過，聽他語氣，好像真的發生大件事，算了，這次聽他的吧，出外走走也好。

詩韻在臥室衣櫃裡，隨便挑了件便服，略施淡妝，然後打開門，走出客廳⋯⋯

她終於明白，為何子諾剛才如此焦急⋯⋯

一名身穿紅色羽絨外套，白色毛冷上衣的小女孩，正翹起雙腿，斜倚在客廳沙發上。

「嗨！詩韻姐，還好嗎？」

是志美⋯⋯

「外面很熱鬧啊！妳一個人躲在這裡幹嘛？快出來！」

她想⋯⋯做什麼？

「我呢，想找妳們聚聚舊，地點不如就⋯⋯以前的小學校舍？就是我們曾經在深夜玩過大膽遊戲那間，妳還記得嗎？我蠻懷念的。」

我們？即是⋯⋯

「所以，麻煩詩韻姐致電秀妍，」志美微笑，「吩咐她今晚十二時，一個人前去⋯⋯」

女孩：哥哥，你喜歡我嗎？
少年：當然喜歡。
女孩：那你愛我嗎？
少年：為何突然問這些問題？
女孩：因為，我下星期就去巴黎了，我……很想知道……
少年：但妳還是小學生，不會明白什麼叫愛。
女孩：哥哥你明白嗎？
少年：這個……
女孩：哥哥你有女朋友？
少年：跟妳說過很多次了，因為我一直專心溫書，沒時間交女朋友。
女孩：既然你這麼忙，為什麼仍願意抽時間陪我？
少年：……
女孩：因為你……掛念我？
少年：其實，我也不知道什麼原因，每次跟妳一塊兒，我覺得很舒服，很開心，我可以把心底裡的說話通通說出來，而妳每次總是很溫柔的望著我，替我開心，替我解憂，有時候，我甚至忘記了妳只有十歲……妳就好像……女朋友般關心我……
女孩：那我們結婚吧！
少年：這……這怎麼可能！！妳還未成年，根本不能結婚。
女孩：那麼，待我成年後，你會娶我嗎？
少年：這也是很久以後的事吧？

女孩：不久，時間過得很快的，八年後，待我滿十八歲，我就可以嫁給你！

少年：但我們的年齡相差太遠了，我大妳足足十年！

女孩：一點也不遠，你想想，假如我今年三十，你四十，你仍覺得年齡相距很遠嗎？

少年：……

女孩：你覺得遠，是因為我們年紀還小，二十歲跟十歲，是成年人跟小孩的距離，可是，倘若是老人，六十歲跟五十歲，差別就不大了，我說得對嗎？

少年：這個……又好像有點道理……

女孩：所以，待我十八歲成年，你也只是二十八歲，二十八跟十八的距離，是不是比二十跟十的距離短一點？所以如果我八年後願意嫁給你，你會娶我嗎？

少年：妳……真的……願意嫁給我？

女孩：嗯！

少年：坦白說，我從未試過拍拖，對這方面完全沒有經驗，不過……我對妳有份很特別的感覺，我也不知道這算不算是戀愛，但見不到妳那幾天，我的心會患得患失……很想妳……

女孩：哥哥，你這算是答應了？

少年：不如這樣……假如八年後，妳仍然想嫁給我的話，我答應妳！但前提是妳還是妳，性格不能變，倘若變成另一個人，不是原本的妳，那我可接受不了。

女孩：放心，我的性格，跟我的心一樣，不會變的！

少年：其實八年時間很長，妳可能會慢慢發覺，哥哥並不是妳想像中那麼好……

女孩：不會的！我會用時間證明……我對哥哥是認真的……啊，對了！我們這個約定，可以互相交換一件東西，當作承諾嗎？

少年：妳想交換什麼？

女孩：我這裡有一雙手套，是一位好朋友親手縫製給我的，是我最珍而重之的寶物，現在將它送給你，交換……那條黑色花繩子！

少年：不行！那是媽媽留給我的遺物！

女孩：我明白，但那也是你最珍貴的東西……手套對我同樣重要，我不是一樣交給你嗎？

少年：這個……

女孩：我有個辦法，假如你不捨得的話，繩子這麼長，可以中間剪開，一半是你，一半是我，這樣你就可以保留媽媽的遺物，而我亦得到我想要的東西。

少年：這個方法……也可以……

女孩：那我現在就剪囉，一、二、三，剪！一半是你，一半是我……還有手套，是你的了！

少年：這條繩子真的長，雖然剪了一半，仍然覺得很長。

女孩：對啊，繩子太長，對我這雙小手不公平……所以我打算再把它剪一半，一條留在家，一條帶在身邊，這樣隨時隨地都可以玩！

少年：答應我，妳一定要好好保管這條繩子。

女孩：放心，這條繩子會一直跟著我，就算死了，我也會把它帶走……

「如果，讓我再愛一次……」

子磊的悲傷回憶（四）

三十六

當然，秀妍深知，沒有人能告訴她到底發生什麼事，一切還是得靠自己。

尤其是，在危機仍未完全解除之前……

就在秀妍閱讀以婷回憶的時候，鬼婆突然停止對家彥的攻擊，轉過頭，回身朝秀妍方向跑過去，家彥試圖抓住她，但卻被她閃身輕易躲開。

「秀妍，快醒醒！」以婷拼命搖晃秀妍的肩膀，但她仍然兩眼放空，毫無反應。

正當鬼婆手上的菜刀對準秀妍背項，準備狠狠的刺下去之際，秀妍及時從回憶中驚醒過來，她抱著以婷，一個翻身，兩人像滾地葫蘆般，避開鬼婆的攻勢。

「秀妍，妳終於醒來了！」以婷感動得哭出來，「剛才怎麼了？為什麼突然發呆？」

秀妍此刻仔細盯著以婷，她的相貌、她的表情、她的舉止。

剛才那段回憶，是秀妍在小學時，跟志美和詩韻玩的大膽遊戲……

秀妍心想，假如視角……看見詩韻姐……看見我……那麼……視角本人只可能是……

不可能！絕對不可能！我眼前這名女子，無論外貌和表情，沒有一樣跟她相似……

但是……這又該如何解釋……以婷……竟然會擁有志美的回憶！！！

「秀妍，看後面！」

家彥一聲大叫，再次把秀妍驚醒過來，這次是以婷及時把她拉開，躲過了鬼婆左手的利爪攻擊，咦！她不是右手執刀嗎？

當秀妍察覺不妥的同時，鬼婆的咧嘴大口笑了，她右手順勢一揚，大菜刀直往秀妍心臟位置刺下去，原來剛才左手攻擊只是虛招！這下秀妍已無路可逃，刀來得快，她躺在地上根本避不過，若要保命，只能用她左手……

秀妍不知道她的左手能否成功把鬼婆彈開，過去曾經成功過，但很久沒用了，加上被壞和尚封印了一半力量，隨時有失效的可能，假如失敗，這一刀肯定刺在自己心臟上，她只能賭一把！

她舉起左手，向鬼婆方向伸過去，鬼婆的刀也恰好這個時間刺過來，就在這一瞬間……

「秀妍！！」

秀妍聽見家彥大叫自己的名字，然後聽到砰碰一聲，她定睛一看，原來以婷將手上的盆子擋住鬼婆的刀，但刀鋒銳利，直接刺穿盆子底部，盆子裡的水通通溢出來，把秀妍、以婷和鬼婆全弄濕了！

鬼婆大怒，把插著盆子的刀，大力向後一拉，整個盆子立馬粉碎，水瀉滿一地，鬼婆再次舉起刀，正想刺向擋在秀妍前面的以婷時……她突然停止攻擊……

鬼婆的刀，刀尖剛好插著那朵藍蓮，花瓣已然全部剝落，所剩下的，只有插在刀尖上，中間花蕊部分……而花蕊也慢慢從刀鋒上滑落，七零八落的，隨意散滿一地……

就在這時，以婷突然全身一軟，暈倒在秀妍跟前。

事情來得太快太突然，令秀妍也不知所措，正當她想把以婷扶起時，鬼婆突然狂嚎一聲，聲音充滿悲慟及憤怒，好像突然醒悟什麼似的。

然後，鬼婆一個箭步走到秀妍前面，左手一抓，輕而易舉的把以婷抱入懷中，她沒有再舉刀指向秀妍或家彥，反而轉過身來，看似想把以婷帶走，秀妍本能地用左手捉住鬼婆的左手，制止她把人抱走。

影像一不離二，跟上次一樣，畫面非常清晰，比較令秀妍好奇的是，她的左手沒有把鬼婆彈開，反而能夠看見她的回憶，怪物的回憶也能看嗎？

視角坐在課室的一角，又是課室！但這次不是小學，比較像是大專院校，課室光線充足，時間應是在大白天，視角在看書，但同時間四處張望，好像在等人，等了一陣子，迎面正好跑來一個……

秀妍看呆了……完完全全反應不過來……這個迎面而來的人，不是志美還會是誰！！！

帶著意外和憂傷的心情，秀妍繼續看下去，只見……志美笑容滿臉跟視角談話，雖然不知道在說什麼，但視角似乎也很享受，就這樣傾了一段時間，志美好像有事要走了，她揮揮手，回頭對視角嫣然一笑，眼神依依不捨地離開。

視角這時也站起來，收拾書本準備離開，突然迎面又來了一個人，這次是一位少女，年紀比志美大很多，看上去應該二十歲左右，眉清目秀，頭髮紮成馬尾撥在右肩上，樣子頗漂亮，她向視角說了幾句話，視角點點頭，但沒有回話，然後跟她一起離開課室。

可是，一離開課室……這裡是什麼地方?!

夕陽西下，視角突然站在一棵枯樹旁邊，漫山遍野都是墳！剛才那個紮馬尾少女不見了，取而代之，是正往視角一步一步走過來的志美！她再不是之前那個甜蜜和親切的志美，相反，眼神變得冷酷和殘忍，臉色也異常蒼白，她狠狠的瞪著視角，不帶半點笑容，然後指了指旁邊那棵枯樹樹頂。

剛才那個紮馬尾少女，竟然被吊死在上面！她死不瞑目，雙眼滿是血絲，正死死的盯著她腳下的人，一滴不知是血還是淚的液體，由她眼裡流出，沿著臉頰流至下巴，然後滴在視角的臉上。

影像結束，秀妍呆呆地坐在地上，直至家彥在耳邊輕呼她的名字，她才反應過來。

「秀妍，妳沒事吧？」家彥擔心地問，「鬼婆抱著以婷從大門走了，我追出去時，她們已不見蹤影。」

剛才那段……是鬼婆的回憶？可是，為什麼她的回憶，會有志美的存在？紮馬尾少女又是誰？

這時門外傳來腳步聲。

「十六樓，是這裡了！」昕涵的聲音傳進兩人耳朵，「咦！大門為什麼打開……秀妍！幹嘛坐在地上？這裡好像剛打架來的，霍爾，到底發生什麼事？」

「鬼婆出現了！」家彥嘆一口氣，「以婷被她抓走！但真奇怪，為什麼要抓走以婷？」

秀妍繼續靜心回想，在以婷的回憶中，出現小學時的詩韻姐和我；在鬼婆的回憶中，出現小時候的志美和紮馬尾少女……那個少女，是黃晞萱？

「天啊！」秀妍雙手掩嘴。

「有什麼發現嗎，秀妍？」家彥把她扶起，三個人站在一片凌亂的客廳中間。

「家彥、昕涵，雖然我知道這個想法很荒謬，但請你們一定要相信我……」

家彥和昕涵望著秀妍，幾乎同一時間點頭。

「以婷……可能是志美！」秀妍自己也不敢相信，「而鬼婆……就是謝醫生！」

三十七

文軒把昕涵送至秀妍處後，馬上回家開始工作。

他打開電腦，開始從網上搜尋二十五年前，譚氏一家五口命案的詳細資料，雖然大致上跟子諾說的一樣，但其中有兩項細節引起文軒注意。

第一，鬼婆出沒的記載，大約在命案發生前一個月，首先是譚家住所附近一帶，接著是大廈旁邊街角暗處，最後直接出現在住宅後樓梯和走廊，命案發生後，鬼婆從此消失，沒人再見過她。文軒心想，由她的出現到消失，總給人一種刻意計畫好的感覺，就好像事前要讓她在街坊面前亮亮相，營造神祕效果，這樣命案發生後，便會有一大堆證人將矛頭指向她，真凶自然容易脫身。

第二，命案發生後至鬼婆消失這段時間，中間其實還有另一起命案出現，就是專欄作家陳大雲的死，但卻被後人忽略。他的死至少有三點可以跟本案扯上關係，一，他死前正撰寫一系列譚家命案文章；二，他死在聲稱是鬼婆住處的地方；三，他死狀跟譚家一樣，臉孔及身體均被戳至血肉模糊。

文軒分析，此案本該是譚家命案的延續，可是，除了死亡當天，各大媒體都用頭版報導外，隨著時間流逝，這案件慢慢淡出眾人的記憶中，畢竟陳大雲的死，從頭到尾都沒人目擊鬼婆出現，沒有神祕現象的加持，日子一久，便容易被世人遺忘。

陳大雲……文軒突然對這個人非常感興趣，除了因為很少人將他與譚家命案相提並論外，他的死是發生在命案之後，而他又一直跟進及報導這起慘案，難道是發現了什麼，被凶手殺人滅口？

文軒開始翻查他的背景，知道他是記者出身，之後從事很多寫作工作，曾經為多份報章撰寫專題文章，本身也是一個文化人，酷愛藝術，尤其是書畫，空餘時間也會抽空欣賞各大小型書畫展。他死時遺下一個五歲兒子，當時妻子還懷有身孕，換言之，應該有兩個孩子才對，可是網上關於這方面的資料相當貧乏，看來傳媒對他的身世不感興趣！

暫且將陳大雲放在一旁，文軒開始搜尋嚴書捷的資料，這位昕涵拜託一定要調查的人，個人背景出乎意料的好找！

原來嚴書捷是一位小有名氣的畫家，擅長字畫，作品曾經在世界各地的小型畫廊參展，他也喜歡收集一些稀奇古怪的歷史收藏品，所以開了間店鋪，專賣自己喜歡的東西。

他很少提及以前的事，只在其中一篇訪問中，被問及改姓一事，才略為提及。

他說，自己爸爸很早就過世，是媽媽很艱苦地，獨力撫養他和妹妹，但媽媽不久也死了，之後他帶著妹妹，拜一位國畫藝術家為師，兩人非常投緣，在對方不反對情況下，他和妹妹跟大師結為乾親，姓氏也正式改隨大師，姓嚴……

看到這裡，文軒全身不自覺地打了個冷顫。

若然不是同一時間搜尋陳大雲和嚴書捷兩個人的背景資料，你根本不會將他們放在一起，縱使他們部分背景，其實是互相吻合，但若獨立拆開來看，你完全不會察覺任何可疑之處。

可是，一旦合併來看，兩人的關係就現形了。

第一，陳大雲二十五年前死時，兒子五歲，嚴書捷今年剛好三十！

第二，陳大雲有個遺腹子，但從沒有人知道性別，嚴書捷碰巧有個妹妹！

第三，陳大雲酷愛藝術，尤其是書畫，嚴書捷剛好擅長字畫！

第四，陳大雲死時遺下妻子和兩名孩子，生活淒慘，嚴書捷也親口承認，爸爸很早就過世，是媽媽很艱苦地，獨力撫養他和妹妹！

第五，陳大雲兒子本應姓陳，但嚴書捷卻改姓了……

文軒迅速搜尋網上所有資料，但找不到嚴書捷原來姓氏的報導，這就更惹起文軒的懷疑，因為正常來說，就算父母過世，也毋須把自己的姓氏改掉，嚴書捷刻意借乾親為名，把姓氏換掉，又故意隱瞞原來姓氏，動機相當可疑。

看來昕涵說得沒錯，嚴書捷就算不是整件案的始作俑者，也一定扮演極其重要的角色，必須馬上把這個發現通知大家！

這時文軒手機剛好響起，來電者是家彥。

「喂！家彥，我剛剛發現一個驚人……什麼！」

文軒嚇得整個人站起身，電腦椅子向後翻倒在地上。

「秀妍決定，自己一個去見志美！」

女孩C：……
女孩A：人都來了巴黎，還記掛秀妍？
女孩C：嗯！有一點！咳……咳……
女孩A：妳今天不是買了對新手套給她嗎？她收到一定很高興。
女孩C：嗯！希望快點親手交到她手上，咳……咳……
女孩A：妳怎麼了？最近身體一直都很差，看了醫生沒有？
女孩C：我……沒事……只是最近……玩花繩子太多了……
女孩A：妳啊……古古怪怪的……來！讓我看看妳有沒有發燒……咦！沒有啊！
女孩C：我都說我沒病……咳……咳……睡飽後就會好。
女孩A：明天妳若是繼續這副模樣，還是留在酒店休息吧，我怕妳出去會生意外。
女孩C：沒事的……我只是最近……有點虛弱……我也不知道為什麼會這樣……
女孩A：總之，一切安全至上，最多我陪妳悶在酒店算了。
女孩C：詩韻姐，妳真好……
女孩A：不是啦……別說些令我難為情的話……
女孩C：詩韻姐，妳認為，人死後……會去哪裡？
女孩A：欸！怎麼突然改變話題？
女孩C：不，我只是好奇，人死後……會去哪裡？
女孩A：唔……上天堂？下地獄？哈哈哈，我也很想知道。
女孩C：如果，人死後，能夠守在自己所愛的人身邊，妳說有多好？
女孩A：一點也不好！妳看見他，他看不見妳，不知有多痛苦！

女孩C：如果能夠讓對方看見呢？那麼彼此就可以知道對方的存在。

女孩A：也不好吧！明明死了還回來，跟一個在生的人一起，人鬼殊途，既然死了，就應該去死了的地方。

女孩C：那如果以另一個姿態回來呢？不是鬼也不是人，而是另一個有血有肉的生命體……

女孩A：好啦好啦，志美妳真的病了！看妳滿腦子荒誕的想法，就知妳病得很嚴重……唔……經我診斷後，病人現在要馬上睡覺！

女孩C：遵命！

女孩A：這就乖了，妳先睡，我刷牙後馬上過來陪妳。

女孩C：詩韻姐……妳心裡有沒有捨不得，時時刻刻都掛念的人？

女孩A：有啊，爸爸媽媽啦，妳啦，秀妍啦……好多好多……

女孩C：那如果妳死了，妳會想回來再見他們一面嗎？

女孩A：大吉利是！妳再說，我就用膠紙封著妳的嘴！

女孩C：如果是我，我一定會回來，因為我想見妳和秀妍……

女孩A：……

女孩C：我們三個，要永遠永遠做好朋友，好嗎？

女孩A：嗯，永遠永遠……

「再見了，各位……」

志美的哀傷回憶（四）

緣散

「翔一郎，深夜前來，是否有重要事情稟報？」

「師傅，我已查出黑塚事件的真相，並且知道整件事的幕後主腦是誰！」

翔一郎依舊以跪坐姿態，恭恭敬敬面向師傅，鞠了一躬。

「幕後主腦？」

「就是那個叛徒，他終於出現了！」翔一郎深呼吸一口，「他把那個金屬方塊，交給李秀妍一位叫祝昕涵的朋友，那個被封印千年的詛咒，在她身上得以延續。」

「這可大件事了！」低沉女聲回應，「這個詛咒的恐怖程度，比起李秀妍甚至黑塚，猶有過之，連那個人也收伏不了，翔一郎，你千萬不要逞強！」

「師傅請放心，那個金屬方塊，暫時受到控制。」翔一郎稍稍露出疑惑表情，「雖然具體如何辦到，我也不太清楚，但看似姓祝的女孩，有辦法馴服方塊內那個邪惡詛咒，暫時應該不會為患，當務之急，要先解決黑塚！」

「你說你已查出真相，說來聽聽……」

「黑塚咒。」翔一郎雙手合十，自信地說，「有一個人，二十五年前利用這個詛咒，化身黑塚，將姓譚一家五口殺害，而這個人之後把詛咒留傳，被留傳那個人，再次利用詛咒，追殺李秀妍的朋友程詩韻！」

「可是……即使是黑塚咒……也不是每個人的體質都能起變化……為什麼翔一郎你這麼肯定，詛咒是來自姓譚這戶人家？」

「對，普通人的體質，即使中咒，也未必能夠承受黑塚所帶來的力量。」翔一郎開始分析，「可是，先天帶有通靈體質的人，就不在此限。」

「姓譚一家有個兒子，叫譚子磊，自幼體弱多病，如何醫也醫不好，我雖未親眼見過他，但若從他母親原氏的行為去判斷，譚子磊極可能是先天具有附體體質的人，而這類人，最適合黑塚這類附身詛咒！」

「你意思是，這個姓譚的，利用黑塚咒，將黑塚附在自己身上，然後把家人殺掉？」

「不！不是他，是他母親原氏！」翔一郎繼續他的分析，「原氏的來歷，我仍未查出來，只知道她早年家貧，童年時，最喜歡一個人玩花繩子！」

「雖然沒有證據，證明譚子磊懂得玩花繩子，但他母親會玩卻是事實，而他們兩母子關係密切，合理推斷，原氏曾經跟兒子一起玩過，甚至把自己所學的向兒子傾囊相授，這點不足為奇。」

「事實上，她也必須跟兒子玩，這樣才能執行她的計畫，因為她需要兒子那個容易附身的體質，這才能讓她化成黑塚，而能夠將兒子通靈體質順利轉嫁在她身上，弟子相信，只有一樣東西才能做到……」

「翔一郎，難道你是指……」

「對！那條被詛咒的黑繩子！」翔一郎斬釘截鐵地說。

一片沉默，女人沒有作聲，翔一郎也靜下來，他知道師傅正嘗試了解整件事的來龍去脈，但凡涉及詛咒之物，師傅在處理上，都會顯得格外慎重。

「黑繩子……翔一郎……你敢肯定？」女人低沉的聲音再次響起。

「弟子肯定！」翔一郎繼續說，「只有那個被詛咒的護身符——那條黑繩子，才有能力把兩個人的身體狀況互相調換，譚子磊本來體弱多病，但一段時間突然好起上來，那段時間正是跟他母親一起玩花繩子的結果，他母親把自己的健康傳給兒子，換取兒子虛弱體質，當中包括易附身的特性，所以當原氏一個人玩那條花繩子時，她就可以隨心所欲變成黑塚。」

「按你所說，二十五年前的事件，是母親一手策劃，那麼現在發生的事件……」

「是她兒子，依樣畫葫蘆，但動機不同，結果亦不同。」

「就是那個擁有容易附身體質的兒子？他長大了？」女人突然唏噓地說，「可是……他為什麼要這樣做？」

「箇中緣由，我也不太清楚。」翔一郎搖搖頭。

再次一片沉默，翔一郎望著一片烏黑的夜空，時間不早了，他還要在天亮之前趕回去，必須爭取時間。

「師傅，還記得我曾經提過，那位不知名少女嗎？」翔一郎開始說，「她身上並沒有散發任何詛咒氣息，不是詛咒之人，可是，我見到她時，卻感到非常不安，渾身不自然，當時我不知原因，現在我知道了。」

師傅仍然沒有回話，翔一郎繼續。

「那位少女，的確不是詛咒之人……她是因為詛咒而生下的產物。」

竹林響起陣陣風聲，夜色正濃，在沒有月光的引導下，翔一郎周遭全被黑暗包圍，只能憑聽覺聽出竹林的位置，他等會兒還要摸黑下山。

「那……是什麼詛咒？」女人終於開口，但聲音極其沉重。

「一個非常古老的詛咒，」翔一郎向前俯身，低下頭說，「我也只曾在文獻中讀過，從未親身領教過，但假如我的判斷沒錯，那個不知名的少女，以及那位死後回來，叫何志美的小女孩，她們都是因為這個古老詛咒，不幸所生出來的畸物！」

「既有詛咒，便有施咒者，」沉重的聲音夾雜著幾分悲傷，「施咒者是誰？」

「能夠使用這麼古老詛咒的人，只有一個。」翔一郎激動地說，「那個叛徒，伊藤京二！」

「詛咒雖然古老，但千百年來，知道的人也不少，你憑什麼肯定是伊藤做的？」

「因為……熱衷古老詛咒的……我只能想到是他……所以我才說他是幕後主腦！」

「那麼，翔一郎，你打算如何做？」

「師傅，請恕弟子無能。」翔一郎把頭再放低一點，差不多整個身子趴在地上，「這個古老詛咒，弟子並不知道破解之法，今夜冒昧趕來，就是希望得到師傅指點，好待我馬上回去把那個小女孩收拾，她已經殺了一個人，不能再讓她逞凶下去！」

「你還要回去？」

「是的，天亮前一定要回去。」翔一郎說，「否則他們會有危險。」

「他們……包括李秀妍嗎？」

翔一郎沒有回答，因為竹林再次傳來陣陣風聲，而伴隨著風聲穿過毛竹所帶來的回響，他聽到背後竹林的位置有所改變！

「這樣，就算你現在下山，天亮前也趕不及回去。」女人淡淡地說。

「師傅……為什麼要這樣做？」翔一郎抬起頭，坐直身子，滿臉疑惑。

「翔一郎，有些事情，知道太多是沒有好結果……」

三十八

子夜時分，秀妍獨自回到她兒時就讀的小學，深夜的校舍固然不會燈火通明，但基本的保安還是有的，秀妍一直疑惑，自己等會兒如何通過鎖上的大閘？如何應付負責保安的校工？但很快，她便知道已有人替她解決所有問題。

平時鎖上的大閘，毫無保留地完全敞開，平時巡邏的校工，突然消失不見。

天空沒有半點月色，也沒有零碎星光，秀妍僅靠記憶，摸黑步上校舍，沿著樓梯，一步一步往前行，假如課室沒變的話，這裡應該是……

四年乙班，志美臨終前最後的課室。

秀妍站在門外，深呼吸一口，徐徐把門打開。

課室內漆黑一片，秀妍走進去，亮起手機電筒，走到中間第一行第二個座位，這是志美生前坐的位置。

座位沒有人，她站在那裡，望向後排座位，就在這個座位的正後方，倒數第二行，坐著一個小女孩。

秀妍愣愣望著眼前這個小女孩，不敢置信。

臉圓鼻尖，眼睛細長，眉毛幼直，長髮瀏海，這位外貌清純的女學生，跟志美完全一個模樣，就連眨眼睛、撥頭髮等細微舉動，都是志美習慣性的小動作。

這是秀妍第一次看見死後回來的志美……

如果換作以前，秀妍一進課室，便能馬上判斷眼前之物，是真實存在的，還是由死人怨念具現化而成，但由於右手被翔一郎封印了力量，她這次沒能一眼看出，她需要多些時間。

坐在椅子上的小女孩，一副氣定神閒的樣子，她翹起腿，撥了撥耳邊的長髮，兩片嘴唇微張，眼神魅惑地盯住秀妍。

「想不到妳還記得，我以前坐的位置，秀妍！」她帶點感慨地說。

「妳也一樣，」秀妍回應，「記得我就坐在妳的正後方。」

「沒辦法，妳和詩韻姐長得高，所以經常坐後排。」她自嘲說，「像我這些長得矮的，只能坐在前排。」

秀妍突然從包包中，拿出一對小孩子戴的紫色毛冷手套，跟她今晚手上穿戴那雙，顏色及質料一樣，只是尺碼不同而已。

「這對手套，是妳在巴黎買給我的。」秀妍把手套遞給志美，「對現在的我來說，手套太小了，所以我買了另一雙質料及顏色相同的，戴上手時，感覺就好像妳送的這款一樣。」

志美接過手套，秀妍留意到，她的雙眼曾經閃過一絲惋惜，露出幾分懷念感動的神態，但很快，冷酷無情的外表重新落在她的臉上。

「想不到妳仍留著，還保養得像新的一樣。」志美看了兩眼，然後把手套丟在書桌上，「看來妳一點也沒變，我們三個人中，妳最重感情，也最易感情誤事。」

這時秀妍才察覺到，課室內只有自己和志美。

「詩韻姐呢？不是說好三人聚會嗎？」

「不用急，秀妍。」志美笑了笑，「我自回來後，未曾跟妳見過面，亦未曾跟妳交談過，我很想趁此機會，先和妳聚聚舊。」

「妳把詩韻姐怎麼了?!」秀妍有點激動的說。

「坐啊，站著幹嘛？」志美沒有答她，指指旁邊的椅子。

秀妍走過去，拉開椅子，坐下來，跟她面對面坐著。

志美……完全看不出她有什麼不妥，她不像是鬼，更不是活屍，現在這麼近的距離，在這麼寂靜的校園裡，秀妍幾乎可以聽到她的呼吸聲，她……根本就是個人！

「志美，恕我唐突，」秀妍決定單刀直入，「妳……明明已經死了，遺體也火化了，為什麼還能……」

「還能坐在這兒，跟妳談話？哈哈哈哈～」志美打斷秀妍，不停低下頭狂笑。

「難道妳，當年真的沒有死去？」秀妍仍然抱有疑問，「但即使妳沒死，十年過去，為什麼沒有長大，還是以前的樣子？」

志美笑聲停止，抬起頭來，望著秀妍。

「很簡單，因為我真的死了！」

秀妍完全給弄糊塗了，她在說什麼?!

「我曾經死過，但又活過來了，但不是一般人所想，以鬼魂姿態回來……我是以人的姿態，回來了。」

「以人的姿態，這怎麼可能做到？」秀妍急著問，「人死了就不是人，更何況……」

突然一絲靈光閃過秀妍的腦袋，對了！原來自己一直在繞圈子，為什麼一直想不通這個道理！自己跟詩韻姐犯了同樣錯誤，就是一直嘗試用理性角度，去解釋志美死而復生之謎，可是，假如她是通過某類儀式，例如詛咒，來達成復生的條件呢？

當我接觸鬼婆時，志美和疑似黃晞萱的少女，先後出現在鬼婆的回憶中，而在我們這群人中，最能跟她們兩個同時扯上關係的，就是謝子磊醫生，他有志美小時候的手套，黃晞萱又是他的妻子，所以我當下有個大膽推測：鬼婆的真實身分，就是謝醫生！

這件事我已拜託家彥和昕涵去調查，而我現在要做的事，就是進一步證實，志美跟謝醫生不單認識，而且關係匪淺，志美之所以能夠以人的身分，重新回到這個世界，難道跟謝醫生化身鬼婆有關？他們兩個，到底從何時開始糾纏在一起？

志美見秀妍欲言又止，好奇地問。

「更何況什麼？」她雙手交叉翹在胸前，「我如何回到這個世界上，真的重要嗎？自妳進課室後，一直以狐疑的目光盯著我，問長問短，我們不是好朋友嗎？好朋友是這樣被猜疑嗎？」

好朋友當然不會互相猜疑，可是，秀妍心中一直有個疑問，這個疑問，不論志美當年真的沒死，抑或死後以人的身分回來，也解釋不了。

為什麼她跟以前的志美，性格相距如此之大？

她清純的容貌、嬌小的身型，細緻的小動作，的確跟十年前的志美一模一樣，連過去課室座位的安排，夜間考膽量遊戲的試煉，她都記得清清楚楚，沒可能是假冒的。

可是，她的性格……

秀妍所認識的志美：內向、害羞、保守、文靜，說話吞吞吐吐，做事畏首畏尾；然而眼前的志美：外向、大膽、豪放、輕浮，說話尖酸語言刻薄，做事果敢不顧後果，反差為何這麼大？

「那麼，志美，我的好朋友，」秀妍決定引蛇出洞，試探一下志美真正的意圖，「妳這次叫我來，又把詩韻姐藏起來，到底想幹什麼？」

只見志美突然脫了鞋，把雙腳提到椅子上，膝蓋並攏屈腿而坐，右手輕托香腮，左手放在大腿上抓癢，眼神魅惑，嘴角微微上揚，露出一絲令人不安的微笑。

「我只想，重溫以前的快樂時光，」她望望四周，輕聲地說，「在這個課室裡，跟秀妍妳玩花繩子。」

三十九

家彥和昕涵來到一幢舊式唐樓地下，如果推斷無誤，謝子磊極可能把以婷帶到這裡來。

最初聽到鬼婆是謝醫生這個假設時，家彥和昕涵都接受不了，但秀妍的堅持最終打動了他們，雖然不知道她是從哪裡找來證據支持她的想法，但在如今謝醫生仍然不知所終的前提下，家彥心想，多一個假設，多一分機會找到他。

不過，最決定性證據還是文軒大叔的調查，他的調查結果，間接證實了秀妍的假設可能是正確的！

他把陳大雲和嚴書捷，兩個表面上風馬牛不相及的人物串連起來，令到整個局面有全新的看法，假如嚴書捷真的是陳大雲兒子，改姓的目的就顯而易見：他要報仇！他要向當年殘忍地殺害他父親的人報仇！而由於那個人有可能認出他的身分，所以他乾脆連姓氏也改掉！

從嚴書捷連續一個月到訪謝醫生診所來看，謝子磊極有可能是他的目標！可是，當年只得五歲的謝醫生，會是殺害陳大雲的凶手嗎？不太可能，但按此順藤摸瓜推敲下去，當年慘劇倖存者只有兩人，不是謝醫生，便是他媽媽原女士，若凶手是原氏，由於她已死，書捷要報仇的話，只好將一腔怒火，轉嫁在她兒子身上！

秀妍的假設是，謝醫生可能透過某種詛咒，化身成黑塚，這正好符合翔一郎臨別前所提及，當年和今日兩個鬼婆，是同一詛咒下的產物！如是者，當年化身黑塚的是原女士，今日化身黑塚的是謝子磊，他們是兩母子，必定承傳了詛咒之法，這個邏輯推演，也支持了秀妍認為鬼婆是謝醫生的假設。
謝醫生和鬼婆的真面目，總算逐步揭開，可是，另一邊廂卻仍有很多謎團未解：志美到底是何方神聖？她跟謝醫生到底什麼關係？她要秀妍獨個兒前去見面，用意何在？
還有以婷……她有說不出來的怪異感……為什麼會這樣？子磊為什麼要擄走她？是因為發現她哥就是當年陳大雲的兒子？
愈想愈多，愈想愈亂，家彥搖搖頭，重新把自己拉回現實，目前他和昕涵的任務，就是找出子磊把以婷擄到哪裡去了，兩人駕著車，去了很多可能的地方，但都沒有結果，後來昕涵靈機一觸，說出一個大家從沒想過的可能。
該不會，子磊把她帶回自己以前的舊居？就是當年他跟媽媽一起住過的那棟舊唐樓？
換句話說，就是二十五年前，發生五屍命案那個住宅單位。
家彥和昕涵站在唐樓地下，互相對望一眼，然後表哥在前，表妹在後，一步一步，沿著骯髒的樓梯，慢慢走上去。
「如果他們不在這裡，那我們該怎麼辦？」家彥小聲地問。
「那也沒辦法，可以去的地方全都去了，這裡是最後一個。」昕涵放輕聲線回答。
「不知秀妍那邊情況如何……」家彥擔心。
「放心，大叔一聽到她自己一個面對志美時，馬上趕去學校了。」昕涵安慰說，「子諾也會過去，因為學姐好像都在那兒。」
「如果可以的話……我也很想去……」家彥說出心底話。
「你要記住，我們的任務同樣重要，是秀妍千叮萬囑交託給我們的。」昕涵鼓勵，「她想救以婷，同時看看能否幫謝醫生變回人形……這個……雖然我們也不知道有什麼方法……但……」

「噓……」

家彥豎起食指，貼著唇邊，示意昕涵不要說話。

在四樓，那個譚家曾經住過的單位內，傳來兩把截然不同的聲音。

「你騙我……」一把粗糙的聲音響起，似是老人家的聲音。

「我再問一次，你把我妹妹藏在那裡！」

這把聲音！昕涵用手勢向家彥示意，是嚴書捷沒錯！

他們放輕腳步，慢慢走近單位門口，最初以為是大門敞開，所以才能聽到裡面的對話，後來才發覺門是緊閉的，只因日久失修，大門上有很多隙縫和破洞，聲音才能從單位內傳出來。

這正好了！家彥和昕涵互打眼色，各自在大門前找個合適位置，偷看和偷聽。

不出所料，家彥窺見鬼婆，即是謝醫生，站在門前右手邊位置，在他對面的是嚴書捷，家彥第一次見。

「你騙我……那個電梯的女孩……她不是……雖然她身上有那條黑色繩子……但她不是……為什麼你還要我殺她？」

粗糙的聲音再一次咆哮，但換來的卻是冷冷回應。

「看來就算我教曉你如何化身黑塚也沒用……」書捷面無表情地說，「黑塚的力量殺性太重，你似乎未能控制自如。」

「我……感覺控制不了這股力量……看不清東西……很辛苦……我……不及媽媽……」

「那你還想替妻子報仇嗎？謝醫生？」

家彥和昕涵幾乎同時間張大嘴巴，他們豎起耳朵繼續聽。

「我……我要報仇……把那個邪惡女孩殺了……她不是志美……志美不是這樣子的……」

「要報仇，就要利用黑塚的力量……我見過那個陰間的女孩，她非常恐怖……只有化身黑塚，你才有機會把她幹掉……可是……」

這時書捷突然語氣一轉，厲聲地說。

「可是……你為什麼要把我妹妹擄走？她跟這件事完全無關！」

這時傳來一陣極其刺耳的笑聲，笑聲切肉透骨，聽得家彥和昕涵心寒。

「無關？嘿嘿嘿嘿……你不要以為能夠瞞天過海……我被你騙過一次，不會再有第二次……」

「你這是什麼意思？」書捷慌張地問。

「藍蓮……答案就在藍蓮。」

只見子磊從黑色斗篷外套中，取出一樣東西，家彥張大雙眼，拼命換角度，終於從狹窄的隙縫中，看清楚那是什麼東西！

一雙粉紅色手套，十隻手指頭縫上厚厚的布料……

「你妹妹……就是志美！」子磊舉高手套，展示在書捷面前，「你為了令你心愛的妹妹死而復生，強行把志美的魂魄，困在她的身體內！」

咚咚～咚咚～

這是什麼聲音？

咚咚～咚咚～

哪裡傳來的？

我爬起身，睜開雙眼，四周一片昏黑，但又透著點點霧光，光線朦朦朧朧的，就好像夜裡的月光照在大地上的感覺，我抬起頭，嘗試找出月亮的位置，天空卻是黑漆漆的。

我向前踏出一步，地下很軟，踩上去鬆鬆綿綿的，不像泥土，反像平時睡覺時的床墊，剛才我就一直睡在這兒麼？蠻舒服的，難怪睡了這麼久……但我真的是睡了嗎？

我繼續向前走，地上仍是軟綿綿的，這個床墊到底有多大？四周太黑，只靠像螢火蟲一樣的霧光，一步一步，向著發出咚咚聲的方向走去。

我來到一處很空曠的地方，這裡的回音異常地大，我側耳細聽，終於發現那些咚咚聲，就在前面不遠處，可是當我靠近時，聲音戛然而止。

然後，我聽見水聲……是流水聲，流得並不湍急，很平靜，看來在我前方，是一條小河。

原來我現在身處戶外，剛才聽那咚咚聲太入神了，幸好沒再向前走，要不然一定掉進河裡……

咚咚聲再一次響起，聲音愈來愈近，就在前面！在河邊！有東西正向我慢慢靠近！

奇怪的是，我沒打算逃避，反而渴望馬上跟對方見面，明明不知道對方是誰，這裡又這麼黑，為什麼會有這個衝動？

東西慢慢靠近，漸漸看見輪廓，是人的身影，按身高和身型來看，似是一個女人！

實在沒必要再去猜測，女人很快就來到我面前，只見她左手拿著一樣什麼東西，那東西突然亮了起來，把四周的黑暗驅散，我定睛一看，是一個燭台，剛才亮起來的，是燭台上那支蠟燭。

這時我終於看清女人的容貌，一名少婦，長髮，瓜子臉，樣子斯文大氣，清秀脫俗，漂亮順眼，討人好感，若以外表判性格，應該屬於溫柔隨和那類女人吧？

她披著一件黑色斗篷，把全身遮蓋住，除了外露的臉和左手，看不見身體其他部位，她站在我面前，對著我微笑，眼神很善良，看上去完全沒有敵意。

「妳是誰？這裡是什麼地方？」我問。

她伸出右手，豎起食指，按在嘴唇上，示意不要說話，然後轉頭往剛才來時的方向走。

靠著她手上的燭光，我看見前方不遠處有條河，河上有條船，燭光很弱，照不見河的彼岸，亦照不透水有多深，女人慢慢朝著船走過去，我跟在她身後，然後，她跳上船，回身向我伸手。

她想我跟著上船？

「等等！請問，這裡是什麼地方？這條船，又是開往哪裡？」

女人還是沒說話，只露出一個和藹的笑容，她把視線移向左側的河上，舉起蠟燭，讓燭光可以照到水面。

是睡蓮！船的四周都被很多很多睡蓮包圍住，這裡的睡蓮長得比平常見到的茂盛，一朵朵突出在水面上，朝燭光照不到的遠處散布開去，但很奇怪，現在已是夜晚，按理應該看不見睡蓮的顏色，但此刻的我，卻彷彿能夠看見它們與生俱來的獨特顏色……一種我只在書本上讀過，從沒親眼見過的顏色……

在雪白的花瓣上，透出片片純潔的鮮藍色……

「當這裡的花全被染成藍色時，就是妳心願達成的日子。」

女人終於第一次開口，聲音很溫柔，很好聽，可是內容，我卻聽不懂。

「什麼心願達成？」我不禁地問，「我並沒有什麼訴求，我只是……不知道什麼原因來到這裡，請問妳可以告訴我，這裡是什麼地方嗎？」

女人笑了笑，把手上的燭台放在船頭上。

「這裡……是妳要來的地方。」

「我要來？」我有點訝異，「這裡黑漆漆的，一片霧霾，什麼東西也沒有，我為什麼要來？」

「因為……妳想救一個人。」

「我要救人？救什麼人？」

女人再次笑了笑，然後彎下腰，拿起放在艇上，一支很長很長的撐船杆，把其中一頭插進水裡。

「來吧，過了這片湖，所有一切，將會重新開始。」

原來這裡不是河，是湖！難怪水流不急，剛才她舉起燭台時，我曾嘗試望向對岸，完全看不見邊際，若是湖，應該是片大湖！

女人再次伸出一隻手，想拉我上船，我後退兩步。

「等等，我想先搞清楚整件事，」我搖搖頭，「那個人是誰？我為什麼要救？還有妳……雖然看上去沒有攻擊性，可是我不認識妳，而這裡……奇怪了，為什麼我對這裡所有東西，全都感到陌生？」

「因為詛咒已經開始侵蝕妳的記憶……」她輕輕地說，「沒時間了！妳先跟我來，之後再慢慢解釋。」

「詛咒！什麼意思？」

她沒有回答我的問題，只是伸手在斗篷裡找了找，然後拿出一樣東西，當東西接觸空氣時，馬上發出咚咚～咚咚～的聲音。

這……這是……

「妳想救的人，就在湖的對岸。」女人幽幽地說，「這是妳跟他的約定，這個東西……是妳第一次見他時的心跳聲……它會引領妳的去路。」

我不可思議地望著她手上的東西……

我認得這個東西……

那是我的手套，秀妍送給我，但我轉送給他的手套……

為愛而活的女孩

藍蓮之路　生之章

四十

志美從口袋裡拿出一條黑色繩子。

「來吧，秀妍！」她興奮地說，「讓我看看妳有沒有進步！」

深夜的課室空蕩寂寥，兩個黑影如鬼魅般竊竊細語，如幻如真，一切仿似置身夢境，但偶然傳來路過汽車的響號聲，提醒秀妍眼前的景象並非夢境，眼前的人也絕非昔日般善良單純。

這條黑色繩子，詩韻姐從家裡帶出來後卻不見了，本以為是鬼婆帶走，為何此時會出現在志美手上？

「我記得……」秀妍盯著繩子問，「……這條花繩子，詩韻姐當年是從妳的遺物中，把它帶到自己家裡去……為什麼……會出現在妳手上？」

「哈哈哈，答案不是很明顯嗎？」志美開始把繩子穿在手上，「我嫌繩子太長了，把它一分為二，一條帶去巴黎，另一條留在家中，詩韻姐拿的，自然是我家中那條。」

「可是，妳過世時，在妳身上並沒發現什麼繩子啊？」

「哈！這是因為，我把它一併帶到陰間去了，嘻嘻嘻……」

詭異的笑聲響遍整個課室，令氣氛一下子變得怪誕恐怖，秀妍毛髮直豎，感覺有股寒氣直透入心。

「來啊，還等什麼！」志美高舉雙手，「已經弄好了，妳先來！」

秀妍心想，詩韻姐仍在她手上，沒法子，唯有陪她玩一會，只是自己已經很久沒玩了，不知道還記得否。

秀妍將右手舉起，嘗試用尾指勾起中間第三條線，卻馬上被志美喝停。

「這麼久沒見，還是老樣子。」她搖搖頭，「妳就是不能脫掉手套跟我來一場嗎？這樣下去，不消三個回合，妳就解不開我翻的圖案！」

脫掉手套？對了！我為何想不到！真的要謝謝志美提醒。

只要把手套脫掉，我雙手的敏感度將會提高，在跟志美玩花繩子的過程中，一定有機會碰到她的手，到時我便能看到她的回憶……一旦看見，她的真實身分馬上現形！

唯一擔心的是，右手腕那個繩子封印，會否影響我的發揮……但既然雙手全脫光光，或許我自身詛咒的能力，足夠蓋過封印的力量。

秀妍聽話地馬上把手套全部脫掉，開始玩花繩子。

「這個是蝴蝶。」秀妍翻出一個新圖案，「輪到妳。」

「太容易了，」志美左右兩手隨便穿插幾下，「摩天輪，到妳。」

秀妍想了一會，然後雙手把繩子倒勾，弄出另一個圖案。

「手套，」她充滿盼望地望著志美，「這是妳教我的，還記得嗎？」

秀妍溫柔婉轉，弦外之意的提醒，換來的卻是對方冷冷的嘲諷。

「秀妍，妳真的退步不少。」志美再次搖搖頭，雙手飛快地翻出另一個圖案，「我看妳這個怎麼解！」

秀妍看得目瞪口呆，這個……這個構圖的複雜程度，絕非她能應付得來。

「接吻。」志美得意洋洋地說，「一對情侶的側臉，彼此嘴唇緊貼在一起，是我自創的，厲害吧！」

「很厲害，我輸了。」秀妍氣餒，不是因為花繩子輸了，而是剛才翻了這麼久，竟然連志美一個回憶也看不到。

「秀妍，妳有男朋友嗎？」

志美突如其來一句，把秀妍殺得一個措手不及，她的心先是噗通一聲，緊接著一輪亂跳，跳得心亂如麻，方寸大亂。

為什麼會這樣？明明自己沒有男朋友……

「我在想，秀妍妳一定沒有男朋友，所以對於接吻這類需要豐富想像力的圖案，一下子就放棄了。」

「我……哪有關係？」秀妍漲紅了臉，「我只不過看不懂這麼複雜的構圖……才會放棄……沒有其他原因。」

奇怪，為什麼要跟她辯解？

「那妳……有喜歡的人嗎？」

秀妍的心再次噗通噗通地跳，臉比剛才更紅了，她心想，幸好沒開燈，四周黑漆漆的，否則一定被志美看見自己一張通紅的臉，怪難為情！

「看來是有的吧……」志美笑了笑，「二十歲了，正常來說也應該有，是暗戀嗎？」

「志美……為什麼突然這樣問？」秀妍迴避問題。

「因為，喜歡一個人，是多麼幸福的事。」志美一臉陶醉，「那份感覺，會令妳心花怒放，徹夜難眠，妳會惦掛著他，想知道他目前在做什麼，但有時卻會患得患失，不知道對方會如何看待妳，然而一旦知道對方的心意時，妳便會明白什麼叫心意相通，秀妍，難道妳從未試過這種感受？」

秀妍懵然，的確，她從未感受過！

「能夠去愛，能夠被愛，是人世間最快樂的事。」志美向秀妍瞥了一眼，關心地說，「秀妍，希望妳能儘快找到自己心中所愛。」

不知怎的，當聽到這句話時，秀妍發覺志美雙眼流露出罕有的真摯和誠懇，之前狂妄的語氣也完全消失不見，志美她……似是真心誠意祝福我。

那一瞬間，她回復原來本性。

「志美，妳……是否曾經喜歡一個人？」秀妍問。

「嗯！」志美點點頭，「不止喜歡，我愛他，所以甘願忍受痛苦，回來了！」

說到這裡，她的表情卻突然一百八十度改變，本來還是開朗甜蜜的笑臉，眨眼間變得戾氣陰森。

「我回來了……可是……他卻不愛我了。」志美悲憤地說，「他說我變了，還警告我不要碰他的妻子！」

他的妻子？答案已經很明顯了，再沒有其他可能！

「妳愛的人，是謝子磊？」

秀妍想志美親口承認，但她沒有理睬，雙手開始翻弄花繩子，手法純熟，很快就弄出一個全新圖案來，秀妍好奇地望過去……

影像說來就來，完全沒有猶豫餘地，背景好像是郊外的夜晚，周遭雖然黑暗，但仍能看見點點微弱的光，只見視角一直向前走，突然，有個人在前方慢慢朝視角方向走來，這個人身型矮小，頭髮長長的，看上去像個女生……等等，再看清楚……臉圓鼻尖，眼睛細長，她不正是志美麼？

為什麼……為什麼視角會見到……自己?!

只見志美站在視角前面，表情略帶緊張和猶豫，她說了些什麼，說完後仍舊站在原地不動，好像在等視角回覆，不久，她又再次對視角說了些什麼，然後又站在原地不動，看似兩人正以一問一答方式，互相交談。

過了一會，視角突然望向志美的後方，好像發現她身後出了什麼狀況……的確出了狀況！志美身後出現一個人型物體……很像人，因為它有頭、有身、有四肢……但又不像人，因為它全身好像被什麼東西纏住……頭、身、四肢，到處都被好像繃帶之類的東西綑綁住……物體向右側著頭，一拐一拐的往志美走近，奇怪的是，在走過來的過程中，物體的頭一直向右斜歪著，耳朵完全貼著自己的肩膀，世上有人會這樣走路嗎？它這個姿勢不覺得累嗎？

當走到志美身後大約一米距離時，物體停下來，望著志美，然後……

它把頭從右往左抬起，但頭顱卻好像沒有支撐點一樣，停在中間不到半秒時間，便馬上往左傾倒，左耳完全貼著左邊的肩膀……

天啊！這個物體……頸骨斷了！完完全全斷了！這所以它的頭，只能往左右兩邊斜歪！

志美這時也轉過頭來，望住物體，露出驚訝的表情，然後影像中斷……

秀妍從驚愕中醒過來，看見志美舉起雙手，把剛才翻出來的圖案，展示在她面前。

「這是我最近研究出來的圖案，」志美笑了，笑得很邪惡，「吊死的人，妳看像不像……某個奪人所愛的妻子，嘻嘻嘻！」

四十一

「我不知道你在說什麼！」

書捷把臉別開，不敢直視子磊，子磊得勢不饒人，粗糙的聲音再次響起，透露驚人的真相。

「你妹妹，很早前已經死了……」子磊垂下手，緩緩地說，「就是當年那宗巴黎車禍……總共死了六個人……志美是其中一個……你妹妹是另外一個。」

昕涵拼命用雙手掩著嘴，慎防自己尖叫出來，消息來得太震撼了！她望望身邊的家彥，他臉上表情同樣充滿訝異，卻帶少少困惑，這也合理，他待在以婷身邊的時間比自己長，當聽到她原來是個死人時，本能反應一定充滿抗拒和迷惑。

這兩個人，根本就是內訌！看來他們本是同夥，互相利用，互相猜疑，現在終於來個大爆發！

「你以為只有你會調查我的底細？」子磊繼續說，「我一樣會調查你！當年你在巴黎求學，妹妹寒假來探望你，結果就發生意外。」

「我不知道你用了什麼方法，但你成功了，成功令妹妹死而復生……但代價是，把現場其中一名死者的魂魄，困在你妹妹身體內！」

「我本來也不知道的，直至剛剛……我想殺你妹妹時……那朵藍蓮……喚起志美的回憶，被我感應到了！」

「你為妹妹續命的方法，應該就是靠那朵藍蓮！現在藍蓮已毀，你妹妹也不會撐得太久……」

「夠了！不要再說了！」

「嘿嘿嘿，痛失摯愛的感受，如何？」子磊嘲笑著，「你極其量只是失去一個所愛的人，但我呢？我這一生中，已經失去三個最摯愛的人！」

書捷滿腔怒火無處宣洩，一拳打在牆身上，昕涵感到大門也隨之搖晃。

「我媽媽……在我還是孩童時便過世……之後我愛上一個人，雖然相識時間很短，但我愛她，可惜她又死了！之後我再遇到另一個人，她為我付出很多，甚至懷有我的孩子，我不能辜負她，決心要保護她……但又如何……」

昕涵聽到這裡，心裡不禁有點戚戚然，謝醫生一生沒做什麼壞事，但命運卻偏偏和他作對，他的經歷確實令人同情。

「我現在要做的事……就是把那個邪惡女孩殺掉……替妻子和孩子報仇……」子磊粗糙的聲音外加一分悲涼，「她不是志美……我下得了手……至於你……」

「我本想把你也一併殺掉……你一直在騙我……對我有所隱瞞……不過……沒有你……我也不能化身黑塚……只有黑塚的力量……才能對付那個女孩！」

「你妹妹……或許就是你最好的報應……我不會殺她……因為她有一部分屬於志美……但也不會告訴你她在哪裡……以她目前的狀態……恐怕活不過一天……我要你飽受痛苦……」

書捷突然轉身，向子磊擲出不知什麼東西，只見子磊縱身一跳，整個人掛在天花板上，嘻嘻嘻笑了三聲，然後消失在眾人眼前。

弊了！子磊一定是去找志美報仇！換句話說，他正前往秀妍所處的小學，秀妍有危險！

昕涵向家彥打個眼色，示意趕快離開，但奇怪的是，家彥仍一動不動站在門前，絲毫沒有半點離開的意欲。

就在這時，室內傳來極不尋常，近乎歇斯底里的嘰嘰笑聲。

昕涵趕快透過隙縫窺看，只見書捷從地上拾回剛才擲出去的東西，原來是一個銀色的燭台，他一邊拾起，一邊嘰嘰的笑，笑得幾近瘋狂，他走到附近一張桌子旁，把燭台放在上面，然後，開始開懷捧腹大笑。

這個人是不是被謝醫生嚇傻了？他一個人在裡面笑什麼？

但不尋常的舉動不止書捷，這次輪到家彥。

他先是用腳大力踢門，踢得大門搖搖欲墜，然後再用身體猛力撞向門身，終於成功把大門撞開，他走進內，面對面望著書捷。

「對不起，打擾你慶祝勝利的雅興。」家彥一臉鄙視，咬牙切齒地說，「不過你這個鷸蚌相爭，漁人得利的詭計……我不會讓你得逞！」

嗡嗡～嗡嗡～

這是什麼聲音？

嗡嗡～嗡嗡～

哪裡傳來的？

我軟弱無力地挨在牆上，撥撥額前的頭髮，頭好暈，好像酒醒一樣，但我明明沒喝過酒啊！我勉強睜開眼睛，這裡……是什麼地方？

我摸摸身旁的地板，很硬，很冷，但很光滑，是大理石嗎？天空黑漆漆的，不對！根本沒有天空，我抬頭看見的，只是一道很高很高的天花板，我身後那道牆，一直朝上、朝左、朝右延伸開去，很闊，很高，四周黑漆漆的，看不見盡頭，我伸手往牆身摸了一下，又是冷冰冰的。

所以，我是被關在牢房嗎？

房間雖然很黑，但依稀見到前面有微弱的光，嗡嗡聲也是從那個方向傳過來，我撐起身子，往前走了兩步，發覺前面好像沒有牆，換言之，這裡只是三面圍牆。

我朝光的方向走過去，一步一步，這時我才發覺，我是赤著腳的，地板很冷，但奇怪的是，身體並不覺冷，這裡的溫度尚算適中，冷的只有地板，我儘量踮起腳，避免腳底接觸冰冷的地面。

我來到一處很空曠的地方，沿途並沒有遇過一扇門，那剛才我身處的地方，就不是牢房了，因為哪有牢房沒有門的？又抑或，這裡其實是牢房的一部分？

我側耳細聽，嗡嗡聲就在前面不遠處，就在那道微弱的光附近，我顧不得地板的冰冷，衝上前，希望可以快一步跑到發出聲音的位置，可是當我靠近時，聲音戛然而止，連那道微弱的光，也跟隨嗡嗡聲，一起消失在大氣中。

該死！搞什麼鬼！我一路走過來，到最後什麼也得不到！

我垂頭喪氣坐在地上，雙手抱膝，瑟縮一旁，這片空曠的地方很大，連牆身也找不到，我只能原地坐著，四周伸手不見五指，漆黑之外仍是漆黑，我這時才發覺，原來真正的黑暗是這麼可怕，我現在就好像被一隻龐然巨物吞噬了，然而，你連那隻龐然巨物長什麼模樣也不清楚。

然後，我聽到開門聲……

沒有鑰匙的聲音，直接就是門打開時的咔嚓聲，我朝聲音方向看過去，在我前方不遠處，似乎有一扇門，且未上鎖，只是因為四周太過漆黑，所以一直沒發現。

我迅速站起身，是腳步聲！好像有什麼東西正走過來！我緊張得雙手抱胸，後退兩步，周圍依然沒有燈光，我只能憑聽覺捕捉那個東西的位置。

腳步聲穩重踏實，清晰單調，並沒雜亂無章之感，來者應該是個男人，而且，只有一個人。

「得不到想要的東西，感覺是否很難受？」

一把男聲在黑暗中響起，隨後，剛才那道微弱的光再次出現，我看見男人慢慢把右手舉起，他拿著一個燭台，上面插著一根點燃的蠟燭，微弱的燭光，隨著氣流晃動，把男人的輪廓逐漸勾勒出來。

男人年約三十歲，長得不高，中等身型，樣子有點像日本人，穿得一身高級西裝及皮鞋，皮鞋更擦得閃閃發亮，跟這裡的環境完全格格不入。

燭光搖搖晃晃漸漸靠近，我本能地按著胸口。

「你是誰？這裡是什麼地方？」

男人嘴角露出一絲微笑。

「救妳的人，」他走過來，用燭光照向我的臉，「沒有我，妳如何能死而復生？」

死……而復生？他說什麼？我……死了？

「妳似乎忘記了很多事情，」他繼續說，「不過無所謂，記住最重要的便行了。」

「我不明白你的意思？」

他把蠟燭移近他的臉，由於燭光明暗不一，陰影打在他的臉上，看起來格外恐怖。

「在妳內心深處……有股一直被壓抑的衝動……那股衝動將驅使妳去做某件事……一件妳非做不可的事……是什麼事？」

哼！縱使忘記世上所有一切，我也絕不會忘記這件事，由剛才清醒那一刻開始，我的腦子裡，便一直想著這件……非做不可的事！

「我要……殺一個人……一個該死的人。」

「這就對了。」男人嘿嘿的笑了兩聲，「我還擔心妳，把原來目的給忘了，幸好，妳的佔有慾，比我預想中強。」

他突然後退兩步，側著身，示意我跟過去。

「既然妳已經記起妳的目的，可以跟我走了。」他用下巴指指剛才發出門聲的位置，「到外面後，記得跟著我，不要走失。」

說完他頭也不回，自個兒朝剛才來的方向走，我沒其他選擇，只好跟著他。

前面果然有一道門……一道很小，很尋常，家家戶戶都有的門，這兒室內的空間這麼寬闊，但門居然這麼小，我還以為會是教堂之類的大型雙扇門！

「這裡，到底是什麼地方？」我問他。

「妳的心。」他回答，「封閉、冰冷、空洞，只有一扇狹窄的門，通往外面的世界。」

來到門口，他回頭確認我的位置，然後扭動門把。

這……怎麼可能……我的天啊！

在繁星閃爍的夜空下，眼前是一塊廣闊空曠的大地，而在這塊大地上，散布一片又一片紅色的花海，這紅色的花相當亮麗妖豔，顏色奪目，所到之處遍地赤紅，就像被血泊染成的大海一樣，很美！很壯觀！

「曼珠沙華，」男人突然開口，「又稱彼岸花，傳說中的冥界之花。」

說完他舉起燭台，照向前面幾株尚未盛開的花。

「當這裡的花全部盛放時，就是妳心願達成的日子。」

我的心願？除了把那個賤人給殺掉外，我還有啥心願？

男人沒有回應，他繼續向前走，沿途穿過紅色的花海，淡淡花香撲鼻而來，很清新，跟花的妖豔外觀，完全是另一個風格。

我們一路走到花海的盡頭，這時我聽到前方發出潺潺水聲，我們似乎來到一條河的旁邊。

「妳想殺的人，就在湖的對岸。」男人幽幽地說，「只要把那個人殺了，妳便可以得到妳想要的東西。」

原來是湖不是河！我往外望了一眼，四周黑漆漆的，看不見湖的對岸，用鼻子一嗅，空氣流動範圍很廣，感覺這個湖相當大。

「就這樣過去？」我猶豫地問，「我連鞋子也沒有，哪有能力殺人？」

他伸手在西裝裡找了找，然後拿出一樣東西，當東西接觸空氣時，馬上發出嗡嗡～嗡嗡～的聲音。

「這個東西，能帶給妳死而復生後的力量。」男人露出一絲狡猾的笑容，「只要有它，沒什麼事妳是幹不來的。」

我不可思議地望著他手上的東西……

我認得這個東西……

那是我最喜歡的花繩子……他送給我的黑色花繩子……
上面……正好翻著……他教我的蜜蜂圖案……

為愛而亡的女孩
曼珠沙華之路　死之章

四十二

「黃晞萱……是妳殺的！」

雖然真相呼之欲出，但秀妍仍然選擇逃避，她心裡總是抱著一絲不切實際的幻想，只要志美親口說一聲不是她做的，那怕這個謊言跟事實相距甚遠，秀妍仍然願意相信，因為，她不希望自己的好友是殺人凶手。

可是，幻想終歸會破滅。

「她姓黃的嗎？」志美驕矜地說，「哎唷！我連她叫什麼名字都不知道耶！我只知道任何阻礙我和子磊在一起的人，全都得死！」

「志美……妳為何會變成這樣……」秀妍雙眼漸漸淚水滿眶，「妳這次回來的目的，就只有殺人嗎？」

「本來只是殺一個，」志美表情變得憂鬱，「我以為把子磊的妻子殺掉後，子磊就會回心轉意，重投我的懷抱，但結果好像跟想像有些差別……」

秀妍靈光一閃，難道是子磊執意為愛妻及孩子報仇，不惜化身黑塚，拒絕志美？

「呼！我現在很煩惱喔，」志美繼續說，「假如子磊出現在我面前，我應否原諒他呢？他好像很惱怒似的……還是，按照那個人的意思，乾脆把子磊也殺掉？」

秀妍耳朵靈敏得像兔子一樣豎起，那個人？還有另一個牽涉其中的人？

「志美，那個大膽教妳把自己心愛的人也殺掉的混蛋，是誰？」

秀妍故意改變一下問話方式，希望能博得志美信任，套出那個人的名字。

「妳也覺得有問題吧，秀妍？」志美仍在糾結，「那個人，是我回來後第一個收留我的人，當時我身體還很虛弱，仍未能保護自己，我在他的房子裡，像坐牢一樣生活，平日見的，只有他們兩兄妹……」

兩兄妹！這個……倘若姐夫的推論成立，跟這次事件有關的兩兄妹，就只有嚴書捷和嚴以婷……不對，是陳書捷和陳以婷才對！

等等，志美剛才描述的情景，為什麼有點眼熟……秀妍努力在腦海裡搜索……對了！不就是我在大學時，以婷跟我擦身而過，我所看見的回憶片段嗎？

視角，即是以婷，和一名個子不高的男子，一起進入一個房間，男子點起一支蠟燭，然後見到以婷前面坐著一個長頭髮，垂下頭，雙手正在翻花繩子的人……

一切都很清楚了！視角既是以婷，男子就是書捷，翻花繩子的自然是志美，從回憶片段可見，他們兩人名為收留志美，實則把她拘禁在房間裡，好像坐牢一樣，志美形容得相當貼切。

原來他們三個是認識的……可是，原因呢？像以婷這麼單純的女子，看不出她有任何圖謀不軌的動機，難道一切都是她哥哥搞出來的？唉！現在只能靠家彥和昕涵，儘快把以婷找出來，問清楚整件事的前因後果。

「不過很快，我就擺脫他們了。」志美繼續自言自語，「當我開始發揮出自身的能力時，我便不再需要他們的保護，現在的我，可以隨時一次把幾個人幹掉，但子磊……雖然他變心了，可是我仍然愛他，我……下得了手嗎？」

這時志美再次把花繩子穿在手上，翻了幾下，秀妍以為她還想繼續玩，正想伸手過去時……背後傳來急促跑步聲，緊接著是呼吸困難的喘氣聲，秀妍一聽就知道是誰！

「秀妍！」文軒站在課室門外，向內張望，沒有開燈，「秀妍，是妳嗎？妳沒事吧？」

「真掃興！來了個破壞氣氛的人。」志美繼續把花繩子在手上左穿右插，「看來今晚的聚會到此為止，秀妍，謝謝妳陪我玩花繩子……」

志美突然停頓下來，望住秀妍，嘴角露出一抹詭異的微笑。

「妳知道嗎？這條黑色繩子，有將兩個人身體狀況交換的能力……我最近身子不怎麼好，可能上次殺人時虛耗太多精力，所以想找一個身體健康的人……」

「……一個即使多年來背負詛咒，但身體還是一樣壯的人……」

秀妍大驚！志美……原來妳已知道……

「呵呵，不說了，」志美抬頭望向天花板，「他來了……」

四十三

「你是誰？」書捷被突然撞門而入的家彥嚇了一跳，「你這樣是擅闖民居，還把門子撞爛！我可以報……」

他瞥了家彥旁邊的昕涵一眼，馬上收回剛才的說話。

「嗨！我們又見面了。」昕涵故作姿態，向他打了聲招呼，「要報警悉隨尊便，到時看看誰吃虧！」

「這裡，是租的吧？」家彥望望這間破爛不堪，日久失修的屋子，「真奇怪，這間房子那麼舊，又曾經死人，為何你仍願意租住這裡……不對！你的住所不是這兒，你之所以租這裡，應該是另有目的吧？」

家彥此時留意到，書捷身邊那張桌子，有一包東西放在桌面上，看似是他帶來的，燭台就放在那包東西旁邊，家彥好奇在這間空蕩蕩的房子裡，書捷會帶什麼東西來。

他嘗試偷窺袋子裡的東西，但書捷卻站前一步，擋住他的視線。

「你們這樣算啥？」書捷一臉氣憤，「有錢人家就可以恃勢凌人？我在這裡做什麼關你們屁事！為什麼要纏著我？」

「還在裝無辜？所有一切都是你弄出來的！」家彥義正詞嚴地說，「你現在試圖利用謝醫生和志美之間的關係，令他們自相殘殺，而你就坐享漁人之利，只可惜，為了報仇，把你妹妹的性命也賠上了，值得嗎？陳先生！」

書捷臉上明顯露出錯愕和意外的表情，他雖站在原地一動不動，但家彥看見他雙腳在抖。

「你們搞錯了，我不是姓陳……」

「呵呵，要搞清楚你的姓氏，又有何難？」昕涵笑笑地說，「那位國畫大師還健在吧？問問他便一清二楚，再不然，報警叫警方查一查，馬上水落石出。」

書捷退至枱角，一隻手按住那包東西。

「或者我跟你說個故事，聽完後，可能會喚醒你的記憶。」家彥徐徐地說。

室內變得鴉雀無聲，昕涵以一種殷切盼望的目光望著家彥，書捷則兩眼閃躲，神色有異，忐忑不安，家彥不理他，深呼吸一口，開始說出他推敲出來的事情經過。

「二十五年前，當謝子磊醫生還是姓譚時，他的母親原女士，利用詛咒的力量，化身黑塚，把包括自己丈夫在內的一家五口殺了。」

「當時有一名叫陳大雲的作家，對這起案件窮追不捨，並在自己的專欄內，把譚家一切大小事，鉅細無遺地揭示出來，我相信他一定是查到什麼祕密，令到原女士坐立不安，結果，就在他想把這個祕密寫出來前，遭到原女士殺人滅口。」

「陳大雲有一名兒子，當年五歲，剛好跟謝醫生同齡，他把爸爸的慘死，默默記在心裡，在成長的路上，他一直翻查和研究當年譚家到底發生什麼事，爸爸因為發現什麼祕密而被滅口，最終，他找到了。」

「之後，他積極部署復仇計畫，可惜原女士早已身故，他只好改以謝醫生為目標，我猜想，他本來是計畫親手把仇人之子殺掉，可是，發生了一件事，改變了他的部署！」

說到這裡，家彥停頓片刻，望望書捷，他的臉色愈來愈難看，看來是說中了！至於昕涵，她應該是聽懂一些聽不懂一些，但以她的聰明，應該很快就能看穿全局。

可惜的是，雖然家彥大概掌握了事情八成經過，但還有一個細節，他如何想也想不透。

「很遺憾，到底發生了什麼事，令他決定改變原來計畫，我到現在仍然茫無頭緒，不過肯定的是，在這件事發生後，陳大雲的兒子，便正式跟何志美建立同盟關係！」

昕涵瞪大雙眼，好像聽到一些不得了的消息，反而書捷這次顯得較為平靜，這算是默認他跟志美的關係？

「種種證據顯示，志美和謝醫生之間，存在一段非常曖昧的關係，他的新計畫，就正好利用志美對謝醫生的感情，以及對其妻子的嫉妒，誘使她前去把黃晞萱殺死，他知道志美一定樂意這樣做。」

「他的目的，是留下仇人的性命，讓他親身感受摯愛的妻子和孩子被人殺死的滋味，沒有比這個更邪惡的毒計，更能令這位復仇者身心感到無比痛快！」

「可是，他擔心謝醫生一旦在現場出現，會阻礙志美下手，所以必須把他引開。於是在過去一個月，他以看病為由拜訪謝醫生，其實是把他媽媽當年所做的一切，和志美想要把他妻子殺死的計畫，一五一十告訴謝醫生，務求喚醒他媽媽留傳下來，化身黑塚的能力！」

「這位不知從哪裡認識並學會詛咒方法的人，成功博得謝醫生的信任，於是他開始教導謝醫生如何變成黑塚，鼓勵他先下手為強，並提供假情報，表示自己有辦法將志美困在家裡，示意謝醫生前去埋伏……可憐的謝醫生信以為真，化身黑塚離開了自己的妻子，結果就讓志美有機可乘，這根本就是調虎離山之計。」

「至於詩韻的出現，可以算是巧合，也可以算是計畫之內，為避免化身黑塚的謝醫生，中途察覺不妥，回家跟志美碰個正著，無論如何都要安排一隻替罪羔羊，代替志美，讓謝醫生展開追殺，以拖延他的時間，那隻替罪羊是誰不重要，死不死也不重要，最重要是，不要令謝醫生有時間去懷疑計畫中的漏洞。」

「可是，謝醫生的目標明明是志美，」昕涵不解地問家彥，「根本不關學姐事，兩人相貌亦相差甚遠，為什麼他在電梯裡仍然要殺學姐？」

「因為，她帶著那條繩子……」

回答的竟然是書捷，家彥和昕涵都大呼意外。

「那條黑色的繩子，是謝醫生當年送給志美的，」書捷淡淡的說，「他感應到了，所以最初以為那位女生就是志美……或者是她親近的人……雖然最後弄清楚，但黑塚咒殺性太強，一旦萌起殺意，很難馬上停止……更何況謝醫生仍未能完全掌握……」

「可是你，明明知道詩韻是無辜的，」家彥鄙視說，「不單不救她，反而把她推入電梯，好讓謝醫生下手，心腸歹毒如此，你到底是不是人！」

「無辜？」書捷不屑地笑了，「那我父親呢？他只不過是履行自己的職責，把真相報導出來，有錯嗎？父親死後，沒人同情，沒人恩恤，你知道我們兩兄妹的生活，過得有多悽慘？好不容易才在社會站穩陣腳，仇人的兒子卻當上名醫，哈哈哈，我不甘心，我也要他嘗嘗悽慘的滋味！」

「呵呵，你終於承認自己是陳大雲的兒子！」昕涵指著他。

「沒什麼不好承認的，」書捷低下頭，感慨地說，「我的大仇已經得報，謝醫生跟那個女孩的私人恩怨，我沒興趣，因為不論結果如何，我都是贏家！」

「贏家？以婷呢？」

家彥冷冷的一句反問，令書捷不得不閉上雙眼，抬起頭，深深地嘆一口氣。

「如果她真的要離開，這……也是她的命。」

「等等！剛才謝醫生說，以婷一早已經死了，這是否真的？」昕涵關切地問，「你是用什麼方法，把她的生命留住？」

「這個方法，應該就是當年你父親遭到滅口的原因……那個譚家的祕密！」

家彥邊說邊踏前一步，用最嚴厲的眼神，望著書捷。

「以婷和志美，有些特點很類似，例如必須跟著一個人，才能找到方向……」

「我剛才說過，一直想不通一件事，就是你跟志美建立同盟關係前，到底遇到什麼事，令你改變原來的計畫……」

「我現在想通了……你遇到的那件事……就是譚家祕密……另一股詛咒力量……能夠把死人從鬼門關拉回人間……就好像以婷和志美一樣……」

四十四

秀姸也跟著抬頭，只見天花板突然降下一個黑色身影，是子磊！他的刀尖對準志美咽喉，來得又快又凶，但志美卻不慌不忙，用腳蹬了前面書桌一下，整張椅子順勢向後翻，避開了子磊的攻擊。

同一時間，就在椅子即將翻倒在地上前，她側起身子，來過一百八十度轉身，整個人神乎奇技的站穩在地面，然後她輕輕踢了椅子一下，椅子卻突然加速飛向子磊，子磊左手一揮，把椅子擲向旁邊的牆壁，撞得粉碎。

秀姸眨了兩下眼睛，剛才……我是在看武俠劇嗎？

原本站在門外的文軒，此時衝進課室，一把將秀姸拉了過來。

「秀姸，他們在鬼打鬼，」文軒望著兩隻怪物，「我們趁此機會，趕快離開！」

「不！等一會！」

秀姸掙開文軒捉住她的手，向志美和子磊所處位置走過去，她心裡清楚，詩韻姐仍在志美手上，此時不是撤退的時候，不過更重要是，她實在很想解開他們兩人心中的死結，不論是志美或子磊，她都不想其中一個受到傷害，甚至死亡。

秀姸望向志美，本想先勸服這位童年好友，卻發現她雙眼已經淚水滿眶……她在哭！

「子磊……你就真的這麼恨我？」

「我跟妳，已經沒說話好講……」

子磊上前，再朝志美揮刀，這次她沒有太大動作，只是後退一步，秀姸留意到，她雙手仍然套著花繩子。

「你為了殺我……甘心變成這個樣子……」志美一滴眼淚悄然落下，「我有那麼讓你討厭嗎？我們……就真的不能像以前一樣？」

「由妳回來那一刻開始，妳已經不是當年的志美。」子磊粗糙的聲音訴說著，「我不知道妳是什麼東西，也不知道妳從那裡冒出來，但肯定的是，妳是一隻令我噁心的怪物！」

痛心……失望……悲慟……志美的淚水如泉湧般沿著臉頰流下，雙眼漸漸染成血紅，她不敢置信子磊會說出這番話來，拼命搖頭否定，反應非常真摯，表情也不是裝出來的，秀妍萬萬想不到，這位剛才還一臉冷酷跟自己說話的女孩，面對子磊，竟然變得這般依依不捨，痴心一片。

「你答應過，待我成年後，會娶我的！」志美仍然不放棄，「十年了！我現在已經二十歲……雖然還是這個樣子……但你不就是喜歡我這樣嗎？」

「子磊……還是你喜歡我跟以前一樣，叫你哥哥？我們一定可以重新來過……一起走吧，好嗎？」

她伸出一隻手，期待子磊會牽著她，可是……

「我的妻子，叫黃晞萱。」子磊冷冷地說，「我跟妳已經完了！在妳死的那一天，一切已經結束，可是妳……竟然把晞萱殺掉，連肚裡的孩子也不放過……妳這個魔鬼，我今日就要把妳送回地獄！」

課室外再次傳來急促的腳步聲，秀妍回頭，看見子諾正冒失地衝進來，還把燈亮起！

「哥！」他不敢置信地，望著已化身黑塚的子磊，「真的是你嗎？我已知道事情的真相了，我明白你的苦衷，所有一切……都是她幹的好事！」

子諾轉頭望向志美，雙手不停顫抖。

「我認得妳，當日在車廂中……」子諾慢慢走近志美，「就是妳殺死大嫂，妳這個殺人凶手……」

「呵呵呵，我還以為是誰，原來來了個傻子。」志美語氣回復尖酸刻薄，「殺死你大嫂的人不是我，是你啊！若不是你叫她取車載你回學校，我哪能成功跟著她回家？」

「妳說什麼?!」

「我跟你回家，發現她不在，」志美一邊說，一邊翻起手上的花繩子，「原來她回娘家去了，害我差點殺不到她，幸好，有個傻子把她叫來，讓我成功坐上她的車，陪她回家……說起上來，我要多謝你才對！」

子諾整個人崩潰了，膝蓋一軟，跪在地上，雙手掩著臉，不停低語……不可能……不可能……

「這個應該是你哥原本的計畫吧，」志美瞥了子磊一眼，「想保護那個賤人，故意讓我找不到她，誰不知他的好弟弟卻壞了大事，呵呵，實在有夠諷刺！」

「志美！夠了！」秀妍望著子諾，實在於心不忍，「妳這樣說，比殺了他更難受，難道妳就完全沒有……」

秀妍話還未說完，子磊已一個箭步，正面撲向志美，速度很快，眼見刀鋒差不多碰到志美的脖子時，她隨手翻了翻手上的繩子，令局勢完全改變。

首先，地下突然冒出一堆黑色的繩索，把子諾全身綑綁，其中一條綁著他的嘴巴，令他不能說話，另外一條勒住他的脖子，把他整個人重重地拉倒在地上，動彈不得。

同一時間，課室黑板處爆出五條淡黃色的繩子，把文軒雙手，雙腳和脖子包圍住，繩子隨後大力往後拉，馬上把文軒整個肥胖身軀，扯到黑板上去，並以大字形姿勢，牢牢的固定在黑板上。

子磊的刀這時剛好架在志美頸上。

「殺了我吧！」志美對子磊說，「只要我一死，這兩個人就要陪葬！」

「停手！志美！」

秀妍想衝前制止她，但突然感到胸口一陣悶痛，頭暈目眩，雙腿也變得軟弱無力，她倒在地上，無法再站起來。

這個……難道就是剛才跟志美玩花繩子時，被她互換了的虛弱狀態？

「一個是你的弟弟，另一個是你的朋友。」志美伸長脖子，挑釁子磊，「如果你殺了我，這兩個人馬上身首異處，你忍心嗎？」

子磊猶豫，架在志美頸上的刀也放鬆了，她露出邪惡的微笑，右手尾指偷偷勾起其中一條花繩子，打了個圈……

「小心！」

秀妍的警告來得太遲，天花板突然湧出大量像蠶絲一樣細的繩子，把子磊右手綑綁，菜刀隨即掉落地上，之後繩子把他從頭到腳，就像蠶繭一樣，全身包裹，倒吊在天花板上，繩子數量之多，就連他本身穿著的黑色斗篷外套，也被染成銀白色。

「一、二、三，」志美舉起一隻手，慢慢數著，「一次收拾三個東西，其中一個還是黑塚，不錯不錯！」

這時她走到秀妍面前，蹲下來。

「對不起，秀妍，利用了妳。」志美摸摸秀妍的頭，憐惜地望著她，「告訴妳一件事，詩韻姐，已經死了……就吊死在她舅母家裡……」

秀妍愣了，不會的……不會的……詩韻姐不會死……妳騙人！

「她啊，不聽話，叫她陪我玩花繩子，她竟敢拒絕我！」志美邊笑邊哭，「我也不想的，但情緒一時間控制不住，要怪就怪我最近身子不怎麼好，包括腦袋。」

「妳……妳這個惡魔……詩韻姐對妳這麼好……妳竟然……」秀妍滿腔悲憤，厲色地瞪著志美。

「過去的事，不用再提了。」志美抬頭望了那個蠶繭一眼，「為了以後能夠走更長遠的路，我需要妳的幫忙。」

「妳的力量，比我預期中強大，只要我在妳身上再多吸一些，我就會跟妳一樣……不！是比妳更為強大，來，快跟我一起玩！」

志美這次直接用黑色花繩子，穿在秀妍手上，秀妍虛弱得無力反抗，連推開她的力氣也沒有。

「就算妳的手指不能動，我也有能力令它們動起來。」

志美微微把左手無名指抬起，奇怪了！秀妍右手的拇指竟然自動動起來，並開始翻出圖案。

「哈哈哈，這像不像扯線木偶，」志美笑著說，「告訴妳一個祕密，這是我回到陽間之前，在陰間學會的一套把戲。」

秀妍滴著淚，一切已經無法挽回：姐夫被釘在黑板上動彈不得，嘴角開始口吐白沫；子諾被五花大綁，勒住他脖子的繩子，正慢慢深入皮肉；子磊自從被困在蠶繭後，完全沒有動靜，不知是否已經窒息……還有最可憐的詩韻姐，她可能到死一刻，仍搞不懂發生什麼一回事！

實在很想推開志美，但整個人酥軟無力，頭暈得很厲害，就像發高燒一樣，那條黑色繩子正慢慢吸取秀妍的健康，卻把那隻惡魔的虛弱狀態傳過來……一切都完了，秀妍唯一慶幸的是，家彥和昕涵不在，逃過一劫。

家彥……對不起……辜負了你的一片真心……假如我能夠再見你……

秀妍先是察覺課室氣流改變，然後，志美突然收回原本綑在自己手上的繩子，後退三步，一副戒備神情，盯著秀妍的後方。

之後發生的事，只在幾秒內完成：先是文軒，把他釘在黑板上的五條繩子，突然全部斷開，文軒整個人砰的一聲掉落地上；然後是子諾，綑綁全身的繩索突然鬆脫，全部像蚯蚓般匆匆遁入地下；最後是子磊，像蠶絲般的銀白色繩子突然著火，把整個蠶繭燒成灰燼，只見子磊身體捲曲成蝦米狀，從天花板上掉下來，一動不動的躺在地上。

「秀妍！」

是詩韻姐的叫聲！秀妍還未趕得及轉過頭來，有人已從後把她緊緊抱著。

「生靈咒……本身不是什麼可怕的詛咒，可是……」

這把聲音！這腳步聲！秀妍挨住詩韻，勉強回頭……

一個濃眉細眼，頭髮短得像僧侶的男子，正從門口慢慢走過來。

「……這也是我頭一次遇到這麼囂張跋扈的生靈。」

翔一郎雙手合十，閉上眼。

「吾乃伊邪那第四十九代守護僧，破咒流第十八代弟子，法號破顯。」

他走到秀妍前面，睜開雙眼，直盯著志美。

「妖孽，受死吧！」

我要救他！

穿起手套，抵達湖的對岸，回頭一望，女人已經不知所終，手套不斷咚咚作響，表示那個人就在附近。

子磊！我心愛的人，因為特殊體質而飽受折磨，但全靠那條花繩子，把我和他的命運交換了！我吸收了他的虛弱狀態，雖然因此而喪命，但我並不怪他，也從不後悔，反而慶幸他至今仍安然無恙。愛一個人，就甘願為他犧牲，這是我的愛情觀，秀妍和詩韻姐一定笑我傻，然而我，就是一個為愛而活的人。

或許，這就是所謂的羈絆，兩個本來毫不相干的人，因緣際會互相認識，不論將來能否開花結果，彼此的羈絆已然確立，這份羈絆的強大，即使現在陰陽相隔，我仍能感受到我們之間的連繫。

假如……我要永遠長眠此地，我會誠心祝福他身體健健康康，將來能娶一個，像我一樣愛他的好女子，我們緣分雖盡，但羈絆尤在，只要我仍一息尚存，我會在這裡一直保佑他，保佑我所愛的人。

可是……我現在必須趕過去，把他從危難中拯救出來，這是千載難逢的機會！正如那個撐船的女人所說，生靈咒——這個古老的詛咒，現在居然還有人懂，並施加在一個已經魂飛魄散，瀕死的人身上，這是我以生靈姿態重生的好機會，只要找到子磊，一個我所能依附的對象，我就可以永遠跟著他，永遠留在他身邊。

跟來時湖的另一端不同，這裡的草長得特別茂盛，足足到我胸口位置，往前走時，雙手要不停左右揮動把草撥開，然而，視野卻跟之前一樣，朦朦朧朧，除了大氣中透著點點霧光，根本看不見其他光源，我只能一邊直覺地撥開前面的草，一邊聽著手套發出的咚咚聲，引領我到達目的地。

突然，咚咚聲停止了，四周回歸一片寂靜，這時我正好站在漆黑的草叢中央，就像迷路一樣，我心急了，馬上把雙手放在眼前，仔細察看手背手掌，試圖找出手套不發聲的原因，就在此時，我聽到迎面而來的腳步聲！

腳步聲踏著草叢而來，輕輕的，淺淺的，不像是男人發出，我再靜心細聽，腳步聲是朝我的方向過來，可惜光線實在太微弱，不能確定對方目前的位置，但憑聲音判斷，應該還有一段距離，我心想，要繼續直線走？還是繞路走？

我猶豫片刻，決定繞另一邊走，避免跟這個人碰個正著，可是，當我往右繞了半圈，開始繼續向前行時，腳步聲竟然改變方向，朝我這邊走過來！

這個人，分明就是來找我！

已經沒有迴避的餘地，因為這個人完全擋住我的去路，為了儘快找到子磊，我必須挺起胸膛，勇敢面對這個人……於是，我走到這個人面前……

天啊……是在做夢嗎……太荒謬了……為什麼會……

為什麼會看見自己……

站在我眼前的，是手上翻著花繩子，嘴角微微上翹，露出一抹詭異笑容的何志美！

「妳……是誰？」我壯著膽子問，「為什麼跟我長得一模一樣？」

「我就是妳，妳就是我，還用問嗎？」她笑笑地說，「我們有很多地方都是一模一樣，樣貌、身型、記憶、習慣、喜好，除了……性格！」

「但為什麼會有兩個我？是因為死了的緣故嗎？」

或許問錯人了！站在我面前的志美，搖搖頭，露出一副不屑的嘴臉，我知道，她不會如實將真相告訴我。

「妳不需要知道那麼多，」她說，「妳只需要知道，子磊由我去救，而妳……乖乖的從這個世界上……不，應該說，從這個空間上永遠消失吧！妳已完成妳的使命，以後的事，我會幫妳達成。」

我後退兩步，雙手握拳，這個人……志美……她來的目的是殺我……殺自己？

「我跟妳一樣，因為生靈咒而甦醒了。」她說話時不帶半絲感情，「可是，不知出了什麼岔子，人格卻分裂成兩個：一個是懦弱怕事，天真無知的妳；另一個則是精明果斷，敢作敢為的我，不過這樣也好，生前我一直被妳愚昧幼稚的性格壓抑著，如今總算解放出來，現在我想做什麼，就做什麼，沒有人能夠阻擋我！」

「而我第一件要做的事，就是把妳幹掉！何志美只能有一個，就是我！」

幹掉？我們不是已經死了嗎？她如何把已死的人再殺一次？

我心裡好奇，但沒有開口問她，因為我知道，問了也是白問，目前最要緊的，是如何擺脫她去找子磊。

然而，她好像看穿我的心事。

「不用找了，子磊不在這兒。」她眼眉跳了一下，「看來一切真是天意！妳的目的是救子磊，我的目的是來殺妳，結果我比妳更快找到目標，妳說，妳該不該死？」

她右手尾指，突然穿過左手無名指上的繩子，翻出一個新圖案。

「妳這個冒牌貨！子磊不會喜歡妳的。」我激動地說，「妳從頭到腳都散發出邪惡氣息，子磊最厭惡這類人，妳沒希望的！」

「沒希望的是妳吧？」她的視線突然望向我身後，「真聽話……來得正是時候。」

我警覺地轉頭，看見一個全身被繃帶綑綁住的東西，就站在我身後只有一米距離，它嘗試把頭從左往右抬起，卻因為不夠力，馬上往左傾倒，這個東西，頸骨完完全全折斷了！

從未見過這麼恐怖的東西！它是什麼來著？我大驚失色，本想拔腿逃離現場，可是它卻突然張開血盤大口……那張大口，張開時竟然把整張臉覆蓋著……它的眼鼻藏哪去了？

然後……大口朝我的肩膀咬過去……

「呀！！！！！！」

我倒在地上，發覺左邊肩膀整個被它吃掉，戴著手套的左前臂斷肢，掉在草叢堆裡去。

「這個東西，是我在過來的路上，沿途收拾掉的一隻怪物。」她翻弄著花繩子，「我先把這隻怪物吊死，然後像扯線木偶一樣，操控它成為我的殺手，妳知道為什麼我要這樣做？」

「我跟妳，共用同一個身體，屬同一個源泉，我是志美，妳也是，所以我不能親手殺了妳，因為志美殺志美，在殺了妳的瞬間，我也會跟隨灰飛煙滅。」

「可是，妳若被第三者殺了，就不關我的事啦！我將會接收妳殘餘的魂魄，然後借助生靈咒的力量，重回陽間，成為一個完整的志美。」

「放心，妳所愛的人，也是我所愛的，我會全心全意對待子磊，天天陪他玩花繩子，拯救他脫離自身虛空無助的體質，我會愛他直至天荒地老，不讓任何女人碰他，這樣妳可以安息吧！」

當那隻怪物再次張開血盤大口，朝我的頭噬下去時，我知道，我的生命，到這一刻才迎來真正的終結……

我最後聽見的，是她不可一世的恥笑聲，以及怪物咀嚼食物時，所發出的滋滋嘖嘖聲……

為愛犧牲的女孩

藍蓮之路　生靈之章

四十五

「生……生靈咒？」秀妍撐起身子，挨著詩韻，望著翔一郎。

「所謂生靈，是指活著的人，因為自身強大頑固的執念，分出另一個自己來。」翔一郎解釋，「這個自己，或者稱之為分身，會長得跟主人一模一樣，平常人看，根本分不出來。」

「由於主人尚未去世，所以生靈不算鬼魂，它只是因為主人心中有些事放不下，想不開，形成過度的執著，這份執著，就會衍生出生靈，去替自己完成那些放不下，想不開的事。」

「形成生靈最基本的執念，絕大多數跟慾望或情感有關，過分思念對方，過分怨恨對方，過分想得到某個人，都有可能產生生靈，而這個生靈，會追隨主人意志，出現在愛得熾熱，或者恨得入骨的對象附近。」

「最妙的是，生靈的主人，往往不知道生靈的存在，換句話說，同一時間，在兩個不同的地點，會出現兩個一模一樣的人，一個是主人，另一個是生靈。」

這是秀妍第一次聽到生靈的故事：活人的執念化作生靈……自己詛咒的力量，是可以看見活人腦海中執念最深的回憶，以及把死人的執念具現化出來，但不能把活人的執念變成生靈，所以志美一直強調自己不是鬼魂，因為她是以生靈的姿態，重新回到這個世界上，有呼吸，有心跳，身體狀況跟正常人一樣，即使是我，也難以分辨出她是……除人以外……另一種生命體。

「可惜，她不是何志美巨大執念下所產生的生靈。」翔一郎語氣突然變得嚴厲，「她只是因為一個囫圇吞棗的狂妄之徒，強行把生靈咒施在一個半死不生的人身上，而錯誤製造出來的悲劇。」

這句說話秀妍有點聽不懂，狂妄之徒是誰？半死不生的人又是誰？

這時久未出聲的志美，終於忍不住笑起上來，她的笑聲充滿魔性，夾雜嘲諷和輕蔑，秀妍心裡奇怪，為何她仍然這麼囂張？她不怕翔一郎嗎？

「伊邪那的守護僧，久仰大名。」她望了詩韻一眼，然後對翔一郎說，「想不到你腳程這麼快，趕得及在她斷氣前，把她救出來。」

秀妍此時才留意到，詩韻的脖子上，有一條頗深的繩痕。

「志美……為什麼……」詩韻含淚問，「為什麼連我也要殺？難道妳已忘記，我們是一輩子的好朋友嗎？」

「魔性太重，嗜殺成狂。」翔一郎兩眼盯著志美，「所有妳覺得不順眼的人，通通都以這個方法處決，謝夫人如是，妳的童年好友如是，剛才在這裡的三個人也如是，我相信，自妳復生以來，死在妳繩下的人，多不勝數。」

「幸好，我這次回來，決定先拜訪程小姐，因為自她入院後，我從未探訪她，也想看看黑塚對她造成的傷，有沒有惡化。誰不知一到家門，看見的竟是吊在半空奄奄一息的她，神明庇佑，我來對了！」

秀妍以感激眼神望著翔一郎，這個壞和尚，雖然把封印套在我手上，但看在他救了詩韻姐的份上，原諒他吧……

對了！我為什麼這麼笨！他人就站在我前面，馬上叫他解除封印不就行了嗎？只要我右手能發揮正常，應該有足夠力量對付這個生靈，再加上翔一郎，志美她恐怕不能再囂張下去。

正當秀妍舉起右手，試圖叫喚翔一郎時，志美突然發難。

「伊邪那的守護僧，你說了這麼多，不會是光靠一張嘴來降魔伏妖吧？」她再次自信滿滿地嘲笑著。

「就讓我看看你有多大本事，收伏我這個魔性太重，嗜殺成狂的大惡魔，哈哈哈哈⋯⋯」

志美隨手翻了一個圖案，天花板突然降下如雨般的繩子針，朝翔一郎頭顱直刺過去。翔一郎面不改容，左手兩隻手指畫了個圈，右手兩隻手指往窗外一指，所有繩子針改變方向，朝打開的窗戶飛了出去。

志美翻出另一個圖案，地板立刻冒出四條黑色粗壯的繩柱，從地下升至天花板高度，將翔一郎前後左右重重圍困。只見他不慌不忙，閉起雙眼，口中唸唸有詞，四條本來繃得緊緊的繩柱，突然像洩了氣的救生圈一樣軟掉，翔一郎雙手合十，四條軟掉的繩柱馬上自行搓成球狀，在空氣中焚燒掉。

「程小姐，麻煩妳帶所有人離開這裡。」

翔一郎踏前一步，捲起衣袖，一副惡戰在即的樣子。

「秀妍，來！我們走吧！」

詩韻想拉秀妍離開課室，但秀妍拒絕。

「詩韻姐，拜託妳，帶姐夫和子諾兄弟離開。」她望望躺在地上的子磊，「有件事，我要志美給我一個交代。」

「別管她了，她都變成這個樣子，還會聽妳的？」詩韻勸說。

「不，我必須留下！」秀妍罕有地握著詩韻雙手，意志堅定地說，「相信我，詩韻姐！」

詩韻望著被秀妍緊握的雙手，再望她的眼神，苦笑一下，然後和剛剛甦醒的子諾，合力把仍然不省人事的文軒抬出去。

秀妍心想，幸好剛才沒看見詩韻姐的回憶，否則以她目前雙手呈真空的狀態，恐怕會發呆一段頗長時間，才能恢復過來。

「哈哈哈，身負詛咒的人，果然不同凡響，氣勢也比別人強。」志美依然一副氣定神閒的樣子，「秀妍，妳是想跟他聯手對付我嗎？」

秀妍搖搖頭。

「我不是來對付妳，我是來救妳。」她惋惜地說，「志美，我不知道什麼原因，令妳變得如此殘酷冷血，但是……在我心裡面……至少我仍然記得……昔日那個天真可愛，靦腆怕事的何志美，假如妳是有苦衷的話，希望妳能夠放下殺戮，慢慢說給我聽，我一定會幫妳，因為……我們永遠是好朋友。」

志美望著秀妍，眼神突然變得溫柔，眼眶也開始濕潤起來，她再沒有玩弄那條索命的花繩子，反而雙手放鬆，垂在肚子前面，她被我的說話感動了嗎？

「天真可愛……靦腆怕事……」志美低下頭，自言自語，「為什麼……為什麼你們總是懷念以前懦弱的我？為什麼你們總是喜歡以前膽小的我？我現在到底有什麼不好？為什麼說來說去，你們總是要找回以前的我！！！！！！」

「小心！」

志美雙手一瞬間翻出全新圖案，課室天花板上的吊扇突然跌下來，在空中一邊旋轉，一邊向秀妍直撲過來，同一時間，原本連著吊扇的電線，像繩子一樣快速地朝秀妍脖子纏過來……

攻勢來得太快，秀妍呆若木雞，完全沒反應過來，她本能地閉上雙眼……

四周鴉雀無聲，當秀妍睜開眼時，攻勢已經化解，只見翔一郎舉起右手，在吊扇到達秀妍臉龐前，硬生生一手把它接住，握著扇葉的右手，正不停淌血……

翔一郎的左手，兩隻手指夾著仍然蠢蠢欲動的電線，他把吊扇扔到一邊，雙手合十，把電線夾在手掌中間，原本像蛇一樣靈活的電線，此刻馬上打回原形，翔一郎雙手一鬆，電線掉在地上。

「妳的把戲，已被我全部破掉！」翔一郎對志美說，「遊戲到此為止，看我現在馬上把妳打至魂飛魄散……」

「呵呵，伊邪那的守護僧，」志美坐在一張桌子上，雙腿翹起，「我的祕密武器還沒出，你急什麼？」

志美雙手迅速翻了一下繩子，速度之快令人大吃一驚，秀妍心想，以她這種速度，根本沒人能夠制止她出手。

奇怪！今次不論天花板、地板、黑板抑或牆壁，都沒有繩子竄出來！四周一片安詳的氣氛，但志美剛才明明翻出一個新圖案，還說是什麼祕密武器……

首先聽到窗子破碎的聲音，然後一個瘦長的黑色身影，從窗外跳進課室，站在志美旁邊……

這個……不可能的……這個不就是……

它的臉和全身，都被好像繃帶之類的東西綑綁住……在繃帶與繃帶之間露出的雙眼，眼神空洞……但露出的嘴巴卻異常地大……它的頭向左側傾斜……

這個木乃伊，不就是志美回憶中，那個頸骨折斷的怪物！

「這位，是我從陰間帶來的朋友，」志美對翔一郎狡黠地笑，「你們不妨互相切磋，看看誰先把對方的頭顱吃掉……」

四十六

「譚家的祕密——那個詛咒，到底是什麼？」

家彥瞪著書捷，希望他能夠懸崖勒馬，把所知道的真相從實招來，家彥看得出，那個詛咒必定跟以婷有關，甚至乎已施加在她身上，書捷若然愛上自己妹妹，一定不會讓她死去，如果能動之以情，他或許願意說出詛咒的祕密。

可是，書捷仍然選擇沉默，他雙手抓住桌面上那包東西，背對家彥，沒有回答的意思。

「陳先生，我們都是以婷的朋友，」家彥望望身邊的昕涵，「只要還有一線生機，我們不會讓她白白送命，所以請你告訴我們，你到底用了什麼方法，把已死的以婷生命留住？」

「告訴你們，你們也幫不上忙。」書捷垂下頭，嘆口氣，「以婷她，是我唯一的親人，也是我的……沒有人比我更想她生存下去，這十年來我一直很怕，很怕有一天詛咒失效，她會離我而去……」

「十年？」昕涵機警地說，「那麼你發現並運用這個詛咒時，已經是十年前？」

「巴黎那宗交通意外……」家彥接話，「謝醫生說得沒錯，她們兩個都死在那兒，然後，你為了救你的妹妹，用了這個可以起死回生的詛咒……」

「不是起死回生，」書捷終於抬起頭來，正面望向家彥，「是複製，就在她斷氣前，施加詛咒在她身上，從而生出另一個她！」

家彥和昕涵聽得目瞪口呆，能夠把人拷貝的詛咒？這是什麼門子的把戲？

「我爸爸生前，一直調查譚家鬼婆事件，」書捷開始訴說他的故事，「鬼婆的來歷他查不到，反而誤打誤撞，發現譚家兩兄弟，在案發前幾晚，一直鬼鬼祟祟地把那些古董搬來搬去，並且在其中一件古物上作記號。」

「我爸爸認為，這些古董中，很可能藏有鬼婆的祕密，於是開始循這方向調查，結果就在那件有記號的古物中，發現生靈咒的祕密。」

「生靈咒？」昕涵露出疑惑表情，「什麼東西？」

「一個古老的詛咒，」書捷續說，「透過儀式，可以把人的生靈強行分出來，變成另一個自己，這個生靈，擁有跟主人一樣的外表和記憶，可是，卻擁有自己獨立的思想。」

「這個詛咒的初衷，是讓一些瀕死的人，在臨死前把自己生靈分出來，藉以延續自己的生命，以慰親友之悲痛，父母之於子女，丈夫之於妻子，通通都在此限。」

「所以你就用這個方法，把當時因為交通意外垂危的以婷，分出一個生靈來？」家彥問。

「醫生說她腦部受到重創，沒救了。」書捷傷感地說，「當時唯一能救活她的方法，就是把她的生命，轉移在生靈上。」

「可是，中途卻出了岔子，對嗎？」這次輪到昕涵問。

書捷沒有回答，只是把手伸進那包東西裡面，家彥定睛一看，他從包子裡拿出來的東西，是幾根白色的蠟燭。

「這裡斷電多年，介意我點起蠟燭嗎？」

家彥和昕涵不反對，他便開始把其中兩支蠟燭點燃，室內頓時明亮了少許。

「或許是我爸爸留下來的資料有所遺失，」他繼續說，「我依照方法去做，卻不見以婷的生靈出現，我默默守在她身邊整整七天，直至她斷氣為止。」

「最後，我帶著萬念俱灰的心情回家，卻發現她若無其事地睡在家中的床上，她睜開眼，看見我第一句便問：哥，有吃的嗎？」

「既然最終都回來了，為什麼你還說沒有成功？」家彥再問。

書捷點起另外兩支蠟燭，室內的光線進一步亮起來，家彥總算能夠看清楚對方的臉。

「因為根據記載，生靈在儀式後，應該馬上現身。」書捷解釋，「可是由我開始進行儀式，到我回家為止，中間足足有十天時間，生靈沒有出現。」

「換言之，生靈是遲了十天才現身。」昕涵嘗試分析，「會不會是儀式遺漏了什麼細節，因而阻礙了生靈出現的時間？」

書捷再點起餘下三支蠟燭，分別放在客廳三個角落，家彥除了覺得室內比之前更為光亮外，也開始感受到蠟燭的熱力。

「生靈現身的時間遲了，只是其中一個現象。」書捷退到蠟燭後面，「之後在以婷身上，還出現其他古怪現象，令我不得不懷疑，施咒的方法出現失誤。」

「例如，以婷必須跟著一個人，才能找到方向。」昕涵聰敏回應，「你所說的怪現象，是這個嗎？」

「對……對……你們都很清楚……」

「這個現象，其實都發生在志美身上，」家彥皺眉，「難道她跟生靈咒也有關係？」

這時書捷突然露出一個得意洋洋的微笑。

「你之前的分析相當精采，」他對家彥說，「能夠推斷出譚家的祕密跟詛咒有關，只可惜，錯了一點！」

「我最初的確是想親手把謝子磊殺死，但令我改變計畫的，不是因為發現這個詛咒，這個詛咒，我在十年前已經知道。」

「改變計畫的原因……是那個邪惡女孩來找我……我才想到可以利用她，令謝醫生陷入痛苦和絕望的境地！」

家彥和昕涵同時露出驚訝的表情。

「她來找你？」家彥問，「她為什麼要來找你？」

「這個……你已經沒需要知道。」他眉毛向上蹙了一下，左手摸了摸深紅色耳釘，「作為我的試驗品，沒需要知道那麼多！」

家彥和昕涵這時才發現，書捷剛才點起的七支蠟燭，正好把他們圍住。

「你們犯了一個重大錯誤，就是沒有問我儀式是怎樣做。」他展現一個猙獰的笑容，「現在設置已經完成，你們插翅難飛！」

「早知你不會這麼好心！」昕涵指著書捷喝斥，「原來打算殺人滅口！難怪告訴我們這麼多祕密。」

「你先用生靈咒的故事作餌，引誘我們去聽。」家彥補充，「等我們放鬆警惕，你便可以順利完成儀式設置。」

「你們知道得太遲了，嘿嘿嘿……」書捷狡詐地微笑，「我突然想到一個方法拯救以婷，就是用生靈咒施加在她身上，成功的話，她就可以繼續生存……」

「可是，以婷本身就是生靈。」昕涵提醒，「生靈咒施在生靈上，可行嗎？這樣做會否有反效果？」

「我也不知道，所以你們兩個，正好給我拿來當試驗品！」

「你是想把我們的生靈分出來，」家彥嘗試理解書捷的企圖，「然後再施生靈咒於其上，對嗎？但倘若成功，就會出現包括主人在內，三個一模一樣的人，你不覺得這樣很易造成混亂嗎？」

「哈哈哈……」書捷突然笑起上來，笑得很邪惡，「不會的……事成之後，我會一次過把你們通通毀掉！」

一次過通通毀掉？家彥心裡好奇，書捷這個人，雖然對詛咒很熟悉，懂得如何施咒，但自己並不是被詛咒的人，他身上應該沒有詛咒的力量，假如他將我和昕涵都列作試驗品，成功的話就會出現六個人，他一個普通人，能把我們六個人，一次過解決？

家彥仔細打量書捷，看看他是否帶了槍械或炸彈之類的武器來，但好像沒有，他只帶了那包蠟燭……咦！還剩一支，為什麼書捷沒把最後一支點燃？儀式只需要七支嗎？

「廢話少講，我現在就把你們……」

「哥！」

室內深處，房間的門打開，一位女子從裡面走了出來。

震驚的不單是書捷，家彥和昕涵，也對以婷的突然出現，感到嘖嘖稱奇。

「以婷！」書捷明顯亂了方寸，「為什麼妳會在……這兒？妳不是被鬼婆抓了嗎？」

「我也不清楚，」以婷搔搔蓬鬆的頭髮，「我只記得，被那個恐怖的婆婆抓走後，便暈了過去，剛剛醒來時，就發現自己在房間裡，哥，這裡是什麼地方？」

書捷張大了口，良久說不出話來，他好像察覺到一些什麼，昕涵盯了他一眼。

「你看見吧！」昕涵一語道破，「鬼婆，即是謝醫生，由始至終都沒想過加害以婷，這可能是因為志美魂魄的緣故，但亦有可能是他不想濫殺無辜，謝醫生雖化身鬼婆，但尚存一絲人性，但你呢？連人性也沒有了，只是一台為詛咒而生存的機器。」

「謝醫生是誰？」以婷先望向昕涵，再將視線轉而至家彥身上，「家彥，你們為什麼跟哥在一起？」

「絆，一切都是絆……」昕涵繼續說，「謝醫生和志美，有著十年不解的羈絆；志美的魂魄落在以婷身上，也是割不斷的羈絆；至於你和妹妹……親情與愛情糾結在一起，毫無疑問，是自出世以來關係最深的羈絆；謝醫生和以婷，兩人雖素未謀面，但因志美的關係，羈絆冥冥中早已建立……」

「這次事件，處處都可以看見絆的存在，謝醫生故意把她藏在這裡，但又不跟你說清楚，還嚇唬你，明顯是想給你一個教訓，他留下餘地，你卻趕盡殺絕，無恥的程度，連我現在跟你說話，也怕沾污我的嘴唇。」

小涵罵得好！只見書捷低下頭，羞愧得無地自容，家彥趁此機會，走到以婷身邊，看看她的身體狀況，奇怪了！除了因為剛醒來顯得有點反應遲鈍外，並沒出現明顯不適……她的一雙眼睛，還是那麼精靈地望著我。

那朵藍蓮……似乎不是留住她生命的憑藉……

「看來以婷的身體並無大礙，你也不需要拿我們作試驗品了。」家彥轉頭對書捷說，「即使你仍想繼續，亦可不必找我們那麼大費周章，志美，你的好盟友，跟以婷狀況相當類似，她根本就是另一個生靈……你在她身上下功夫，總比在我們身上分完又分，分完再分，風險來得少。」

「只是，我心裡一直有個疑問，以婷身上既有志美的魂魄，那麼出現在另一邊廂的志美，她又是誰？難道那邊的志美，即使魂魄不全，也可以生靈的姿態，展現在眾人眼前？」

「你們搞錯了！」書捷抬起頭，陰沉地說，「誰說那個女孩是生靈？」

家彥和昕涵瞪大雙眼，完全不懂反應過來。

「那個邪惡的女孩，是死靈！她是踩著自己的屍體，活過來的！」

我望著自己，一動不動的躺在草叢上，身體大半被吃掉，不知怎的，心裡居然有點戚戚然。捨不得她嗎？絕對不是，她是我重生的障礙，只有把她除掉，我才能將我的魂魄，寄存在那個同樣因車禍瀕死的女子身上，兩個志美，身體和魂魄是同宗同源，即使復生，也只能活一個，為了子磊，就算不擇手段，我也要把重生的席位搶過來。

當然，我自問比她更有條件，在爾虞我詐的社會中生存；也自問更有能力，照顧和保護子磊的一生。以後但凡有人成為子磊的絆腳石，我會把他們一一除掉；但凡有人介入我和子磊之間，我也會把她們通通殺掉。沒人能傷害子磊，亦沒人能愛子磊，除了我……嘻嘻，善良的志美，妳能做到這個地步嗎？

可是，當看見她被吃到只剩下四肢時，我竟然感到難過，是因為親眼看見另一個我被吃，心裡不安？抑或在我內心深處，仍殘留惻隱之心？我搖搖頭，不去想了，我現在只有一個目標，就是以生靈姿態重返人間，重回子磊的懷抱。

這隻怪物……雖然稱之為怪物……可是，在我吊死它之前，它只是這片漆黑又荒涼的大地裡，其中一隻迷失方向的遊魂，碰巧我需要一個殺手替我完成任務，二話不說，馬上把它吊死，正眼也沒看一眼。

我走過去，摸摸它的頭，吃得很滋味嗎？為什麼不吃手手腳腳，不好吃嗎？它把頭湊過來，撒嬌一樣依偎在我胸前，很好！我有點喜歡它了！像它這麼出色又聽話的殺手，一定要留在自己身邊作祕密武器。

背後傳來腳步聲，是那個穿西裝的男人！不是說好渡湖之後，就不要跟著我嗎？我怒氣沖沖回頭，果然，男人正手持燭台走過來，盤上搖搖曳曳的燭光，略微把附近一片草叢照亮。

「不是說好不要跟過來嗎？」我質問他，「為什麼食言？」

男人舉起燭台，照亮前方，他先望了我一眼，然後望著我旁邊的怪物，怪物突然受驚轉身就逃，如何叫也叫不停它，它竟會怕這個男人！

他踏前一步，舉起燭台照亮我的後方，那個只剩下四肢的可憐蟲……

「原來如此，難怪！」他嘴角露出一絲微笑。

「發生什麼事了？」我有股不祥的預感。

「妳悟性的確很高，這麼短時間內，就能把我教妳的操控之法，透過最擅長的花繩子，把一隻遊魂牢牢地控制住，不錯！不錯！」

「你……到底想說什麼？」

「羈絆……真的很玄妙……」他望望我身後，剛才怪物逃走的方向，「我認為，以妳這個悟性，將魂魄寄存在那個瀕死女子身上，實在太可惜了，倒不如自己直接復生，總比寄居在別人的軀殼裡好。」

「這個誰不知道？」我悻悻然指著他，「不是你自己說的嗎？那個被施放生靈咒的女子，魂魄七零八散，施咒者再強也沒法把生靈分出來，這是我乘虛而入的好機會！」

「對！可是，妳已被人捷足先登！」男人望望地上那條可憐蟲。

「怎麼可能?!」我猛然轉過頭來，「被吃成這個樣子，她還有能力把魂魄傳出去？」

「她的求生意志，比妳還要強。」男人語氣帶點欽佩，「即使只剩四肢，她仍要去找她心中所愛的人。」

「荒謬！」我走過去，赤著足，把四條手腳亂踩亂踢，「荒謬！荒謬！！荒謬！！！我花了那麼多工夫，來到這裡，結果都是白費！！！」

「妳已經做得很好，利用第三者把她殺死，只是料不到，她的意志力竟然這麼強大，」男人嘆一口氣，「而且，還願意作出這麼大的犧牲……」
「犧牲？她犧牲了什麼？」我不忿地問。
「一樣妳絕對不能接受的犧牲，」男人繼續說，「這是妳跟她的差別。」
我的憤恨已經去到極點，我走到男人跟前，抬起頭。
「告訴我，如何直接復生？」
「這就對了！」男人笑笑，「妳和她本屬一體，她既能借助生靈咒寄存復生，妳也可以借助同一詛咒直接復生，關鍵是……」
他從西裝袋裡拿出一樣東西，我看見大為震驚。
「這個……不就是之前那些……曼珠沙華……」
「這朵花，能把妳原原本本送回陽間，毋須將魂魄寄存在某個人的身體內。」男人語氣變得猶豫，「可是，有得必有失，用這個方法回到陽間，必須作出某些犧牲……不知道妳能否接受得來？」
「廢話！」我的忍耐已經去到極限，「那個窩囊志美能做到的，我為什麼做不到！只要能夠回去，我什麼代價也能接受！」
「第一，」男人豎起一隻手指，「妳以這個姿態回去，叫死靈，不是生靈，接受嗎？」
「區區名字，只要能夠回去，生靈死靈有何分別？」
「第二，」男人豎起兩隻手指，「回去後，妳仍然維持十歲，終身不能長大，接受嗎？」
「可以，反正我跟子磊相愛時，就是這副模樣，說不定他還會更加愛我……」
「第三，妳回去的時間點，是妳死亡當日的十年後，接受嗎？」
「什麼！」我驚訝地叫了出來，「即是子磊已經……三十歲了……但我仍然是十歲……為什麼會這樣？」

「因為，這裡的時間流逝，跟陽間不同。」男人淡淡地說，「若妳以生靈姿態回去，仍可以追溯至死亡那一刻重生，可是，死靈不會長大，而妳待在這裡已相等於陽間十年，回去也只能以真實時間復生。」

「好吧！只要能夠回去，十年就十年。」

「最後，妳回去後，體力和精神都會處於極度疲憊的狀態，需要幾個月時間調理。」男人突然露出一個溫暖的笑容，「不過妳可以放心，我已為妳安排好接頭人，他會竭盡全力，令妳恢復過來。」

「是誰？」

「一個男人，姓名呢……不好說，但他左邊耳垂戴上一隻深紅色圓型耳釘，很好認。」

「你……為什麼要幫我？」我狐疑地問。

「我不是幫妳，我是幫自己。」他微笑地點頭，「回去之後，盡情把妳看不順眼的人殺掉，我不管，可是，有一個人，妳絕對不能碰！」

「誰？我認識嗎？」

「不單認識，這個人，妳還非常熟悉……」

四十七

怪物撲向翔一郎，他閃身一躲避開攻擊，但怪物速度極快，落地後立即轉身，再向翔一郎衝過去，他隨手拿起一張椅子朝怪物扔擲，馬上被怪物的大口咬得粉碎。

這隻怪物的口，就好像蛇一樣，可以張得很大，幾乎佔去臉部九成面積，連眼睛也遮住了，秀妍心想，被它咬一口肯定一命嗚呼。

但就在此時，原本一直躺在地上的子磊，默默地爬起身，糟了！詩韻姐竟然把他忘了！

等等！秀妍留意到，他雖然仍身穿鬼婆裝束，可是他的半張臉，已經漸漸變回原來的模樣！

這樣一來……黑塚賦與他的能力……豈不是正慢慢消失？

子磊站起來，手握菜刀，望了志美一眼，正當秀妍以為他打算進攻時，他從斗篷裡拿出兩條黑色花繩子。

「長的一條，是當年妳剪斷留給我的一半，短的一條，是我從電梯中，那個女孩手上取回的。」

「我跟妳的緣分，由花繩子開始，現在，亦由花繩子結束……」

他把兩條花繩子拋在半空，右手菜刀揮了幾下，花繩子瞬間被切割成無數條零碎的斷繩子。

志美驚呆，跪在地上，一言不發，兩眼睜得大大的，死盯著地上那堆斷繩子，她恐怕做夢也沒想過，子磊對她可以這麼決絕。

然後，子磊回頭，望著翔一郎……不！他是望著翔一郎的對手……那隻怪物。

「晞萱？是晞萱嗎？」他邊說邊走向怪物。

這次輪到秀妍驚呆了，子磊在說什麼？

翔一郎見子磊走過來，右手一掌打在怪物身上將其彈開，然後攔住他。

「它不是令夫人，」翔一郎說，「不要胡思亂想！」

「不，是晞萱！」子磊迷迷糊糊地說，「你看她那條頸……斷掉了……一定是她！我心愛的妻子，是我害妳受苦了！」

「謝醫生，它不是你的妻子，」秀妍也幫忙糾正，「它只是一隻殺人的怪物！」

「不，你們全都騙人！」子磊三分二的臉，已回復男人的樣貌，「雖然包著繃帶，但我知道就是她，我要過去！我要見晞萱！」

秀妍望望怪物，剛才翔一郎那一掌，看似對它沒造成任何傷害，只見它站直身子，原本向左傾側的頭，突然向右抬起，很自然，頭顱最後無力地跌落右邊肩膀上。

「是她！肯定是她！」子磊痴痴呆呆地瞪著怪物，「晞萱，我現在就接妳回家！」

「謝醫生，危險！！」

當秀妍見到子磊推開翔一郎，自己一個衝到怪物面前時，她立刻上前想一手把他拉住，可是怪物此刻也朝他衝過去，張開大口咬向他的肩膀，結果在秀妍趕到之前，子磊半個身子已經落入怪物的血盆大口中。

「很好，我的好老婆！」子磊被咬至血流披肩，竟然還笑得出來，「這些繃帶纏得妳緊嗎？讓我把它們全部去掉。」

說完子磊舉起大菜刀，手起刀落，把怪物的繃帶，由上至下全部斬斷，怪物的臉容，第一次展示在秀妍眼前。

秀妍掩著嘴，心裡震驚得不能說話……

這……這隻怪物……它竟然是……

「晞萱，我們一起走吧，一起回到只有我們兩個人的地方。」

子磊這次雙手抱著怪物，屈膝往上一跳，整個身子瞬間沒入天花板裡面，怪物試圖掙扎不要被他扯入去，可是子磊摟得很緊，片刻間，他便跟怪物，一起消失在眾人眼前。

秀妍這時才發覺，當我們以為謝醫生已失去戰鬥能力時……原來他還留有一手……

志美一直盯著地板，視線從未離開過那堆斷繩子，這時翔一郎走過來。

「操控屍骸之法，不是生靈本身該有的能力。」翔一郎說，「難道妳……」

志美好像沒聽見，仍然一臉憂傷地望著斷繩子。

「看來，我之前的判斷有誤，」翔一郎先望向秀妍，再對志美說，「操控屍骸乃陰間法術，屬亡者的力量，一般生靈沒法學會，能學會的只有死靈！」

聽到死靈兩個字，志美才緩緩抬起頭，望著翔一郎，秀妍這時也站上前。

「志美，我來問妳，」秀妍忍著悲痛，問一個她早已知道答案的問題，「妳是否利用剛才那隻怪物，把另一個志美給殺了？」

翔一郎意外的表情，顯示他並不知道這件事，此時志美把視線移向秀妍。

「是，又如何？」她眼神逐漸由悲傷變為憤怒，「子磊已經離我而去，這個世界上，再沒有什麼東西令我眷戀，亦沒有什麼東西令我顧忌！」

她雙手重新拿起花繩子。

「我要把你們兩個殺掉！」

＊＊＊＊＊＊＊＊＊

書捷舉起其中一個燭台，燭光在黑暗中搖曳。

「受死吧！」他厲聲對家彥說。

「不可以！」

以婷擋在家彥前面，張開雙手，企圖阻止書捷將燭台移近他。

「以婷，走開！」

「哥，你不能傷害家彥！」書捷喝斥。

「既然以婷已經平安無事，」昕涵詫異地問，「你為什麼仍堅持將我們變成生靈？」

「哥不是想將你們變成生靈，」以婷眼帶淚光，「他是想把你們殺掉！」

「以婷……妳……」家彥問，「妳也知道生靈咒的祕密！」

以婷點頭。

「十年前，當我醒過來時，我已察覺我跟其他人不同。」她緩緩地說，「雖然哥一直把我當成普通人看待，但我就是感覺到哪裡不對勁。我問哥，他說只是病，但我自己的身體我最清楚，肯定不是病這麼簡單，於是，我也跟哥一樣，開始向爸爸當年那起案件入手……」

「以婷，妳也查了爸爸的……」書捷驚訝。

「……筆記！還有昔日譚家的新聞。」以婷繼續說，「結果，跟哥你一樣，被我發現生靈咒的祕密，而我也開始明白，我就是那個生靈！」

「這十年來，我一直像寵物一樣，被哥困在家裡。」以婷深呼吸一口，「雖然哥對我很好，照顧得我無微不至，可是，這不是正常人該有的生活，也不是……正常哥哥對妹妹的愛！」

她突然踏前一步，熱淚盈眶，面向書捷。

「哥，我明白你對我的……心意，我不怪你，也很感激你對我的好……可是，你不能把我永遠留在你身邊，不能把我當作你失去父母的替代品，我……不論是人抑或生靈，也有自己獨立的思想，也有自己喜歡的對象，我只希望追求自己想要的東西，去愛一個我喜歡的人，而不是單方面接受被愛的感覺。」

以婷這時回頭望望家彥，發出一個會心甜笑，然後繼續說。

「哥，不要再錯下去！把你自己從昔日的仇恨中釋放出來，不要再想著報仇，不要再想著傷害無辜的人，你收手吧！」

聽畢妹妹一番心底話，書捷垂頭喪氣把燭台放下，兩手按在枱上，閉上眼，好像放棄了。

家彥見他沒有反應，心想他或者想通了，於是走近以婷。

「以婷，那朵藍蓮，到底有什麼作用？」家彥不解地問，「妳為什麼想把它帶走？」

「自我回到這個世界後，那朵藍蓮，就好像保母一樣，一直伴在我身邊。」以婷溫柔地答，「所以我對它有份特別濃厚的感情，要走也要把它一併帶走。」

「那麼，這些蠟燭呢？」家彥望著周圍七支蠟燭，輕聲地問，「不知怎的，我總覺得它們很古怪……」

這時書捷突然抬起頭，眼神凶狠，大踏步向家彥走過去，他手上拿著那支未點燃的蠟燭……

「哥！不要！」以婷嘗試用身體阻擋，卻被他一手推開，跌在地上。

「以婷……」家彥想把她扶起，反被書捷一手叉住脖子，凌空掛在牆上，另一隻拿著蠟燭的手，快速移向附近一支已點燃的蠟燭上，把蠟燭芯點燃……

家彥望著這支蠟燭芯……再望向其餘那幾支蠟燭……未點燃的蠟燭……點燃的蠟燭……明白了……一切都明白了……

「就是你，把以婷搶走！」他雙眼通紅，面露青筋，舉起剛點燃的蠟燭，照在家彥的臉上，「我不會讓她跟你走，她是我的！永遠只屬於我一個！我現在就把你殺死，連屍骨也不留！」

「這就是生靈咒的祕密嗎？」家彥瞪著書捷，若有所悟地說，「你現在拿著的蠟燭，火是點在蠟燭芯上，可是之前點的七支蠟燭，卻全點在蠟燭底！」

「藍蓮不是以婷的生命泉源，蠟燭才是！！」

四十八

志美把手上的花繩子朝地板一掃，剛才被斬得支離破碎的斷繩，竟然和花繩子重新接合，組成一條非常非常長的黑色繩子！

她順手一揮，繩子就像皮鞭一樣，朝翔一郎劈過去，翔一郎側身避開，繩子打在桌子上，立刻將它劈成兩半。

志美得勢不饒人，揮舞繩子，朝翔一郎腳部斬過去，他嘗試跳起閃躲，可是志美突然改變繩子姿態，由原本的橫向揮斬，改為直接綑綁，繩子馬上將翔一郎雙腳綁住，整個人被扯跌在地上。

「你死期到了，和尚！」

秀妍看見志美將手持黑繩子的那一端，迅速在手上打了幾個結，做成翻花繩子的準備狀態，真是神乎奇技！她是如何做到的？

不對！現在不是讚嘆的時候，志美是打算翻出新圖案，把翔一郎置諸死地，我必須馬上制止！

我雙手……曾經有能力……把已過世的怨靈和怪物彈開……假如志美真的是死靈……我或許能夠把她彈至牆角……甚至彈出窗外……

志美開始翻，速度之快令人震驚，只見天花板突然伸出一條繩子，把翔一郎的脖子牢牢套住……

不能再等了！秀妍衝過去，雙手同時間向前伸，試圖把志美推往後面的窗外，可是這個舉動，被眼利的志美發現了，她馬上再翻新圖案，地上突然湧出幾十條像雜草一樣的繩子，把秀妍雙腳綁起，制止她再往前走。

但秀妍此時已差不多靠近志美，縱使被繩子纏住，她順勢飛身撲向志美，利用身高減少兩人之間的距離，雙手則繼續伸向前，其中右手，剛好抓住志美的左手。

好機會！秀妍嘗試用力推……咦！完全沒有效果！

「妳想把我彈開去嗎，秀妍？」志美笑笑地說，「沒用的，不論生靈死靈，始終有血有肉，妳的能力對我完全不起作用。」

那可不行！這樣的話，翔一郎和我都會死在這裡！秀妍死命抓住她的左手，然後將全身力氣聚焦在右手，已經跟她有接觸點，沒理由一點效果都沒有！一定要把她推出去！

「哈哈哈，妳還不甘心？看我將妳……」

志美沒有再說下去，因為她發覺，原本在秀妍右手上，那個棕紅色的手繩子，竟然被推至自己的左手上！

秀妍這時也察覺，那個封之印跑到志美手上去了，自己雖沒能力把對方推開，卻把那個壞東西推走！

咦！這樣一來……

志美的臉色突然變得非常難看，她再次翻起花繩子……可是，速度出奇地慢，尤其是左手，像有千斤重，舉手維艱，她已經沒法跟之前一樣，以快打慢，對付我們！

翔一郎見狀，雙手合十唸了幾句，綁住自己和秀妍的繩子，瞬間化作灰塵，他馬上站起身，從袖口裡拿出三粒好像佛珠的東西，用指力打在志美身上：一粒在肚，一粒在胸，最後一粒打在額頭上。

志美全身一軟，整個人趺趴在地上，一動不動。

「志美她，怎麼了？」秀妍走近翔一郎。

「她死不了，」翔一郎望著志美，「她是死靈，活著的人是殺不到她的，只有……」

這時，秀妍發覺志美好像有點不妥，她的身體、四肢、甚至頭顱……好像愈縮愈小……

秀妍走近細看……不是縮小……她……她在溶掉……

「看來，那個狂妄之徒，和那個半死不生的姑娘……」翔一郎閉起雙眼，「也迎來自己最終的命運！」

****

「這些蠟燭，如果我沒猜錯，就是當年譚家那件有記號的古物！」

家彥反握書捷的手，避免他將蠟燭移得太近，可惜仍然有幾滴蠟，滴在家彥的手臂上。

「知道得太遲了，」書捷殺氣騰騰，「你的命運將和譚氏兄弟一樣，溶成一團又醜又髒的東西！」

此時家彥望望昕涵，發覺她站在一旁，兩眼死盯住書捷，右手緊握拳頭，左手按著包包……

她的眼神，為什麼如此魔性？

家彥已無暇細想，因為緊接發生的事，完全令他大吃一驚。

室內的燭光突然劇烈搖晃，大氣中開始瀰漫燃燒的氣味，定睛一看，原本放在屋子四周的蠟燭，突然全部拔起在空中亂舞，它們圍成一個圓環，在書捷頭上不停旋轉，然後……

七支蠟燭以極其凶悍的姿態，朝書捷臉龐飛過去，燭芯在前，燭光在後，把他的兩隻眼睛、兩個鼻孔、兩個耳孔、一張嘴巴，七竅全當作蠟燭台，狠狠地插進去，插得很深很深，直至燭光剛好碰到他的眼耳口鼻時，才停下來。

書捷死了，死得多麼的詭異！死得多麼的荒謬！家彥摸摸被勒至透不過氣的脖子，瞧瞧倒在地上那具屍體，七支蠟燭的燭光，若無其事地在他臉上繼續燃燒，說不出的恐怖！說不出的淒慘！

「你沒事吧？」昕涵走過來，急得哭出來了，「我差點以為你要死了，為什麼不反抗？」

「我有！」家彥回想剛才情況，「但不知什麼原因，他的力氣變得很大，大得根本不像一個正常人……我如何掙扎也掙脫不了！」

「因為，他把自己出賣給魔鬼了。」

以婷走過來，指指書捷的眼睛和鼻孔滲出來的血……不是紅色的……是黑色的血！

「哥跟當年譚氏兄弟一樣，為了得到詛咒的力量，把自己出賣給魔鬼。」以婷悲傷地說，「那個魔鬼，我早就知道他是從地獄來的！」

「誰？」

「我只見過他一次，他的名字，我不知道。」以婷搖搖頭，「他是來吩咐哥幫忙照顧志美……」

「啊呀！！！」昕涵突然尖叫起來，「霍爾！為什麼……為什麼你的手臂……不對……還有你的身體……整個人好像……不停在縮小？」

家彥馬上望望自己，真的正如小涵所說，自己不斷在縮小……咦！我的腳……為什麼有種溶化的感覺？

說時遲那時快，以婷突然從死去的書捷手上，拿起那支唯一沒有插在他臉上的蠟燭，往自己手背上滴了滴……

「以婷！妳在幹嘛，快停手！」

家彥想衝過去制止，但以婷馬上後退兩步。

「家彥，能夠認識你，我非常高興。」以婷展露一個甜美的笑容，「可以的話，我希望能夠永遠跟著你，即使你不喜歡我，我也無所謂。」

以婷，妳說什麼……

「自從第一次在骨灰場遇見你，我的心，就一直噗通噗通在跳。」以婷含羞答答的說，「巴黎意外之前，我從未戀愛過，回來之後，多數時間留在家中，很少外出，見來見去的人，也只有哥一個。」

以婷……

「我……不知道這算不算是愛情，可是，我想見你的感覺愈來愈強烈，不單是因為我需要你帶路，而是更想陪在你身邊，只要見到你，我就會馬上打起精神，心情無比愉快，這是之前跟哥呆在一起十年，也從未試過的感覺。」

「不過……」她神情落寞地說，「我知道你喜歡秀妍，從你看她的眼神，就知道你非常緊張她……所以我，現在唯一可以做的事，就是用我的方法，祝福你們兩個。」

這時家彥發覺，以婷好像逐漸變得矮小，身體也慢慢變得單薄……相反，自己再沒有剛才那種不斷收縮的感覺，反而漸漸回復原形。

「這些蠟燭，是施放生靈咒的用具，也是詛咒的力量來源。」以婷繼續說，「蠟燭的正確用法，是點燃蠟燭底部，蠟燭頭的蠟芯是陷阱，一旦點燃，身體又被蠟碰到的話，馬上就會跟蠟燭一樣溶掉。」

「家彥，剛才你被蠟燭滴過，所以也開始慢慢溶掉，能拯救你的唯一方法，就是把力量的源頭毀掉。」

「只要有一個生靈咒所創造出來的生靈，願意跟蠟燭同歸於盡，詛咒就會解除！當然這樣做，所有靠生靈咒獲得新生命的，都會一併溶掉。」

「不要！」家彥大聲喝止，「妳不值得為我這樣做！」

「值得的，」以婷深情地望著家彥，「愛一個人，就甘願為他犧牲，這是我的愛情觀，或許我這次死後回來，就是為了結識你，為所愛而活，為所愛犧牲，我覺得很幸福。」

家彥軟弱無力地趴在地上，沾滿淚水的雙眼，一直望著以婷。

妳真傻……

「再見了，家彥。」以婷胸部以下已經全部溶掉，下巴及嘴唇也開始歪曲，「秀妍其實喜歡你的，放膽去愛，不要放棄！」

室內突然變得寂靜，家彥期待能夠再次聽到以婷的聲音，或者再次看見她甜美的笑容，可是，他知道，以婷不會再回來。

昕涵默默地走過去，拍拍家彥的肩膀。

「一切，都完結了！」

「志美……」

誰在叫我？

「志美……」

這把聲音……是那個撐船的女人！

「志美……妳還想拯救妳心愛的人嗎？」

想！可是我，不是被吃掉了嗎？

「肉體雖不在，但精神還在，我可以幫妳達成心願。」

真的！那我該如何做？

「我會借藍蓮之力，把妳的魂魄送去那個瀕死的女子身上，但由於妳五臟六腑不全，腦袋也沒有了，妳需要作出一些犧牲……」

什麼犧牲？

「以妳的記憶，交換一副完整的魂魄。」

……

「妳的記憶將會從此喪失，沒法再想起跟心愛的人種種往事，妳的思想和感情也會跟隨消失，以後的一切記憶，一切喜怒哀樂，都屬於那個女子，妳只是為她提供分作生靈的條件之一，但生命是屬於她的。」

那麼，我還能見到子磊嗎？

「或許妳會重遇他，或許妳會再見不到他，又或許……妳會遇見一個更值得妳去愛的人。」

一個更值得我去愛的人？

「對，世事無常，一切看機緣。」

如果我現在回去，子磊的身體會否回復健康，不再受那虛弱的體質影響？

「肉體雖滅，羈絆尤在，他的身體會慢慢好轉，只要他……不再步媽媽的後塵……」

我答應！

「志美，妳要考慮清楚，妳這樣回去，等於永久喪失了自己，妳的魂魄和思想，以後都屬於那個女子，而且，沒人保證妳一定能重遇心愛之人，即便妳跟他遇上，妳也已經忘記過去的事……這是妳想要的結果嗎？」

我明白，但倘若我不去，就只能永遠躺在這個地方，做一隻孤魂野鬼，我去的話，至少能夠保證他平平安安。我跟他，此生注定有緣無分，但只要在我忘記他之前，能夠為他做最後一點事情，即使要我犧牲，我也心甘情願。

「那好吧，志美，現在我就送妳回去……」

等等！有沒有什麼方法，能夠確認自己真的成功回到陽間？

「這朵藍蓮，會出現在妳的身邊……妳會對它特別情有獨鍾，因為，它是妳重生以後，唯一保存過去記憶的東西。」

忘情捨生的女孩

藍蓮之路　重生之章

四十九

事件發生至今一星期，所有人仍未能在痛苦和震驚中回復過來，尤其是當晚被志美重創的人，不論肉體抑或心靈，都留下不能磨滅的傷害。

姐夫因為被繩子勒至幾近缺氧，一度進入加護病房，幸好最後安然無恙，醫生說他生命力頑強，康復得很快，留院觀察多幾天就可出院，看見他躺在病床熟睡的樣子，我忍不住兩行淚水直流，是我不好！是我連累你了！姐姐在天之靈，會否責怪我這個不肖妹妹，為什麼每次都連累姐夫遭殃！

子諾當晚把姐夫抬出去後，因體力耗盡不支暈倒，害得詩韻姐一個照顧兩個，難怪他們沒回來把謝醫生帶走，休息一晚後，子諾身體並沒大礙，只是，他又要面對失去另一至親的痛苦。

詩韻姐……她頸部的瘀痕漸漸退卻，身體創傷是三個人中最少，但心靈創傷肯定最多，當我見她把以前志美的東西全部扔掉時，我明白到，她跟志美的關係已經不復從前。

至於志美，雖然她已得到應有的懲罰，但我實在不忍心看見她溶成一團噁心的肉糊，我沒再看下去，和翔一郎離開，馬上趕去跟家彥和昕涵會合。

以婷那邊發生的事，我已知道了，我替家彥差點慘遭毒手而心痛，對以婷犧牲自己的行為……除了感激之外，我實在不知道該說什麼才好。

不知怎的，我對以婷始終存有一份莫名的親切感，那怕知道她對家彥有意，我仍願意跟她親近，現在我當然知道是什麼一回事，可是每次回心一想，如果她還在，家彥又會否喜歡上這個溫柔體貼，天真善良的……志美呢？

秀妍搖搖頭，想太多了，今天她再次來到小學校舍附近這個小公園，坐在長椅上，不是為了去想這些已沒可能改變的事，她想知道的，是一些關於生靈的事。

翔一郎慢慢走過來，他沒有坐下，站在秀妍旁邊。

「李小姐，妳約在下出來，所謂何事？」

「叫我秀妍好了。」她也站起身，向他彎腰鞠躬，「翔一郎……謝謝你。」

「這是我的份內事，毋須言謝。」翔一郎臉頰泛起少少紅暈。

「你的傷，好點了嗎？」秀妍望著他包紮好的右手——那隻一手握著扇葉的右手。

翔一郎別過臉去，側身對秀妍說。

「李小姐約在下出來，不會只為了道謝吧？」

「是道歉才對！請原諒我……看了你的私隱。」秀妍一臉愧疚，「我們第一次相遇時，我已看見你的回憶！」

「咦……」翔一郎眉毛蹙了一下，「告訴我，妳見到什麼？」

「應該是你童年的往事，你拖著一個樣子端莊，很和善的少婦，在星夜中向前行，直至來到一處雜草叢生的地方，她撥開雜草，發現一個半圓拱起的東西……那是一座墳墓……」

翔一郎沉默片刻，然後抬起頭，望著灰白的天空。

「除此之外，還有沒有看見什麼？」

「沒有了。」秀妍好奇地問，「那位少婦……是你的媽媽？」

「不是，是帶我上山修行的人。」翔一郎突然轉頭盯著秀妍，神情嚴肅，「看來，我完全低估了妳的力量，被封印後仍能看見模糊回憶，跟志美對戰時，竟然有能力把封之印推過去給她，我真的要對妳的實力重新估量！」

「只是運氣而已，」秀妍回想起捉住志美左手時的情景，「對了！你是何時發現，志美跟生靈咒有關？」

「那個叫以婷的女孩，提醒了我。」

秀妍不明所以的望著他。

「我見過那個女孩一次，看得我渾身不自在。」翔一郎開始解釋，「後來知道她喜歡跟著人，和志美喜歡尾隨人習慣相同，我便懷疑，她們兩個都是生靈——最後當然證實，其中一個是死靈。」

「為什麼尾隨人就一定是生靈？」

「妳搞錯先後次序了，」翔一郎搖搖頭，「生靈本身不需要尾隨人，他們跟正常人一樣，有良好的辨別方向能力，除非……」

秀妍瞪大雙眼。

「除非本體死了，生靈瞬間變成沒有主人依靠的附屬品，來到這個原非屬於他們的世界，自然會失去方向感。」

「那我明白了！」秀妍回應，「志美本體早在十年前火化，所以不論是生靈以婷抑或死靈志美，她們身上既留有志美魂魄，一旦直接或間接以生靈咒回來，都難逃迷路魔咒！」

「另外，」翔一郎突然唏噓地說，「那一晚，那隻斷了頸骨的怪物，妳也看見它那張臉了？」

「嗯，我正想問你，為什麼……為什麼那隻怪物會是……以婷！」

「那個叫以婷的少女，跟志美一樣，遇到車禍後，魂魄在陰間徘徊。」翔一郎解釋，「然後非常不幸地，碰到那個壞心腸的志美，把以婷殺了，加以操控，除了指示她殺了另一個志美外，也把她帶到陽間來，但卻陰差陽錯，被謝先生收拾了。」

「其實謝醫生，為什麼會認錯以婷是自己妻子？」秀妍不解地問，「繃帶是他斬斷的，他沒可能認不出那張臉！」

「如果我說，他故意認錯，妳信嗎？」

「故意認錯？為什麼？」

「這個……我只能猜測，」翔一郎輕聲地說，「其實謝先生，自夫人去世後，早已有尋死的信念，這也是他願意冒險化身黑塚的原因，因為他從沒想過變回人形。」

「他原本的計畫，應該是跟志美同歸於盡。但他發現，志美對他仍未忘情，所以他就用了一個最能傷害痴情女子的方法——一個女人會傷心一輩子的方法。」

「他將目標轉移在怪物身上，它是誰不重要，只要能令志美明白，他此生此世都深愛著妻子，那把恩斷義絕的無情刀，從此永遠插在志美的心坎中。」

「他知道怪物有能力殺他，亦知道我們正陷於苦戰，所以他用盡自身最後一點餘力，跟怪物同歸於盡，算是向志美報復之餘，也增加了我們對付她的勝算。」

謝醫生……雖然跟他不相熟，可是，對於他這一生的遭遇，秀妍表示無限同情和惋惜，希望他們兩夫婦，能夠在另一個世界團聚。

「最後有個問題，我一直想不通。」秀妍望著翔一郎，「為什麼……會出現兩個志美？」

公園忽然捲起一陣寒風，把樹梢上的小樹枝吹掉落地，翔一郎隨手拾起，蹲下來，在地上寫了一個字。

秀妍望著這個字……

「時候不早了，請恕在下告辭，」翔一郎站起身，「李小姐，以後請妳多多保重。」

「等等！你不是說過，要帶我去見師傅嗎？」秀妍一臉迷茫站在原地。

翔一郎沒有回答，自顧自沿剛才來時的路回去，留下滿腹疑問的秀妍，望著他漸漸遠去的背影。

五十

今早的天氣特別冷，立冬雖未至，但天空已染上一片灰灰濛濛的顏色，陽光躲在厚厚的雲層裡不願出來，令缺乏生氣的大地，更顯孤單冷清。

家彥帶著沉重的心情，再次來到骨灰場，這兒是他跟以婷初次相遇的地方，他希望，一切也在這裡結束。

秀妍跪在龕前，靜靜地望著志美的照片，家彥看著她一副欲哭無淚的樣子，她此刻的心情，一定無比複雜。

「所以，以婷和志美，她們之間的羈絆，才是最深的！」站在一旁的昕涵，有感而發的說出這句總結，家彥暗自贊同，心想，命運真的很愛捉弄人。

以婷是因為在陰間被殺，所以魂魄不全，即使施了生靈咒也無從挽救，這所以書捷等了十天，也等不到生靈出現的原因。

假如以婷沒死，她應該會在魂魄齊全的狀態下，回到哥哥身邊，到時候，不論是哪個志美，都再沒有機會借屍還魂，這樣，謝醫生的妻子就不用死，謝醫生也毋須為報仇變為黑塚，整個故事就會完全改寫。

到此只剩下最麻煩的書捷，沒有死靈志美的幫助，他要報父仇的唯一方法，就是親手把謝醫生殺了，但到最後他會否這樣做，家彥不知道，不是每個故事都有圓滿結局，但能夠把事情的複雜性降至最低，將受傷害的人數減至最少，即使書捷最後真的動手，天網恢恢，相信警方也很快能揪出凶手。

秀妍此時站起來，拍拍膝蓋上的灰塵，轉頭望向家彥。

「家彥，我真的……不知該如何感激你……你找到蠟燭的祕密，破了生靈咒，還差點兒丟掉性命……那些蠟燭，真是害人不淺！」

「我和小涵，已經把它們全毀了。」家彥邊說邊望向志美相片，「只可惜，以婷再也不能回來。」

「我剛才在心裡對她說，」秀妍露出一絲安慰的微笑，「全靠她的犧牲，不單拯救了你，志美也能得到真正的安息，我實在非常感謝她。」

「一個借助藍蓮重生，一個借助曼珠沙華成魔。」昕涵這時也走過來，「同一個人，卻在陰間分成兩個……秀妍，妳知道原因嗎？」

「關於這個，我問過翔一郎了。」秀妍回想起昨日公園裡的情景，「他只在地上寫了一個……愛字……然後，在愛字中間畫了一刀！」

「愛字中間畫一刀？」昕涵不解，「所以志美就一分為二？」

「我想森木先生的意思是，因為愛，造成志美兩種極端的性格。」

家彥心想，與其說他明白翔一郎的寓意，不如說，他開始了解情竇初開的志美，她當時的心情。

「志美她，愛得太深了，她本性善良質樸，按理應該以此為基礎，慢慢跟謝醫生發展感情，可是，年齡的差距令她大為心急，對方虛弱的體質，也令她害怕會突然失去所愛之人，結果，在她心靈中，漸漸分裂出一個慾望強，私心重，為愛情不擇手段的人格，換句話說，這其實是她內心對謝醫生另一種愛的表現。」

「所以，當她死了後，這個人格的本質，慢慢在陰間成形，最後就變成一個為愛痴狂，為愛瘋癲得連自己也可以殺掉的魔鬼。」

「看來，你非常了解志美的愛情觀……是以婷告訴你嗎？」昕涵閉起一隻眼問。

「當然不是！」家彥瞥瞥秀姸，「是我亂猜的。」
「為愛也好，為恨也好，這事我不管了。」昕涵整理一下衣服，朝門口走去，「我是時候回校上課，你們再多待一會兒吧。」
奇怪了！平時的秀姸，一定馬上拉著昕涵一起離開，但這次竟然沒有！她不再逃避我了嗎？
家彥還沒來得及細想，秀姸已經走到他面前，低下頭，害羞地說。
「當晚，志美用那條黑色繩子，慢慢吸走我的健康時，我以為，再沒有機會見到你。」
「我當時在想，你對我這麼好，可是我現在就要走了，辜負你的一片真心，我……」
秀姸瞪大一雙水汪汪的眼睛，深呼吸一口，鼓起勇氣說。
「家彥，你的心意，我明白了，請你給我多一點時間，有些事情，我必須先處理好，才能……才能跟你在一起。」
家彥沒有追問，亦沒有催逼，他只是露出招牌燦爛的笑容。
「以婷臨走前，叫我放膽去愛，不要放棄，我相信，我會做到的！」
「不論妳有什麼事情要做，放手做吧！我會一直等妳，一直支持妳，因為……我喜歡妳！」
秀姸終於忍不住掉下眼淚，她走上前，給家彥一個擁抱。
這是秀姸第一次擁著他，家彥三分意外，七分感動，他反抱著她，彼此相擁了不知多少時間。
但願，過去的悲傷，秀姸能盡快忘記……
但願，此刻的溫暖，秀姸能永藏心中……
但願，將來的幸福，將來的幸福……
家彥緊緊的摟著秀姸，一切盡在不言中。

我醒過來，這裡是什麼地方？

繁星閃爍，夜幕低垂，包圍我的是一片又一片的紅色花海，曼珠沙華！

「我跟妳說過，絕對不能碰李秀妍，為什麼妳這麼不聽話？」

西裝男人站在我旁邊，背對我說。

「她該死！她跟那個和尚想聯手殺死我！」

西裝男人轉過身來，他的衣著依舊那麼整齊乾淨，他的笑容依舊那麼矯揉造作。

「即使是這樣，妳也不能殺她！」

「她是千年一遇的罕有品種，極少數不靠詛咒物，天生便擁有強大詛咒力之人，還能一代傳一代……我對這個人相當感興趣，妳千萬別打她主意！」

「秀妍的詛咒力量，比我還要強？」我站起來，不忿地瞪著他。

「嚴格來說，妳不是被詛咒之人。」他望了我一眼，「妳只是生靈咒下衍生出來的死靈，能力雖強，但跟她沒得比。」

「我……我沒有敗在她手上，」我舉起左手，那個棕紅色的手繩子還在，「我是敗在這件法器上，我不相信秀妍會有這樣的東西！」

「封之印……有意思……」他走過來，一手把它脫掉，「想不到翔一郎的功力，已經能夠運用這玩意兒，還是……他師傅給的……」

「你認識那個和尚？」

「當然，他是我的同門後輩。」

「同門？」我走到他跟前，怒氣沖沖地說，「好哇！你的同門後輩，和你非常感興趣的詛咒少女，一起聯手對付我，你卻袖手旁觀？」

「袖手旁觀？」他吃吃地笑，「如果我袖手旁觀，妳早已溶成一堆肉糊，還能在這片充滿魔性又美麗的花海中，質問我這個那個嗎？」

噢，對啊！我應該已經死了……我記得被那個和尚打中三次，然後開始溶化……

「妳之所以會溶掉，是因為生靈咒被破，而妳和那個生靈同源，跟翔一郎這個小子無關。」

這時他伸出左手，隔空把我肚子、胸口、額頭三粒佛珠吸了過去。

「若是尋常妖怪，這三粒彌陀珠足以把它們送往極樂，幸好妳是死靈……」

「呀！！！！」我摸摸額頭，尖叫起來，「鏡！有沒有鏡？快給我鏡！！」

男人從口袋裡拿出一面小鏡子，我一手搶過來。

「我的額頭……我的額頭……被那粒珠打得凹陷入去了！！！」

「妳不是瀏海的嗎？」男人聳聳肩，「頭髮遮住，別人看不見的。」

「李秀妍……還有那個和尚……」我咬牙切齒對天嚎叫，「我一定要報仇！」

「記住這股仇恨的力量，將來可能會派上用場。」男人邊笑邊走近，在我耳邊輕語，「不過李秀妍還是不能碰！」

「好吧，告訴我，你把我救了，到底有什麼目的？」

「因為妳還有利用價值，」男人說，「我將來的計畫，要拜託妳幫忙。」

「你把我帶到這裡來，」我彎下腰，把其中一朵曼珠沙華摘下，遞給他，「莫非想再送我回去，替你完成……你的計畫？」

「哈哈哈哈，」他接過我手上的花，用鼻子嗅了一下，「妳先在這裡休養生息，時機一到，我會再找妳。」

男人說完轉身就走，我連忙叫住他。

「認識你這麼久，還未知道你叫什麼名字？」

男人聽畢，停下腳步，轉過身來，向我鞠了一躬。

「我的名字，」他抬起頭，「叫伊藤京二。」

忘情復讎的女孩

曼珠沙華之路　不死之章

緣滅

踏著滿是碎石子的小路，翔一郎走上山坡，穿過竹林，來到一座半圓狀墳墓面前。

「師傅。」

「你回來了。」一把低沉女聲，在墳中緩緩響起。

翔一郎跪坐著，雙拳左右按地，向前叩頭。

「弟子特意前來，感謝師傅當日成全。」他畢恭畢敬地說，「若非師傅最後撤回森羅竹陣，弟子恐怕趕不及回去，李秀妍和她的朋友，恐怕全都喪命在那個死靈手上。」

「死靈？不是生靈嗎？」

「是死靈！」翔一郎抬起頭，「以生靈咒為引，借曼珠沙華復生，外貌雖是女孩，但心狠手辣，幸虧已經除掉，請師傅放心。」

他深呼吸一口，繼續說。

「師傅，弟子斗膽想確認一件事，您吩咐我帶李秀妍前來，是真的想幫她祛除詛咒？還是另有目的？」

「看來你已經猜到了，」女人的聲音空洞但沉穩，「我雖略懂祛除之法，但並不精通，倘若未能把她身上的詛咒驅除，我只好把她殺了。」

「翔一郎，你要明白，她身上擁有這麼強大的詛咒力，會令很多心術不正的人，對她虎視眈眈，一旦被人利用，後果不堪設想，殺了她，是最合適的處理方法。」

「心術不正的人？」翔一郎慶幸沒帶她來，「例如，那個叛徒……」

「翔一郎，為師當日已經解釋得很清楚，」女人聲音變得委婉，「為了你的安全，有些事情，知道太多不會有好結果，例如伊藤的事，黑塚的事，生靈咒的事……」

「師傅，弟子明白您的苦心，」翔一郎坐直身子，眼神堅定，「您是擔心您的身分一旦被揭露，會連累我這個弟子，對嗎？」

墳中寂靜無聲，女人並沒有回答。

「如果我的推測無誤，」他自信地說，「您的真正身分，就是原美嫦女士！」

山坡偶然會翻起凜冽的風，把竹葉吹得沙沙作響，翔一郎閉上眼，耐心地等著。

良久，風聲止，竹聲停，墳中聲音再次響起。

「為什麼我會是原美嫦？」

翔一郎拿出那條黑色繩子，舉高，展示在墳前。

「其實師傅當日把封之印交給我時，我應該一早察覺出來！以繩子作結印，把法力注入，是師傅的拿手好戲，那條手繩子如是，這條花繩子也如是！」

「原美嫦，當年據傳在箱根蘆之湖失足墜湖死亡，但屍骸從未撈到，這樣的死法，說服力已經大打折扣……」

「我五歲開始來這裡修行，記得是由一位相貌端莊秀麗，笑容和善的小婦人帶我上來，由於她懂漢語，跟母親是同鄉，我最初還以為她是我的小阿姨！」

「可是，自那天以後，我再沒見過她，亦由那天開始，這個墳……開始會說話……」

「李秀妍看到小婦人帶我上山的回憶，據她描述，小婦人的容貌，和我印象中的不謀而合，而我翻查過去關於原美嫦的報導，原氏的相貌，跟小婦人亦有九分相似，再加上我手上這條黑繩子，本來就屬於原美嫦的……」

「以上種種跡象顯示，原氏當年裝死後，把我帶到這裡來，埋土黃沙，立墳傳聲，教導我成為守護僧，雖然我不知道是為了什麼原因，可是師傅這麼多年的教誨，弟子絕不敢忘！」

翔一郎再次叩頭。

「只是，弟子有一件事不明白，既然師傅您擁有這麼強大的詛咒能力，為什麼當年還要嫁給一個不知進取的丈夫，過著艱難辛苦的日子？」

一片沉默，翔一郎明白，師傅可能不想講出當年的原委，所以他對答案也不抱太大期望，然而，聲音再一次響起。

「這是因為……她想過回正常人的生活，不想再用詛咒……」

她？

「……可惜，最終都是失敗了。」

「師傅的意思是，您……不是原美嫦？」

「原美嫦，是我的子孫……正確點說，是我女兒生靈的後代！」

翔一郎瞪大雙眼，驚訝得說不出話來！生靈的後代？這……這怎麼可能！！

「不僅如此，黑塚的黑繩子、生靈咒的蠟燭，都是我留傳給她們的詛咒之物……」

「師傅，到底是什麼一回事？」

「當年我女兒過世，在她彌留之際，我把生靈分出來，而原美嫦，就是女兒的生靈，不知第幾代的後人。」

「我把黑繩子和蠟燭，傳給女兒生靈，吩咐她一旦自己的孩子意外死亡，就用生靈咒把生命延續下去，我自己痛失愛女，明白做媽媽的痛苦，我認為我這樣做，相當合情合理。」

翔一郎心想，這種逆天而行的續命方法，如何聽也是不妥當的，師傅為何會有這麼偏執的想法？

「之後，過了一段很長很長時間，我沒有再跟生靈的任何一個後代有聯繫，直至有一天，原氏拖著你，來到我面前。」

「她對我說，這小孩天分極高，希望我收他為徒，假以時日，必成大器。」

「我和她非親非故，她為什麼要這樣做？」翔一郎焦急地問。

「因為贖罪，」女人哀傷地說，「她因為承受不住生活的壓迫，抵受不住現實的煎熬，終於放棄自己堅持多年的理想，利用我給她的黑繩子，化身黑塚，把丈夫一家殺了！」

「當然，還有另一個她不能對其他人說的原因：她發現丈夫和小叔子，不知從哪裡找來能夠施放生靈咒的蠟燭……看來那些古老蠟燭，部分已經留傳民間……不幸的是，他們用錯方法！」

「他們兩兄弟，似乎以為那是個會生金子的法寶，於是急不及待點起燭芯，但那是我故意設下的陷阱，因為沒人會想到，倒轉來點才是正確方法……」

「結果，他們全家五個人開始溶了……原氏不管是為了私人原因，還是為了守住生靈咒的祕密，都必須把他們全部殺掉，並且毀屍滅跡。」

「罪孽深重的她，不能再跟兒子玩花繩子，因為這樣會把自身惡運轉嫁在他身上，於是她裝死離開，偷偷來到這裡，隱姓埋名三年，找來一位天分極高的小孩，奉獻給伊邪那，作為自身贖罪的條件。」

「她是想……」翔一郎問，「洗滌身上的罪孽，並替兒子袪除容易附身的體質？」

「對……可惜兩件事都失敗了，她問我如何才能感動蒼天，拯救他們兩母子，於是我……把她送去陰間，幫助那些求生意志頑強的亡者，成全他們重回陽間的心願。」

真相到此終於大白，本以為一切禍端都來自原美婧，但在她之上，竟然還有一個罪魁禍首……把黑繩子和蠟燭兩件禍物留傳後世，還指示後人濫用生靈咒的……師傅！

等等！時間點好像對不上！師傅死去多時，但原氏即使活到今天，也只有五十歲……她們的年齡差距……

當年我女兒過世……在她彌留之際……

原美婧……就是女兒的生靈……不知第幾代的後人……

翔一郎瞧瞧眼前那條黑繩子，再抬頭望向墳墓，好像猜到點什麼。

「敢問師傅女兒芳姓大名？」

「呀……很久很久以前的事了……」女人聲音低沉而悲慟，「但我永遠不會忘記，那個被我親手殺死的孩子……她的名字……」

「戀衣。」

山坡再一次捲起凜冽的風，翔一郎閉上眼，靜靜聽著竹葉發出的沙沙聲。

釀冒險38　PG2426

黑塚之絆

作　　者　金　亮
責任編輯　石書豪
圖文排版　周妤靜
封面設計　劉肇昇

出版策劃　釀出版
製作發行　秀威資訊科技股份有限公司
114 台北市內湖區瑞光路76巷65號1樓
電話：+886-2-2796-3638　傳真：+886-2-2796-1377
服務信箱：service@showwe.com.tw
http://www.showwe.com.tw
郵政劃撥　19563868　戶名：秀威資訊科技股份有限公司
展售門市　國家書店【松江門市】
104 台北市中山區松江路209號1樓
電話：+886-2-2518-0207　傳真：+886-2-2518-0778
網路訂購　秀威網路書店：https://store.showwe.tw
國家網路書店：https://www.govbooks.com.tw
法律顧問　毛國樑　律師
總 經 銷　聯合發行股份有限公司
231新北市新店區寶橋路235巷6弄6號4F
電話：+886-2-2917-8022　傳真：+886-2-2915-6275

出版日期　2020年5月　BOD一版
定　　價　380元

Printed in Taiwan

國家圖書館出版品預行編目

黑塚之絆 / 金亮著. -- 一版. -- 臺北市 : 釀出版, 2020.05

面；　公分. -- (釀冒險 ; 38)

BOD版

ISBN 978-986-445-389-4(平裝)

857.7　　109004262

讀者回函卡

感謝您購買本書，為提升服務品質，請填妥以下資料，將讀者回函卡直接寄回或傳真本公司，收到您的寶貴意見後，我們會收藏記錄及檢討，謝謝！如您需要了解本公司最新出版書目、購書優惠或企劃活動，歡迎您上網查詢或下載相關資料：http:// www.showwe.com.tw

您購買的書名：____________________

出生日期：_______年_______月_______日

學歷：□高中（含）以下　□大專　□研究所（含）以上

職業：□製造業　□金融業　□資訊業　□軍警　□傳播業　□自由業
　　　□服務業　□公務員　□教職　□學生　□家管　□其它_____

購書地點：□網路書店　□實體書店　□書展　□郵購　□贈閱　□其他

您從何得知本書的消息？

□網路書店　□實體書店　□網路搜尋　□電子報　□書訊　□雜誌
□傳播媒體　□親友推薦　□網站推薦　□部落格　□其他_______

您對本書的評價：（請填代號　1.非常滿意　2.滿意　3.尚可　4.再改進）

封面設計____　版面編排____　內容____　文／譯筆____　價格____

讀完書後您覺得：

□很有收穫　□有收穫　□收穫不多　□沒收穫

對我們的建議：____________________

____

____

____

請貼
郵票

11466
台北市內湖區瑞光路 76 巷 65 號 1 樓
秀威資訊科技股份有限公司 收
BOD 數位出版事業部

(請沿線對折寄回,謝謝!)

姓　名:________________ 年齡:________ 性別:□女 □男

郵遞區號:□□□□□

地　址:____

聯絡電話:(日)________________ (夜)________________

E-mail:____